作 者
張國功

長溝流月去無聲
——重溫民國人和事

自序

　　大約自三十歲一過，隨著讀書越來越蕪雜，亦伴隨著個人對世事所知漸深，我對漸行漸遠的民國開始有些興趣起來，關於民國的學術，民國的大學，民國的新聞出版機構，民國人物的風神逸事……與此前只是遵循語文課上的指引讀了一些魯迅的文字不同，這時開始讀胡適、陳寅恪、周作人、陳獨秀、錢穆、張元濟、傅斯年……讀他們的傳記、年譜、日記……，讀大公報史，讀商務印書館史料，讀西南聯大校史……後來漸漸知道，自上世紀九十年代以來，很多讀書人對民國產生了一種欲罷不能的興趣。王汎森、陳平原、沈衛威、羅志田、謝泳、傅國湧、智效民、邵建、范泓……學院內外，都不約而同地走近民國。讀書界一度名之曰「民國熱」。

　　但民國到底是什麼，真的不容易說清，甚至越說越朦朧。前不久陳丹青還說，「民國範兒」是「一種趣味、一種風尚、一種美學」。隔著幾十年的時光往回望，儘管知道這其中有著模糊甚至是美化的嫌疑，對風行的逸聞趣事有著一定的省思，對在虛假的圖書熱中被消費主義隨意想像與解構的弊病也有著足夠的警惕，但對於民國，我的基本判斷還是覺得，這是一個值得我們今天的讀書人重新接續的大時代。錢穆先生在《國史大綱》序言中說的，一個國家的公民或者國民，對於國家以往的歷史要保持溫情的記憶，這是了解一個國家真實歷史的前提。我以為，對民國的歷史，我們應該抱持這種態度。從政治上講，民國是短暫的、紛擾的、混亂的、下行的、未完成的，但從思想自由、精神生活與國民

創造力上講，它是豐富的、多元的、活潑的、生氣淋漓的。短短三十年間，這個國家基本上奠定了一個現代國家、一種現代文明制度設計的大致框架，確立了追求現代化的方向。這很不容易。至於那個時代的知識份子，既承襲了傳統士大夫身上的風骨，也在現代教育中學會了對普世價值的認同、對常識的呵護、對理性的尊重，有著遠比我們今天更多的豐富性與成熟度，因此格外讓我們今天為之神往。

　　這裏收錄的這些不成樣子的文章，就是我這些年寫下的一些大多與民國相關的文字。「長溝流月去無聲」一句，出自南宋詞人陳與義的《臨江仙》：「憶昔午橋橋上飲，座中多是豪英。長溝流月去無聲。杏花疏影裏，吹笛到天明。二十餘年如一夢，此身雖在堪驚！閒登小閣看新晴。古今多少事，漁唱起三更。」這種嘆惋，我相信不是我一個人的感覺。謝泳總是「遙想當年」；陳丹青更是説：「只可惜民國的整體風範，民國的集體人格，才告確立，才有模樣，就中止了，改道了，無可挽回。」這種回眸中的一聲嘆息，不單純是一種緬懷，更重要的是體現了一種對歷史的態度與取向。研讀歷史從來就不僅僅是對歷史本相的追尋與復原，更是隱幽地指向當下。在今天，我們對民國的興趣，絕不是為了重回那個時代，而更多的是希望通過這種對於民國的社會生活、精神生命與思想地圖的書寫、敘述，來為欲説還休的今天灌注一種「隔代的養分」，提供一種歷史的標杆。

二〇一〇年十一月

目次

長溝流月去無聲

國難時期的「李莊精神」

喜歡翻閱現當代學人自述、回憶錄一類史料的有心人，常常會邂逅「李莊」這個看上去再普通不過了的字眼。這個在自然地理意義上幾乎可以忽略不計的川東小鎮，因為日寇侵華所導致的中國知識界一次群體性的南渡西遷，使得她一度凸顯為現代學術史上一個與重慶、昆明、成都並列為中國四大抗戰文化中心的人文學術重鎮。一九四〇至一九四五年的六年間，在這個小小邊鎮的宮觀廟宇、會館祠堂、民家小院裏，在杜鵑聲聲的山坳深處，集聚了中央研究院所有的人文社科研究所（歷史語言研究所、社會科學研究所、體質人類學研究所）、中央博物院籌備處、中國營造學社、同濟大學和金陵大學文學研究所等重要的學術機構。包括傅斯年、董作賓、陶孟和、李方桂、李濟、梁思成、林徽因、金岳霖、梁思永、童第周、岑仲勉、郭寶鈞、凌純聲、芮逸夫、曾昭燏、吳定良、勞榦等一大批在當時就已蜚聲中外的一流學者，都曾經在小鎮上經歷過一段難忘的戰時學術生涯。而當年在這個小鎮上經受戰火淬瀝的後起之秀如周一良、梁方仲、巫寶三、湯象龍、屈萬里、羅爾綱、夏鼐、馬學良、何茲全、高去尋、王崇武、丁聲樹、全漢昇、李光濤、嚴耕望、任繼愈、周法高、董同龢、王世襄、王利器、傅樂煥、李霖燦、逯欽立、張政烺、陳槃、周祖謨、石璋如、胡厚宣、羅哲文、楊志玖、劉致平等先生，數十年後大多成了中國現當代人文社科學術史無法繞過的重要人物。至於自然科學界，在李莊時期的同濟學生中，走出了吳旻、唐有祺等十餘位兩院院士。可以說二十世紀後半期幾乎所有的

岱峻著《發現李莊》

國家重大科技項目，都有李莊同濟人的身影。一部民國學術史，李莊可謂是其中值得大書特書的一個章節。在國家板蕩、風雨倉黃的一九四〇年代，小小的李莊到底為中國的讀書種子提供了什麼樣的溫情呵護？而一代學人又如何在這裏堅持著他們韌性的學術擔當與深沉的人文理想？岱峻先生在其《發現李莊》（四川文藝出版社，二〇〇四）一書中，通過文獻鉤沉與田野調查的「兩重考證法」，為我們勾勒出了戰亂歲月裏中華文心學脈天行以健、弦歌不輟的一段歷史，也為知識界後來者樹立起了一道景行行止的精神標竿與人格參照。

　　如果説要用一個字眼來概括李莊精神，那就是舊年中國知識份子「憂道不憂貧」的追求——之所以加上了「舊年」的限定語，是因為對比今昔，我們很難確定，今天的知識界是否還有像當年那樣的理想主義情懷。且不説學術資訊交流不暢、圖籍在舟車顛簸中的丟失毀損，也不説暫棲他鄉的鄉思旅愁、時有發生的匪盜意外，連個人生活最低條件的衣食溫飽，在李莊都成了莫大問題。至於時常來襲的病痛死傷，無疑更增添了生活的疾苦。孟子云「無恆產而有恒心者，惟士為能」，貧病的生活，宛如李莊時期砥礪讀書人的一道試金石。按國民政府的規定，戰時知識份子所拿到的薪金，只有戰前的十分之一。史語所的當家人傅斯年自訴：學者「此一職業，在戰前頗為舒服，今日所入，幾夷為皂隸」。一向對軍閥政客睥睨笑傲的這位諤諤之士，此時竟不得不向當地的保安司令寫信求助，不惜打躬作揖：「請你不要忘記我們在山坳裏尚

有一些以研究為職業的朋友們，期待著食米……我輩豆腐先生──其實我輩今日並吃不起豆腐……」他還自我解嘲地說起上一次陪宴，因為難得的狂吃，致使腹瀉一周。李莊時期，梁思成、林徽因及梁思永一家人貧病交加，困頓至極。傅斯年一九四二年四月十八日寫信給教育部部長朱家驊，祈其向陳布雷、蔣介石轉達求援之意，信中飽含的惜才憐士、行俠仗義之情，讀來至今令人油然動容。他說，梁家家道清寒，如今萬里跋涉，「已弄得吃盡當光，又逢此病，其勢不可終日，弟在此看著，實在難過，兄必有同感也」。政府對梁氏兄弟當給予補助，理由有三：其一，梁任公「雖曾為國民黨之敵人，然其人於中國新教育及青年之愛國思想上大有影響啟明之作用，在清末大有可觀，其人一生未嘗有心做壞事，仍是讀書人，護國之役，立功甚大，此亦可謂有功於民國也。其長子、次子皆愛國向學之士，與其他家風不同」；其二，梁思成「之研究中國建築，並世無匹，營造學社，即彼一人耳。營造學社歷年之成績為日本人羨妒不止，此亦發揚中國文物一大科目」。夫人林徽因，亦今世之才女學士；其三，梁思永為安陽發掘之主力，「忠於其職任，雖在此窮困中，一切先公後私」。「總之，二人皆今日難得之賢士，亦皆國際知名之中國學人。今日在此困難中，論其家世，論其個人，政府以皆宜有所體恤也。」傅還特意說明：「此事弟覺得在體統上不失為正。弟平日向不贊成此等事，今日國家如此，個人如此，為人謀應稍從權。此事看來，弟全是多事，弟於任公，本不佩服，然知其在文運上之貢獻有不可沒者，今日徘徊思永、思成二人之處境，恐無外邊幫助要出事，而幫助似亦有理由也。此事請兄談及時千萬勿說明是弟起意為感。」與傅終生誼兼師友的胡適曾在《傅孟真先生遺著序》中一口氣用十餘個「最」字對傅加以推許：「孟真（斯年）是人間一個最稀有的天才。他的記憶力最強，理解力也最強。他能做最細密的繡花針工夫，他又有最大膽的大刀闊斧本領。他是最能做學問的學人，同時他又是最能辦事、最有組織才幹的天生領袖人物。他的情感最有熱力，往往帶有爆炸性的；同時他又是最溫柔、最富於理智、最有條理的一個可愛可親的

人。這都是人世間最難得合併在一個人身上的才性，而我們的孟真確能一身兼有這些最難兼有的品性與才能。」傅斯年為梁氏兄弟申請救濟一事，有力地印證了胡的這些評價。而林徽因知道傅的俠義之行後，「感與慚並，半天作奇異感」，她感激涕零地回信：「日念平白吃了三十多年飯，始終是一張空頭支票難得兌現。好容易盼到孩子稍大，可以全力工作幾年，偏偏碰上大戰，轉入舂些米的陣地，五年大好光陰又失之交臂。近來更膠著於疾病處殘之階段，體衰智困，學問工作恐已無份，將來終負教勉之意，大難為情了。……思成平日怕見人，得電必苦不知所措。」這就是風雨同舟共渡危艱中的中國知識份子！其實當時的傅斯年，自身生活也已經是泥菩薩過河，最困難時每餐僅能吃一盤「藤藤菜」，有時甚至連稀飯都接不上，嗜書如命的他也只好賣書度日。

時窮節乃現。抗戰時期，中國知識界群體表現出了前所未有的自覺擔當。如出版家王雲五提出「為國難而犧牲，為文化而奮鬥」之口號，以復興被戰火創傷的商務印書館，在抗戰情境中發揮了極大的精神砥礪作用。而對於蟄處李莊的學人群體來說，儘管亦有如考古學家吳金鼎等人投筆從戎參加戰地服務團和同濟學子慷慨從軍等悲壯之舉，但更多的則充分體現出了胡適所倡導的「健全的個人主義」：「救國的事業須要有各色各樣的人才；真正的救國的預備在於把自己造成一個有用的人才。」國家的紛擾，外間的刺激，更加增加了他們問學的熱情，培育了他們鑽研的定力。在看似絕不關係時局的學問生涯中，他們信奉「在紛亂的喊聲裏，能立定腳跟，打定主意，救出你自己，努力把你這塊材料鑄造成個有用的東西！」環境之清苦，並沒有使這一群讀書人放棄本分的責任，而仍然抱持著視學術為生命的人生追求。梁思成「體重只有四十七公斤，每天和徽因工作到夜半，寫完十一萬字的中國建築史，他已透支過度，但他和往常一樣精力充沛和雄心勃勃，並維持著在任何情況下都像貴族一樣的高貴和斯文」；童第周在同濟大學「點菜油燈，沒有儀器，只能利用下雪天的光線或太陽光在顯微鏡下做實驗」，卻做出了與國外權威學者不謀而合的胚胎學實驗；董作賓在李莊板栗

坍戲臺子的工作室裏，孜孜整理一屋子甲骨，「以掙扎度此偉大之時代」。按他弟子的説法是「師徒二人據大門板擺成桌子的兩邊，貓在戲樓院的戲樓上，唱了三年戲」。其獲得世界性聲譽的《殷曆譜》，就是在戲樓的一張大門板上寫成的；董同龢在農家的神龕上研究漢語音韻，其《上古音韻表稿》及《漢語音韻學》挑戰著名漢學家高本漢；從昆明來此休假的金岳霖，亦抓緊時間，開始重寫因躲防空警報而丟失的《知識論》書稿；凌純聲、芮逸夫完成了民族學的奠基之作《湘西苗族調查報告》；李方桂、馬學良奔走於叢林深處，從事西南少數民族語言調查，完成了《撒尼倮儸語語法》；梁思永在病榻上撐著硬脊樑，趕寫著山東龍山城子崖和河南安陽西北岡考古發掘報告；戰爭與疾病奪去了李濟兩位可愛的女兒，但他仍沒有耽下手頭的殷墟考古整理與研究；夏鼐不畏故里淪陷、經費困窘等困難，完成西北科學考察；李光濤、王崇武與勞幹開始整理明清內閣檔案與居延漢簡，《明實錄》、《居延漢簡考釋》是當時的重要成果；「東巴文化之父」李燦霖寫出了《麼些象形文字詞典》和《麼些標音文字字典》；陶孟和組織社會所的同人進行戰時經濟研究……偏僻的小鎮上，「大家都安靜地讀書各不相擾。我荒疏了好幾年，更想把失去的時間補回來。每天黎明即起，早飯後即去研究室。……每天讀書抄材料。」（何茲全語）「大家平常歡聚，如一家人，若為一個小問題而互相爭辯，必會面紅耳赤，爭個不休，最後推出一個『真理』雙方同意，才能停戰。」（董作賓）靜虛的邊遠環境裏，依舊流溢著深沉的學術熱情與不絕的民族精神。處此國家板蕩、民生凋敝之時世，雖説學者從政一度成為民國的潮流，但坐冷板凳專心學問仍是李莊知識份子的首選。中研院擬設民族學研究所，擬請語言學家李方桂執掌。閒雲野鶴的李先生一向信奉「一不拜官府，二不拜記者」。對朋友傅斯年的敦請，他説：「我認為，第一流的人應當做學問；第二流做教師；第三流才去做官。」傅聽後立即對李躬身作揖：「謝謝先生，我是三等人才。」李對學問的專篤和傅對學人的理解，都令人肅然起敬。政府延攬嫻熟民族文化和邊政事務的知識份子，擬任命凌純聲為新

一九三五年國立同濟大學在李莊舉行三十五周年校慶

疆省部執委。朱家驊屢次來電敦促，蔣介石亦擬接見，而正忙於苗族調查的凌堅不為動，對朱「一切手續均已辦妥，何能中止，且總裁召見，何能中止，則損失弟個人信用」的通牒，凌不惜提出「引咎懇辭本職，以謝我公」，不懼權貴。他們抱著挽斯文於不墜的恒固信念，在山坳的書案上焚膏繼晷，播火傳薪；在動心忍性困心衡慮的艱苦生活中，仍盡著一介知識份子的本分責職。

　　這種韌性的個人堅持，匯聚成中國知識界堅毅的力量。如季富政先生在《一位偉大愛國者的情懷》中所說：「一個學術團體，懷著對日本侵略者的仇恨，在另一個戰場展開民族精神與文化博大精深的砥礪，如戰士搏殺，廢寢忘食，日夜兼程，拼命磨礪著民族精神之劍，其閃閃寒光令侵略者膽戰心驚。正是這批中華民族的脊樑以炎黃子孫的孝道，民族的責任與道義，用自己的專業開掘與發現，去向侵略者宣戰，去昭示中華民族五千年來的輝煌歷程以及她的不可褻瀆，不可征服，這是刺向侵略者靈魂深處最犀利的鋒芒，是最動搖侵略者精神堡壘的重錘……漫漫長夜，孤單人影，寢食草草，路途艱危，如果沒有對祖國的拳拳之心，對民族文化海一般的眷戀深情，是不可能產生這鋼鐵般意志的研究行為的……」李莊時期知識份子的卓越表現，贏得了他人的敬重。一九四一年，美國史學家費正清到李莊做客，住在朋友梁思成家中。目睹梁氏一家艱難困厄中獻身學術的熱情，他由衷地讚嘆：「我為我的朋友們繼續從事學術研究工作所表現出來的堅忍不拔的精神而深受感動。依我設想，如果美國人處在此種境遇，也許早就拋棄書本，另謀門道，改善生活去了。但是這個曾經接受過高度訓練的中國知識界，一面接受

了原始純樸的農民生活，一面繼續致力於他們的學術研究事業。學者所承擔的社會職責，已根深蒂固地滲透在社會結構和對個人前途的期望中間。」（《費正清對華回憶錄》）

「人文薈，歌壯烈。績弦誦，聲未絕。念李莊父老，萍水扶協。」知識界勇於為學術獻身，為民族文化之命運擔當，另一端的普通民眾，也對知識界表現出慣有的尊重與禮遇。重教化、講斯文的民間傳統，使得當「中原之大，放不下一張平靜的書桌」時，古鎮李莊卻在長江邊為讀書人熱情地鋪就了另一張素樸卻不失溫情的書案。「同大遷川，李莊歡迎。一切需要，李莊供給。」一紙求賢若渴、熱情相邀的電文，流溢出小鎮對「下江人」知識群體的信任與尊崇。中央學術機構遷至李莊的一個重要紐帶，是以羅南陔為代表的當地開明鄉紳。鄉紳這個階層亦儒亦民的身份，使他們在溝通民眾與知識界時起到了不可替代的聯繫作用。更有意思的是，逯欽立、李光濤等年輕學人，因為時機與緣分，還成了李莊的「姑爺」。中國大地的廣袤民間，永遠像一處溫情無限的林地，總能在艱難時世中為猶如驚弓之鳥的文化人撐起一方祥和的濃蔭。

在幾十年後，時為北大教授的周祖謨先生到南京史語所舊址尋訪。陪同的南京大學教授魯國堯問道：「當年史語所的年輕人後來有沒有沒有太大成就的？」周回答說：「沒有。」魯問：「為什麼？」周說：「進來時都是精選過的。」傅斯年辦史語所捨棄「浮華得名之士」，他相信，天下之大，總有真正的讀書種子──即使是戰亂時期。民國學術之所以呈現出「亂世中的輝煌」，除了歸功於大批曾遊學歐美、「曾經接受過高度訓練」的學術中堅，戰時對年輕學人的遴選與培養，也值得今天的教育界深思。剛畢業的嚴耕望抱著「天真的做法」，冒昧給傅斯年寄去三篇論文，一月後傅就將其聘為助理員；李光濤則是史語所招聘的書記員；王利器參加北大文科研究所考試，因避敵機轟炸一場也未考完，傅斯年告訴他「不要考了」，「你早就取了，還準備給你中英庚款獎學金」，並徵詢他願去昆明還是李莊；傅斯年在中山大學發現學生陳槃的一篇作業頗有新意，就邀其面談鼓勵有加，在陳遭人誣告入獄後還

設法將其救出，聘到史語所；董同龢與周祖謨同時參加史語所考試，原定只取一人，因為成績突出，兩人被破格同時錄取；胡適將與自己相處數年的羅爾綱推薦進社會學研究所；羅哲文是梁思成為營造學社招募的練習生……戰爭年代，一切脫離常軌，但社會仍然沒有斷絕為讀書種子提供的可貴機會與出路，沒有關上促其成才的大門，這或許就是烽火時代也不失有情的一個側面。當代學人謝泳在談到戰爭狀態下的中國學術發展時，有一段平和而精當的論述：「按照常規，戰爭帶給學術的影響是深重的，但中國的學術界在戰爭中的經歷，卻有它相對例外的一面，就是說，戰爭雖然對學術產生了影響，但這種影響不是致命的。何以會出現如此的意外情況呢？我以為從大的方面說，要從這個時代的政治文化中去尋找；從小的方面說，就是生活在這個時期的學者，對於學術的熱情和執著，是完全以『獨立和自由』的精神去完成的。」（《西南聯大的學術傳統》）這並不完全是後來者對歷史想像性的概括，其實當時的知識界對自己所經歷的歲月就有過類似的評價，並自覺地以這種精神來惕厲自我。如哲學家賀麟一九四六年在昆明為自己的名作《文化與人生》作序時就說：「八年的抗戰期間不容否認地是中華民族歷史上獨特的一個偉大神聖的時代。在這期間，不但高度發揚了民族的優點，而且也孕育了建國和復興的種子。不單是革舊，而且也是徙新。不單是抵抗外侮，也復啟發了內蘊的潛力。每個人無論生活上感受到了多少艱苦困頓或災難，然而他精神上總感到提高和興奮，因此在抗戰期間每個人生活中的一鱗苦爪，工作上的一痕一跡，意識上的一思一感，都覺得特別具有較深遠的意義，格外值得回味和珍視。」應該說，李莊時期的知識份子群體，也充分承當、體現、弘揚出了這種現代學術品格與高昂的精神狀態。可惜的是，因為此後國共戰爭的影響以及政治的鼎革，天地玄黃之間，隨著史語所遷往臺灣、營造學社被裁併入清華、社會學所旋即被改為經濟所而取消社會學科、同濟遭解體而獨自保留工科，大批以歐美模式為主要參照的諸多現代學術研究機構與團體遭遇大面積挫折，數代人所致力的「學術社會」逐漸傷筋動骨、水流花謝，直到「文革」達

到頂峰，斯文終於掃地以盡。即使在戰爭年代也堅持不懈、歷困厄而彌新的現代學術精神，竟至於在此後一度成為絕響，以至於需要後來者自八十年代起重新發掘接續，這是不能不令人嘆息再三的。而從李莊走出的學人們，不少人離開大陸；即使留下的，也多在極「左」思潮中飽受政治折磨。曾經一度為中國現代學術充當過「保姆」與「奶娘」的小鎮李莊，自然也便被淡忘在歲月的塵封之中，直到有心人去重新「發現」，並由衷地為之而感動。

一九四九年裏的出版家張元濟

　　二○○一年，河北教育出版社推出《近世學人日記》叢書。令讀者頗感驚訝的是，首出者即有由張元濟之孫張人鳳先生整理的《張元濟日記》。這是該日記繼商務印書館一九八一年版（陸廷珏、汪家熔、金雲峰、朱蔚伯校點）之後的再一次新版，充分體現了叢書主事者不俗的學術眼光。前修未密，後出轉精，一向是舊書新版的通例。與舊版不同的是，新版《張元濟日記》字大行疏，裝幀更為精美大方，成皇皇兩巨冊共一千四百餘頁；編排則一改舊版按原件三十五冊順序排列的方式，而以年份逐一斷排。不過這還只是形式上的改變，要論內容上的最大不同，是新版增添了一九三七年日記殘本與一九四九年赴會日記兩部分。關於一九三七年日記殘本，張元濟之子張樹年先生在《張元濟年譜》（商務印書館，一九九一）第四三二頁首次引用此資料時特別注明：「除已印行的先父日記外，原還留有數冊日記稿本，『文革』被毀，我

《張元濟日記》

從廢紙堆中檢回《一九三七年日記》殘本一冊，現僅存此殘帙。」而在同書第五四六頁首次引及一九四九年赴會日記，卻對其避而不注一詞。筆者曾向參與舊版日記整理的學者請教當年商務未將張元濟一九四九年赴會日記收錄的緣由，得到的回答是因舊版所整理者純為館事日記，而一九四九年部分則不屬於工作日記，故無從納入。的確，舊版日記的「出版說明」開宗明義就說明了這一點。但這種解釋，似乎不能完全消除讀者的疑惑：既云「館事日記」，當在書名中注出而不宜徑書「張元濟日記」；況且從現在所見一九四九年赴會日記所記內容看，也並非全是個人私事而多有關館中事務。更為深層的原因，不知是否因為一九四九年赴會日記所記內容，在二十世紀八十年代之初日記問世時時機並未成熟而仍多有「不合時宜」之處的緣故。

　　「一九四九年赴會日記」（從九月三日至十月二十日），指張元濟在一九四九年由滬北上至京參加首屆政協會議的日記。它的重要價值，在於其深刻地折射出了作為一位舊年知識份子的張先生在大轉折的一九四九年裏的複雜心態。在鼎革變化的一九四九年，中國知識份子所普遍面臨的政治抉擇，多可以從許多他們北上迎接新時代的行動與心緒中看出，半個多世紀過去了，這仍然是一個極有意思的歷史話題。錢理群先生所著《一九四八：天地玄黃》（山東教育出版社，一九九九）一書，對於知識份子在一九四九年前夕去留進退的微妙心情，剖析至當。尤其堪稱妙用的是錢先生於每章的開頭，摘錄葉聖陶先生一九四八年的日記作為涵括全章論題的引子，極其巧妙地貫串起了一年中的思想史線索。盤點起來，這類較為私密性的日記文本，在一九四九年前後並不少見。一九四九年二月，包括葉聖陶、柳亞子、王芸生、徐鑄成、曹禺、鄭振鐸、馬寅初、趙超構、宋雲彬等在內的二十餘位在港文化名人，應中共中央之邀，乘「華中輪」北上參加新中國建設。三月一日葉聖陶先生在船上出了一個謎面：「我們一批人乘此輪趕路」，猜《莊子》一篇名。同樣曾是開明書店中人的宋雲彬先生射中為：「知北遊」，即知識份子北上。令人感嘆歷史多情的是，這次「知北遊」途中留下了包括

日記在內的諸多文字。至今已經陸續問世的日記，較為人知的有《葉聖陶北上日記》（見花城出版社一九八二版《日記三抄》、江蘇教育出版社一九九四年版《葉聖陶集》、三聯書店二〇〇二年版《旅途日記五種》）、《柳亞子日記》（上海人民出版社，一九八六）、《宋雲彬北遊日記》（刊《新文學史料》二〇〇〇年第四期，又見山西人民出版社二〇〇二年版《冷眼紅塵》）等。細讀諸種日記，很可以窺見這些在舊時代奮鬥、追求過的文人在新時代到來之前既充滿希望與憧憬，又心懷迷惑與擔憂的複雜心態，以及他們在新環境中個人心理與精神的「微調」，一代知識份子的思想變遷，如草蛇灰線般地在其中時隱時現。即以對光明前途的模糊與擔憂而言，葉聖陶先生一九八一年將《北上日記》收錄於《日記三抄》公開出版時，曾在所加短序中說：「大家看得很清楚，中國即將出現一個嶄新的局面，並且認為，這一回航海決非尋常的旅行，而是去參與一項極其偉大的工作。至於究竟是什麼樣的工作，應該怎樣去做，自己能不能勝任，就我個人而言，當時是相當模糊的。」應當說，這典型地反映了當時知識份子的普遍心態。張元濟先生不在「知北遊」的船中，但他與葉聖陶、宋雲彬等出版家及王芸生、徐鑄成等新聞人有著極大的相似性，都是舊年純正的知識份子和民主黨派身份。而稍有不同的是，相對年長的張元濟先生，身世與經歷較葉聖陶及其他先生們有著更為複雜的歷史感。他曾是「戊戌子遺」，見過了自晚清以來幾乎所有的改革與挫敗、求新與復舊、欣喜與悲傷、歡歌與痛哭、成功與失敗；在出席新政協的人當中，他是見過光緒、孫中山、袁世凱、蔣介石、毛澤東等「中國五位第一號人物」（見山東畫報出版社二〇〇一年版、張人鳳著《智民之師‧張元濟》第二五頁）的文化名人，可謂是閱世甚深。十九、二十世紀之交亂世中國的變遷嬗遞、知識份子的榮辱浮沉，於他可謂是身於其中、千帆過盡。加上自己長年沉緬史書，嫻於史事，對現實的理解見識自然超邁他人。歷史的政治前廳裏變更頻仍，而作為文化人的張先生，自從在戊戌變法中遭遇重創，痛定思痛而絕意仕途之後，他就一直寵辱不驚、心無旁騖地經營著他的出版文化產業，深沉地盡現代知識

張元濟一九四九年八十三歲像

份子一己之擔當。從一九四九年日記可以看出，面對一個新時代的到
來，此時已經年過古稀的他，固然有及見長達半世紀的抗戰及內戰終於
塵埃落定，太平時世有望到來前的欣喜，但還是流露出了一絲對時代將
定未定、難以把握的惶惑之情。

從舊友陳叔通先生信中得到新政協會議即將召開，自己被列為代
表的消息時，起初張元濟先生馬上託詞謝絕了，自道「實有難於應召
之處」。至於理由，就像一九一三年他拒絕熊希齡邀請自己任教育總長
時所說的「自維庸劣，終不敢誤我良友、誤我國家，並誤我可畏之後
生」（民國三年九月十二日致熊希齡札，見一九九七年商務印書館版《張元濟
書札（增訂本）》下冊第一二七八頁）相似，他縷述原因：其一，如今自
己「腦力漸覺衰退，每思一事，甚易坐忘，遇有需費鑽研之事，思慮亦
復不能深入……似此衰屏，有何裨補？」其二，「中共諸子多非素識，
在會中者，屈計故交大約不及十人。氣類太孤，殊覺岑寂」。其三，自
己「素性戇直，不喜人云亦云，況值此國家多難，又重以弓旌之招，若
緘默不言，實蹈知者失人之咎。若任情吐露，又招交淺言深之譏」。其
四，「都門親故雖已凋零，然尚不少，廿年闊別，既舊遊重到，不能不
稍稍周旋，平空添出無數應酬，亦大苦事」。還有，兒子單位上正「倡
議裁汰」，如今要他請假陪伴自己北上，「必被順水推舟，從此失業，
以後何以為生？」因此他要陳叔通「善為我辭」（一九四九年八月二十四
日致陳叔通札，見《書札》中冊第七五四─七五五頁）。就在給陳寫信的當

日晚,上海市政府交際處處長梅達君來訪,轉致中央來電邀請北上之意,恰逢張元濟早早睡下了,而由兒子接待。次日他寫信給梅,說自己「並未接得當軸電示,亦無等函牘,自審菲材,愧乏貢獻,且年力衰邁,方染微恙……苦精力不逮」,因而不便遠遊,謝辭政協代表。兩天後政府方面由陳毅、潘漢年來信慰問並再致意說:「如近日貴體轉佳,盼能北上」,並希望他九月十日到達北平。猶豫之中的張元濟答覆說:「自慚樗櫟,愧乏訏謨,且子身遠行,憚有種種障礙,再四思維,甚難遽行決定。」(八月三十日致梅達君,見《書札》下冊第八五七頁)「元濟樗櫟庸材,涓埃莫效,仰蒙寵召,無任悚慚。邇屆衰年,時時觸發舊疾,憚於遠行。……際此殘暑,子身遠行,殊感不便。故一時行止尚難決定。」(八月三十日復陳毅、潘漢年,同上)儘管口氣已經有所鬆動,但張元濟無疑仍在猶疑觀望之中。就在此時,曾為商務職工、得中央授意的陳雲來訪,告訴他不久前到東北視察期間,見到瀋陽、長春商務分館情況均好,請先生放心,並向他介紹黨在新民主主義時期的經濟政策(見張樹年主編、商務印書館一九九一年版《張元濟年譜》第五四六頁),張元濟才在九月三日決定北上赴會。託病不出,是中國古代士大夫於朝代更換之時常用的故技。作為一個現代知識份子,張元濟這一由拒絕而猶豫而終於同意的心態,反映出了他微妙的思想變化。

臨行前,張元濟還要為正困擾著商務的勞資糾紛而大費心思。勞資糾紛在舊年商務史上一直沒有斷過。商務的工人運動,歷史上有著較好的基礎。張元濟對於工運及勞資糾紛,一向是主張「和平改革,勿傷元氣」。一九二六年八月,他在商務各工會組織聯合發起的紀念三十周年館慶大會上講話說:「勞資之怨,在西方尚未解決,不過西方不能解決之問題,難道不可以東方先行解決?難道不可在本館先行解決?解決之途徑,不外誠意合作。」(《智民之師‧張元濟》第一一二頁)但際此轉變之時,糾紛有著更為複雜與深層的原因,也體現出更為鮮明的時代特色,如何慎重處理根本並非易事,而且無法像以前那樣資方處於絕對主動地位,可以快刀斬亂麻。加上由於公司經濟效益的滑落,勞資矛盾

更是空前尖銳。此前的六、七月份，張元濟一直在為商務的業務改進事情絞盡腦汁。一再提及的減薪事宜，工會方面一直未接受。（《年譜》第五四五頁）登車北行的前一天，張元濟「出赴商務印書館，約職工會常務委員敘談。略言余將北行，際此艱難，甚盼努力合作。當此合作伊始，彼此都不能相互滿意，但望持之以恆，總能達到目的。若輩斤斤於總務改組，新訂章程及人選均不滿意。餘言人選我亦大不滿意，但當局諸君斟酌再四，確有為難。此次用人較多，即預備數月之後去留地步」（九月五日日記）。在去商務時，他還「見職工會懸有紅字通告，對公司改組總務處辦法有所不滿，招令會員陳述意見」（九月六日致丁英桂，見《書札》上冊第一七五頁）。到北京後，住在六國飯店的張元濟仍掛念此事：「得陳叔之十日信。知職工會指責改組案，異常蠻橫。叔之提出原則二項，尚正當。然同人無能相助者。夜寐不寧。」（九月十三日日記）看了此信後一夜沒睡好的張元濟，第二天一大早就把信面交給同時與會的陳叔通看，「甚為不平。言允職工會要求開緊急會議尤不合」（九月十四日日記）。他草擬一份回覆商務總經理陳叔之的電報，陳叔通修改了幾處，卻不願列名。他還給另一董事陳拔可寫信，「請堅持拒開董事會」（九月十五日日記）。九月十九日，張元濟等應毛澤東之邀，同遊天壇，回來後陳叔通向他轉述，總工會領導人李立三在政協籌備會上講演，說「工會要求不宜濫允……工會有團結，商業同業無組織，不團結。遇工會過分要求，只圖苟安。目前隨意應允，且與簽約，事後翻悔。此與工會為難者一。又資方怕事，工會要求不敢與之爭辯，一切順歸工會，工會即欲扶助，資亦無從措詞。此與工會為難者二」。李立三希望「資方與勞方儘管鬥爭，鬥爭不已，工會出為仲裁，反可持平。並盼資方不可怕事。怕事反要生事等」。張元濟還託人取得一份北平藥業勞資集體合同，大概是想以此作為參考之意。他將李立三講話的大意以及藥業勞資合同，都隨信寄給遠在滬上的陳叔之。十月八日李立三與朱學範來訪，張元濟向他們說商務的職工會籌備會常務不肯加入改組職務，「似欠合作」。李立三問他原因，張元濟說：「諸人以恐被疑

為資方買收，故而膽怯。」李立三支持他説「職工不應違抗公司用人之權」。就在張元濟返滬後的一九四九年底，張元濟在商務工會成立大會致辭時，突然患腦血栓症倒地，留下了左半身不遂的後遺症。王雲五在《張菊老與商務印書館》一文中出於狹隘的政治偏見，將張得病之原因歸咎於商務勞資糾紛中對他的「侮辱」。此説後來遭到中外諸多學者，包括張元濟後人的辯駁。我們不好將張的病情直接歸因於商務勞資糾紛，但對於一位年逾八旬的恂恂老者來説，這種過度的操勞，無疑是一大勉為其難的負累。順便可以提及的是，大陸一向很少出版王雲五的著作，即使如僅見的《舊學新探：王雲五論學文選》（關鴻、魏平主編，學林出版社，一九九七）一書，編者在出版緣起中説：「鑒於大陸在當今語法體系等方面與海外的習慣有些不同，因此，在編輯過程中作了少量刪節，特此説明。」其中所收《張菊老與商務印書館》一文就作了一定刪節。對照刊發於臺灣《傳記文學》四卷一期或收入《談往事》一書的原文，可知刪節的正是王雲五論述張元濟一九四八年中期至逝世前一段歲月經歷的有關文字。這種刪節性處理是不太妥當的，令人感到遺憾——我們未必會認同王的看法，但這畢竟是他的真實觀點，也為我們認識晚年的張元濟提供了一個參照。

作為舊中國出版重鎮而一直穩坐「龍頭老大」的商務印書館，此時的發展已經步履維艱。來京前張元濟就曾向陳毅呈文，訴説了職工薪金難支的情況，懇求政府「垂念此五十餘年稍有補助文化教育之機

與毛澤東一起遊天壇

關，予以指導，俾免顛覆」（《商務印書館董事會議簿》，轉引自《張元濟年譜》第五四六頁）。張人鳳在《智民之師》中介紹說：「其實這時商務印書館的處境非常困難。滬、港、平三處商務印刷廠抗戰前年用紙量七十五萬令，而一九四八年降至六點六萬令；人均用紙量一九三六年為三百四十一令，一九四八年為一百三十令。一九四九年頭五個月基本上沒有出版書籍，現金已入不敷出。上海解放後，局面也不可能在一夜之間有所扭轉。一九四九年用紙量為一點三七萬令，人均二十七令，比一九四八年又有大幅度下降，職工工資減少。最嚴重的恐怕是新書出版的萎縮。一九四九年九月出了《小學教師學習叢書》等四套小學叢書，缺乏新意，不足以適應新時代的需要，作者和讀者的興趣亦由此轉向其他出版社。」（第二二八—二二九頁）日益被提上議事日程的出版分工合作改革方向，也在張元濟的日記中得到了充分的反映。十月九日，鄭振鐸、胡愈之同來見張元濟，說日後出版將注重分工合作，各專一類。對於一向是全面出擊、包羅綜合的商務來說，這無疑是一種打擊。對於合併為中國圖書公司，張元濟為難地說：「聯合出版社，聞春季須大加擴充，若如今年秋季例，由各家比例出紙，再加以華東、華南、華西、華中，匪特商務一家為難，恐各家亦無此能力。」胡對他說，這只是試辦性質，如果有困難，可作變通。第二天宦鄉來訪，他向張元濟建議說，可以請政府將新華書店不能盡做的業務，勻一部分給商務，如《毛澤東選集》等，「以圖挽回館譽」。舊時代裏一向在市場競爭中勇猛進取的商務，此時不得不希望得到一部分分配性的業務，從中很可以窺見這家舊時代裏最大的文化企業在新時代變遷的一個側面。原先編印發三位一體的商務，在此後分別被歸於出版、工業和商業三個領域，出版門類大大縮小，一九五八年後更是被嚴格限制在出版翻譯外國哲學、社會科學學術性著作和中外文語文辭書這一有限的範圍內。商務舊人章錫琛先生二十世紀八十年代寫回憶錄《漫談商務印書館》（收入商務印書館一九八七年版《商務印書館九十年——我和商務印書館》），其中說道：「一九四九年上海解放以後，商務為了解除不可克服的困難，八十高齡

傅增湘一九一九年四月致張元濟信

的張菊老曾經親自到北京，邀請陳叔通、胡愈之、葉聖陶和我等幾個人，商談爭取公私合營的辦法。」言語中透露出對這位八旬老者仍勉力劬勞的欽佩，也流露出了對其後無替人的同情。從時間上看，這應是在政協會議期間的事。對於在天地玄黃的時代中商務的命運，從具體的歷史情境看，就如張人鳳在上引書中所言：這「在一定的歷史條件下，是一種最佳的選擇」。但無可否認的是，對於具體情境中接受這種歷史命運的人來說，心理上的一時失衡是難以避免的。此時商務職工因資金缺乏、勞資糾紛等問題不時發出怨言，一九四九年十一月二十六日張元濟在商務作出席政協會議的報告時語重心長地說：「現在有許多人對共產黨不滿意。是的，共產黨並非沒有錯處，但是現在除了共產黨還有誰呢？還有誰能負起這一艱巨的責任呢？我們總希望國事一天一天的轉好，多說些話是無益的，我們唯有在共產黨的領導下，埋頭苦幹，奮發圖強。也有人說，共產黨來了，我們的生活苦了。要知道這苦是幾百年——尤其是近百年所積累下來的苦，並不是共產黨帶來的苦。……解放並非換朝代，這是幾千年來的大變。……我們全國人民還得忍苦忍勞，咬緊牙關，渡過這一非常時期，建設起獨立、民主、和平、統一和富強的新中國。」（《出席政協會議之回憶》，轉引自《年譜》第五五二—五五三頁）應當說，這其中蘊涵了張元濟一份深沉勇毅的擔當與負重。

　　前面說到張元濟不願北上的託詞之一是，舊地重遊，無法不周旋都門親故，會給自己憑空添出無數應酬，「亦大苦事」。及至到了北京，張元濟於故友親朋方面，多有照拂。與姪孫張祥保、姨丈俞階青等親友的相聚，給這位長者帶來極大的歡樂。他與兒子一起去憑弔岳丈許庚身的故居，還託學生陪兒子去看了舊年恩人徐用儀的故宅。舊年在此冠蓋京華，風流俊逸，而今已恂恂老矣，故地重遊，自然多有著物是人非的感受。尤其是在同道朋友的交遊方面，更有著讓他一言難盡的感受。張元濟去看望了舊年的同好摯交傅增湘。這位當年名滿天下、位至民國教育總長的文人，自從一九一一年六月與張元濟在中央教育會第一次會議上相識以來，兩人書札往來長達四十餘年。八十年代出版的厚厚一冊三十余萬字的《張元濟傅增湘論書尺牘》（商務印書館，一九八三），見證了他們的交遊之密切。兩人在藏書、校勘、保存影印古籍等方面的合作及成果，可謂是珠聯璧合，尤其是張元濟在主持商務影印大型叢書時，得傅之助尤多。作為一名著名的版本目錄學者、藏書家，傅的「雙鑑樓」、「藏園」藏書一向名動天下；他還性好遊歷名山大川，放意縱懷，南北殆遍，登山臨水，夙具勝情。「六十以後，腰腳猶健，故招攜俊侶，常肆遊觀，一歲數出，不以為勞。」（《藏園老人七十自述》）而今舊友張元濟所見，傅已是「臥不能興，舌本艱澀，語不成，偶有一二語尚能達意。見余若喜若悲」（九月十二日日記），毫無當年的風流逸彩矣。一月後南下臨別，張又去見了傅，說了一些滬上舊友的近況，「唏噓作別，恐此為最後一面矣」（十月十五日日記），其中可以看出張元濟無法抑制的感慨傷懷。這種情誼，自然有著無法為外人所體會的相知之感。而對於商務舊人中適應新時代因而才華漸展者如陳雲、胡愈之、沈雁冰、鄭振鐸、陳叔通等人，日記也記錄下了他們微妙的關係變化。當年出入商務的練習生，此時都居於或將居於領導地位。這種相互之間地位的變化，微妙地影響著他們與張元濟、商務的關係。如沈雁冰。此時商務一直缺乏一位能夠董理全局的編審部主任。張元濟極希望沈雁冰南下重回商務。來京前的七月十九日，他提議將商務原先的編審部改為出

一九四九重遊科舉殿試重地——北京故宮保和殿

版委員會，擬請沈雁冰擔任會長，董事會通過了此項決議。在北京見面時，沈雁冰說自己「甚願南下，重回本館，但此間有關涉文藝職，甚難脫身」。他推薦了鄭振鐸。張元濟「再三致意，渠終辭。余答以亦不敢過強」（九月九日日記）。在離京南下的前一天，張元濟還與陳叔通專門拜訪了沈雁冰，日記中記道：「午後二時，偕叔通訪沈雁冰。余復申前請。沈堅辭。嗣請代擬一進行計畫，先用淺文小冊，以自然科學、技術、文藝為主。沈謂當與振鐸共同商酌。余言叔通未行，並乞會商。」（十月十八日日記）在張元濟返滬後，沈雁冰數次致信，堅辭商務出版委員之一席。此一時彼一時，早年由練習生而至《小說月報》主編的沈雁冰，此後不久出任共和國文化部部長，要他在一個歷史意味太深的民間企業裏任職，無疑是不可能的了。

民生問題，一向是張元濟作為一個開明的知識份子較為關注的內容之一。一九四九年六月的一次上海耆老座談會上，張元濟對生產、開荒、水利、教育等事關民生方面的問題提出了建議。他所提的「發展海運」一條，也與此相關。十月十一日，毛澤東邀請張元濟與周培善到中南海進餐。賓主暢談中張元濟提了兩條建議，一條是憑著一位老出版家、新聞人的經驗，提出應設法使下情上達，廣開言路；另一條，則是建設必須進行，重要的有交通、農業、工業。他說經歷八年抗戰、三年

內戰，民窮財盡，現在百端並舉，民力有所不逮，關鍵是要權衡緩急。民生問題的核心之一是土地改革。儘管要到一九五〇年一月召開的一屆二次政協會議上中央才將土改問題提上中心，民主人士自身的經濟利益與土地改革日益明顯的矛盾與衝突要在以後才逐步凸顯出來（袁小倫《生死關頭：民主人士與土改運動》一文對此有詳述，刊《書屋》雜誌二〇〇二年第八期），但類似的衝突在一九四九年裏就已經出現苗頭了。九月十六日，張元濟在日記中記錄下了來訪的河南第一師範副校長高鎮武所說：「自言年七十矣。……日本軍至，為被侵略者；入八路軍，國民黨來，又為反動派；解放後又目為剝削者。房屋先後均為他人所有，僅留七八間房，供口棲止。」晚上陳毅與梅達君來訪，聊天時陳問及張在北京的舊友今存幾人，受高鎮武之事所觸動的張元濟就向陳轉說了傅增湘房產為他人所占一事：「余言前日訪傅沅叔，其同鄉也（引者注：傅與陳毅同為川人）。病癱瘓，口不能言，且貧甚。其所居正房均為人所占，伊問為某軍隊所占，昔為國民黨軍，今則不詳。」陳毅答覆說「當查明，為之設法」（九月十六日記）。九月二十七日，他接到遠在南方的藏書家劉承幹來書，告訴他說南中糧賦很重，嘉業堂藏書樓為解放軍部隊佔用。劉請他代向政府轉述，懇請撤出部隊。張在回信中說：「承示南中糧賦重重，民力困竭，屬向當道進言。某日與孝懷兄同詣毛氏，慨切陳詞，毛謂亦知民困甚深，只以大軍麇集江浙兩省，糧需孔亟，擾及閭閻。今軍隊陸續南下，可以減少數十萬人，以後當可逐漸寬緩云云。至於南潯尊府藏書樓被軍隊佔用，當與韋愨副市長言之。據稱此屬浙省範圍，非上海軍管區力所能及，應向浙省政府陳請。鄙見事關文化，盡可據實陳明，請其發還，當不至於被拒。」（一九四九年十月三十日致劉承幹）此事後來結果如何，不得而知。十月十五日學者孫楷第來，也向張元濟談及他「故鄉土地改革事多有未當，言下慨然」。讀到這樣的日記，我們不能不佩服張元濟這位閱世豐富的長者對時勢與氣氛敏銳的洞察力。他所記下的並非特殊現象。袁小倫在上引文中說：「總體而言，民主人士自身的經濟利益同土地改革是相矛盾的。用改革

開放以前的一句常用話講，真是『革命革到自己的頭上了』。」當時與張元濟一同與會的另一位老民主人士柳亞子，常常是「牢騷太盛」，令他牢騷不已的原因之一，就是不斷聽到自己故鄉為關於房產、土地之類的求援之聲。宋雲彬一九四九年七月二十四日的日記記道：「柳太太謂余言，亞老在故鄉有稻田千畝，解放後人民政府徵糧甚亟……折繳人民幣，無垢因此售去美鈔六百元。又云，鄉間戚友為無法交納徵糧款，紛紛來函請亞老向政府說情者，亞老皆置之不理。」（《冷眼紅塵》第一四三頁）柳亞子雖說能「識大體」而對這類頻傳的呼聲「置之不理」，但無疑，這增添了他們作為一個「嘆息腸內熱」的知識份子對民生作出本能的關切。張元濟本人故鄉是否有此遭遇，從目前所見資料無法論定。上述王雲五《張菊老與商務印書館》一文轉引「民國三十九年十二月自由中國半月刊登載同年有人帶到香港付郵的一項上海通訊」說：「他（張元濟）返滬後，又被任命為華東軍政委員會副主席，更覺高興。不料迭接海鹽的家鄉來信，謂族眾多遭清算，甚至他族裏的祠堂和祭田也受到強奪之威脅；於是他在祠堂張貼佈告，說明面奉『毛主席』示，下級黨政人員不得擾民，一面又向本族招告，謂當匯齊代向有司申訴。稍後他向華東軍政委員會主席饒漱石陳說，饒當即勸其勿管閒事，因為他這些親友都是土豪劣紳之流，是應該清算的。他聽到這些話，很是冒火，正想直接寫信給在北平的毛澤東。」這段文字在《舊學

張元濟祖孫三代在一九五六年

新探》中被刪節無遺,《年譜》也未及一詞。此事在海外流傳甚久,但被大多出版史學者論為訛傳。

一九四九年的日記,還記述了張元濟在參政議政方面的努力。這位在一九四八中央研究院院士大會上曾以「芻蕘之言」而令知識界振作(連一向敢言的胡適都為之擔心說:「你的發言未免說得太煞風景了吧」)的老者,此時仍然有著一定的政治熱情。他提出刪節「禁止肉刑」條,增加「推廣海運」條等;即使反對西曆這條建議沒有被接受,也得到了解釋與回覆。與毛澤東同遊天壇、頤年堂座談等情形,更是給他留下了記憶。對《共同綱領》,張元濟曾直率批評:「文字甚欠整潔,前後亦欠貫串。發言人多斤斤於詞句之末。」(九月十四日日記)儘管冷卻多年的政治熱情稍有升溫,但對於自己的一言一行,張元濟似乎極為謹慎。九月十三日,《大公報》記者高汾與張先生談至兩小時,「臨行前諄囑所談勿發表。高言當寫成,候余許可」。二十四日,《光明日報》記者謝公望來訪,向張元濟問及身世及對新政府的感想,張元濟贈給他《芻蕘之言》、《新治家格言》及《奇女吟》各一冊,並告訴他說如果要將自己的答語登報,「請先以稿本見示」。

張元濟研究,在當下的出版史研究中是一個熱點。已經問世的諸多張元濟傳記等相關著述,對其一九四九年前後的心態,都強調他「望斷天涯」(吳方《仁智山水》中語)而「及身已見太平來」(張元濟自輓聯語),順應新時代的一面。無疑這當然是主要的一面。作為一個開明通達而不拘泥守舊的知識份子,張元濟一向體現出了其順應歷史與時俱進的胸襟與見識;但無可諱言的是,像任何一位舊年知識份子一樣,處於時代變革中的張元濟對新時代一時也無法就做到徹底投入。他的日記微妙地折射出了這一點。文人遇上大時代變動,當然比一般人更為敏感,因而也更為「瞻前顧後」,有著一種本能的「保守主義」情懷。這與政治有關,但又可以說不全是政治因素,而大體是文人的性格與本能。抱著歷史唯物主義的態度來看,今天我們不應也不必對此有所忌諱。

順便可以提及的一點是，新版《張元濟日記》的不足之處之一，是無任何出版說明。如對整理體例如何，是否刪節，新舊版本的區別何在，等等，都無任何交代。而與其同屬《近世學人日記》的《桐城吳汝綸日記》等，則對此作出了說明。如能有所說明，則將有助於我們深入讀解《張元濟日記》。

「中國還得爭氣才對！」

——讀《東京大審判——遠東國際軍事法庭中國法官梅汝璈日記》

近年學界對日記的史料價值日益看重，最典型的表達即如謝泳先生所概括的：「傳記不如年譜，年譜不如日記。」基於這種認識，大量的日記尤其是近現代人物的日記因此得以順利發掘、出版，可謂形成了一個小高潮。從當前的情況看，日記出版所需要注意的，不在於「錦上添花」地將已經問世的日記一而再、再而三地「升級」重複出版（除非是補遺），而在於「雪中送炭」地將一些仍受冷落的日記「撿漏」出版，這才是嘉惠士林、功德無量的好事情。在全世界人民隆重紀念反法西斯戰爭、中國人民抗日戰爭勝利六十周年之際，江西教育出版社推出一九四六－一九四八年代表中國出任遠東國際軍事法庭法官的現代法學家梅汝璈先生的日記，就是這樣一冊「撿漏」之作。像許多經過後人整理的日記一樣，梅氏日記被整理者冠以「東京大審判——遠東國際軍事法庭中國法官梅汝璈日記」這樣一目了然的概括性書名；也像許多歷經劫難、難存全璧的日記一樣，這本日記只存留有從梅汝璈先生一九四六年三月二十日抵達東京到開庭後的五月十三日短短五十多天的文字記錄，中間還有數日或殘或缺。不能全景式反映東京大審判這一歷史大事件，固然令人備感遺憾，但窺一斑知全豹，作為歷史的全息性「切片」，這一文本仍然有著我們無法輕忽的歷史價值。透過這薄薄五

《東京大審判——遠東國際軍事法庭中國法官梅汝璈日記》

萬餘字的字裏行間，我們可以窺見作為一名代表正義與勝利的國家的大法官、一名法律理性與民族情感交織於心的現代知識份子，在世界歡呼勝利而國事日趨蜩螗這一特殊歷史情境中的複雜心情。日記給讀者印象最深的，除了對日本軍國主義可能東山再起捲土重來成為「未來的災禍」的戒懼之心，就是「對於自己國家的不爭氣最感痛苦」這一時常湧起的喟嘆和「中國還得爭氣才行！」的急切籲請。咀嚼前者，其現實意義固然重要；但深入讀解後者，亦有著我們今天重讀梅汝璈日記時不應忽略的歷史理性。

一

在從上海飛赴東京的途中，作為一個勝利國的代表，梅汝璈有著一種油然而生的自豪感。日記開頭就寫道：今天的天氣特別好，起身推窗一望，只看見一片蔚藍天色，襯著一個紅亮亮的太陽。二十多天連綿不斷的淫雨停了，「這是最近三星期以來未曾有的景象。碧藍天色日東升，大有仲春氣象，和昨日陰霧重重的情景大不相同。事雖出於偶然，它卻使我內心中覺著十分愉快，格外興奮」。他與旅途中邂逅卻對他尊敬有加的美國軍官麥克樂談笑風生，而對同機的兩個日本人，感覺

「表現很卑怯和藹，很想和我接近的樣子」。以勝利者的姿態初次踏上八年來浴血抗戰的敵人的本土，感想自然很多。按理，梅汝璈應該有一種勝利者的自豪和愜意。確實如此，到達日本的第三天，他甚至抱著一種清閒的心情坐在灑滿陽光的陽臺上安靜讀書。「今天這樣安靜的環境，這樣清閒的心情，不用說當然是我讀書的好機會了。」但當暫時的輕鬆轉瞬即逝後，另一種沉重很快無可抑制地襲上心頭。除了審判程式的遲遲不啟動讓人「閒得有點難受」（原定四月十五日提出起訴書，但直到四月二十六日起訴書千呼萬喚始出來；五月三日，也就是距日本投降簽字的一九四五年九月二日已經八個多月後，遠東國際軍事法庭才開庭了）。更為突出的，是身在異國，猶如置身於一組明亮的鏡子前，更容易反觀出自身的處境與形象，以及由此而生出的對祖國命運的深摯牽掛。為了爭取國家的榮譽、地位和尊嚴，他「小題大做」地與由盟軍最高統帥麥克阿瑟指定的庭長——澳大利亞老法官威廉・威勃等作鬥爭，最終贏得了以受降簽字先後為序排列法官席次，即美、中、英、蘇、澳、加、法、荷的勝利；在對戰犯量刑時，一些來自未遭到日軍過多踐踏的國家的法官們不贊成處以死刑，梅汝璈根據審判過程中兩年來收集的日軍暴行，主張對首惡必須處以死刑，並聲明若不嚴懲戰犯唯有蹈海而死。這些濃墨重彩在歷史上一向受到後人的銘記與稱頌。但一些小事情，卻如螞蟻般不停地齧噬著梅汝璈的心靈。

首先是戰事方休的紛紜之中，中國在對日本外交方面的馬虎低效與缺乏通盤考慮。這位大法官想寫封家信，也沒人能帶回去。「想到這裏，我內心中憤恨而又慚愧。日本被佔領已經半年多了，而中國還沒有一個正式通信的辦法！連在日本的中國官吏家信都無法寄遞。這是何等的可憾！」過了幾天，正在東京考察戰後日本教育的中央大學校長顧一樵（顧毓琇，曾任國民政府教育部次長）搭機回上海，梅打算請他帶一批信到中國去郵發。梅汝璈再次發出類似的感嘆：「提起中日通信，也叫人感慨萬分。中國人在這裏有這許多，日本投降也半年多了，而一個中日通信的正常方法都沒有辦出來。有的人來了兩三個月，連一封家信

都常收不到。除了託朋友代投之外，似乎沒有第二個可靠的方法了。」保僑工作還沒有展開，華僑仍有許多不便之處。如果說這還算小事，那麼代表中國來日本的政府官員的形象問題，則總算是要緊之事了吧，但似乎也難如人意。朱公亮將軍作為中國特派出席盟國對日委員會的總代表，也就是中國駐日的最高長官，他抵達日本時，報紙上卻一個字的消息也沒有。梅汝璈看著報紙，情不自禁地發出「叫人愧憤、憤怒」的感慨：「我們的情報和宣傳工作實在辦得太差了！昨天在機場迎接的連一個中國新聞記者都沒有。又何怪今天外國報紙上一個字都不提。」再如，日本侵華戰爭至少有十五年之久，按理說中國可以提出的戰犯證據應該是最多的，但恰恰相反，中國所能提出的證據實在太少，翻譯更是人手少，很是讓梅汝璈的同事向明思（即參與遠東國際軍事法庭工作的中國檢查官向哲濬）痛苦，「牢騷很重」。

唯國家為重，雖生死未惜。身處異國，在勝利審判的特殊關口，如何利用戰勝國的身份與地位，為國家爭得應有的榮譽與尊嚴，是梅汝璈耿耿於懷的。梅汝璈深知，他和他的同事們所面臨的是一場艱苦的鬥爭。國家的主權和榮譽並不因為在戰爭中取得了勝利，就自然而然地會受到應有的維護。為此他常常在日記中自我激勵，表達自己的責任感：

> 各國派來的同事都是有經驗有地位的老法官，我得兢兢業業慎重將事，決不馬馬虎虎。

> 這些人（戰犯）都是侵華老手，毒害了中國幾十年，我數百萬數千萬同胞曾死於他們手中，所以我的憤恨便是同胞的憤恨。我今天能高居審判臺上來懲罰這些元兇巨憝，都是我千百萬同胞的血肉換來的，我應該警惕！我應該鄭重!!

三月二十九日，在法官下榻的帝國飯店，顧一樵特意買了一把三尺長劍贈予梅汝璈，並舉行了一個簡單的獻劍典禮。梅恭敬地接過了

寶劍，謙遜地說：「紅粉送佳人，寶劍贈壯士，可惜我不是壯士。」顧一樵正色說：你代表四萬萬五千萬中國人民和幾千幾百萬死難同胞，到這侵略國首都來懲罰元兇禍首，天下之事還有比這再「壯」的嗎？聞聽此言，梅汝璈激動地說：戲文裏有「尚方寶劍，先斬後奏」，可惜現在是法治時代，必須先審後斬，否則我真要先斬他幾個，方可雪我心頭之恨！雖說如此慷慨激昂，但要真如此順風順水談何容易?!在梅汝璈與同事的交流中，一個經常的話題，就是「對國內的種種紊亂情形都不勝感慨繫之」。此類喟嘆之聲在日記中隨處可見。顧一樵回國的前一夜，梅汝璈、向明思、顧三人長談到晚上一點半鐘，對國內的種種紊亂情形都不勝感慨繫之，對戰敗的日本深存戒懼之心。「在感慨重重之下，我們互道珍重，互祝努力而別」。「國內的種種紊亂情形」，主要是指劍拔弩張的內戰和危機重重的經濟狀況。有一回，梅汝璈、向明思在中國駐日本的總聯絡官王淡如將軍的房裏深談，至晚上十一點多。「我們談到國事，尤其是東北軍事衝突和經濟危機的嚴重，大家都不勝感慨繫之。八年的慘重犧牲，剛剛換取到一點國際地位。假使我們不能團結一致努力建設，眼見這點地位就會沒落了去。想到這裏，真是令人不寒而慄。身處異國的人這種感覺最是靈敏，這類體會最是真切。想到這些事，我幾乎有兩三個鐘頭不能閉眼。」

在等待開庭的日子裏，梅汝璈與同事們也去各地參觀，但國事日非，常常讓他們沒有好心情。到戲院小坐，「大家對於國事日非都是感慨萬端。樓下舞廳裏雖有日本歌舞表演，樂聲鏗鏘，我們也沒有心思去觀光」。除了打太極拳，他每天必做的事情就是讀報，但報上似乎總是沒有讓他高興的好消息。在中國聯絡官辦公處看東京中央社收錄發佈的電訊，這是除了兩份英文報之外他們可得到關於國內消息的唯一途徑了，但「翻來覆去儘是些國共東北爭奪和物價不斷飛漲的消息」，「除了一些共軍攻擊某處，佔領某處，和某人調長某廳……之外，一件令人興奮的事情都不曾有。乘興而往，敗興而回。其實這是我早應料到的」。要不就是如「饑餓的中國人在吃樹皮、鼠肉和泥土」這樣的大標

題，小標題則有「三百萬人在湖南等地要餓死、飛虎陳納德將軍組織空運隊投發救濟品」。此外還有醒目的中國新聞，如「國共兩軍競賽占奪長春」、「滿洲大規模內戰在發動中」、「中國殷切期待馬歇爾特使返華調停內戰」之類。「這些新聞看了真叫人洩氣。處身外國的人，對於自己國家的不爭氣最感痛苦。」對東北日益白熱化的內戰，梅汝璈時常想起在長春的內兄靜軒和三弟汝璿。更可嘆的是，國內戰事不止，竟至於要美國馬歇爾返華調停，報紙上刊出大字報道：「滿洲大規模內戰爆發，中國殷切期待馬歇爾特使返華調停」。「自己的事要人家來干涉，這如何說得過去」。等到馬氏調停無效，共產黨攻下長春，蔣介石決定五月一日以前「還都」南京，除了擔心親友的安全，梅汝璈更擔心五月五日的國民大會是否又因內戰關係要延期了。在這位愛國者的心裏，此時他前所未有地期望一向多難的祖國能夠在這個歷史的轉折關口，化干戈為玉帛，走向坦途。國共問題絲毫無解決的徵象，馬歇爾似乎也沒有多大辦法。朱公亮告訴梅汝璈說：胡佛到東京曾與麥克阿瑟暢談數小時，對中國事情頗表悲觀，所以他對記者詢問華事時嚴守沈默，僅說中國災情慘重而已。一方面是戰事未休，而另一方面卻是物價飛漲，經濟崩潰。「上海的煤已經貴到四十五萬元一噸，而據方秘書說，雞蛋也漲到了一千元一枚。這成了什麼現象！」

戰後的東京，成了戰勝國炫耀勝利的舞臺。胡佛之後，艾森豪、英國海軍司令福拉塞、美國對日賠款委員會主席保萊等各方要人都接踵而來，大搞閱兵、慶祝酒會等慶祝活動。梅汝璈寫道：

> 可惜我國正在鬧內戰，太不爭氣，否則名馳全球、功播印緬的孫立人將軍還不是照樣可以大露鋒頭嗎？寫至此，我不禁為我國國際地位之日趨墮落悲觀，我真要投筆三嘆了！

外患剛息而內戰方熾的惡劣局勢，實在讓梅汝璈這位努力為祖國爭榮譽的法官在外人跟前抬不起頭來。「中國的傾慕者」、美國法官希

軍事法庭（右二為梅汝璈）

金士憧憬於中國之遊，對他印象極好的梅汝璈本該盛情相邀才是，但他覺得一定要有專機才行，「國內紛紛擾擾，謀交通工具一定很困難」。這位老希通過自己的關係弄到了專機，梅汝璈還不得不警告他：對中國之行「希望不要存太高，否則必定要失望的」。在帝國飯店，「懂得一點中國真相」的外國軍官並不以報上大事渲染的「中國內戰」、「長春爭奪戰展開」、「中國饑荒──幾百萬人在吃根葉和泥土」等問題相質詢或作談話資料；法官同事們天天看到中國糟糕的新聞卻守口如瓶，絕不談中國政局問題，也絕不談任何足以引起不快之感的國際時事，梅汝璈感覺這是他們的「修養很好」，「大概就是所謂『君子人』（gentleman）的特徵吧！住帝國飯店有這一點好處。我想，在別的地方，修養差的人們一定不少，真是問長問短，倒是要使我們這『五強之一』中國人難以為情了」。有一回，劉專員告訴他，劉和美軍一位下級軍官交涉華僑配給的問題，美軍官毫不客氣地說：「報上不是說幾百萬中國人在吃草根樹葉嗎？華僑又何必要比日本人好的配給呢？」劉專員對他進行了反駁，他又說：「算了，我們談別的吧，中國為什麼還要內戰？我們談談國民黨和共產黨所爭的是什麼，好嗎？」這樣的言論不絕於耳，而「止謗莫如自修」，「中國還得爭氣才行。不爭氣，人家口裏不說，還不是『心照不宣』嗎？」在梅汝璈看來，當時的英美人士，「由於中國目前的紛亂，不爭氣，大都把我國八年浴血苦戰的成績置之腦後了」。麥克阿瑟「對中國抗戰的貢獻似乎還不健忘」，蘇聯和英國

報紙攻擊麥氏扶持日本進行普選尚非其時，必無良好結果之可言，而「我國雖忝居遠東四強之一，但是自己內戰方酣，百廢不舉，對此類事自亦不暇顧及，只好裝聾作啞，噤若寒蟬了」。這實在與中國作為一個大國與戰勝國的國際形象不相稱。所謂弱國無外交，即使是戰勝國也不例外。在戰後，美蘇之間明爭暗鬥，充滿矛盾和對立。英國「一味捧美國」，而「我國地位很難處，無怪公亮將軍遇事採取折衷態度，有時寧肯保持沈默」。

　　想到我國前途的荊棘和國際地位墜落的危險，梅汝璈常常半夜不能安枕。「『當局者迷，旁觀者清』，這種危險在國外的人大概要比在國內的人看得清楚得多。」在一切以利益為轉移的原則的影響下，即使在剛剛結束的戰爭中所付出過慘痛犧牲、作出過決定性貢獻的國家，都可能面臨著被國際遺忘忽視的危險，這怎能不令梅汝璈扼腕長嘆！

　　日本的一些社會現象，也常常刺激著梅汝璈在對比之中進行深長反思。住在帝國飯店，令他想起上海，日記中說：

> 這樣一個套間，我想若在上海的大旅店，它的租金每天至少恐怕
> 都要法幣兩萬元。一個簡任官的薪金，付一個禮拜的房金就光
> 了，其他一切不必談。想到這裏，又是不勝感慨繫之矣。我們的

梅汝璈在遠東軍事法庭門前

政治真是要破產了嗎？難道政府真的要讓中國的一切公教人員和知識份子都窮死餓死嗎？人家戰敗國事事都有辦法，至少想辦法。而我們這戰勝國，號稱「四強之一」的戰勝國，竟是一籌莫展，真是叫人羞慚無地了。

真可謂雖然暫時身居華屋，但想起故園破敗，總是坐臥不寧。在去外地遊覽的途中，梅汝璈看見日本的房子──無論是農村住宅或是街市商店，都用玻璃木板砌成，根本沒有高牆厚壁，更沒有門上加鎖、鎖上加栓之類。「表示他們以往的治安不成問題，不像我們兵禍連年，盜賊遍野，就是太平盛世也得各自檢點門戶。我感覺中國一向的政治只是消極的，只要沒有人造反，推翻王朝，便是太平盛世，至於人民的教養、衛生，那只有委之天命和老百姓自己。只要『風調雨順』，自然會『國泰民安』，政府是不多管閒事的。」「想到我國農村陰沉沉的情況，我不覺毛骨悚然」。坐專機在日本中南部遊覽，深受觸動的梅汝璈有很深的感慨：

> 日本雖然口口聲聲宣傳地瘠人多，人口過剩，以為侵略他國的藉口，但是我們從天空看看他們的成千萬農村，便可知道他們農民的生活比我們中國農民舒服多了。……這還是經過多年戰事的情形，倘使國家不從事侵略，安分守己，軍閥不拼命榨取他們，我想，日本農民的生活是不成問題的。反觀我們，那倒真是問題嚴重哩!!

在橫濱一帶，他看見許多勞工團體的結隊遊行，秩序良好，男女工人衣著整潔，身體壯健，千萬人群中毫無營養不足的現象。他真奇怪為什麼美軍還天天替日本人叫糧食恐慌，為他們無微不至地打算。在東京，男女體格依然很強健，尤其年青女子，一個個都是矮矮壯壯，而且紅光滿面：

這與外國報紙所載，日人生活如何困苦，糧食如何不足，每日配糧如何微少，領款限制如何嚴格……似乎有點不盡相符。假使那樣的話，何以日人吃得會這樣壯健，而且穿得也不壞——至少比我國一般人吃得穿得好。這是我腦筋裏的疑團，我得研究。我想其中必有什麼毛病。他們或許又在作偽宣傳吧!!

這樣的戰敗國也可算是「天之驕子」式的戰敗國了。比起我們多劫多難的戰勝國，我們真不能不自嘆弗如！

由於自身利益的考慮，戰後美國對日本實行提攜政策，麥克阿瑟聲稱日本「已漸走上真正民主之途」。梅汝璈以為這雖未免過於掩飾，但「確使日本經濟上占了不小的便宜而漸漸走上復興之途。這是不可否認的事實，與我們勝利的中國對照，使人怎能不感惶愧」。美國也有睿智之士對日本保持著清醒的警惕，如曾任蔣介石政治顧問的美國著名政論家、遠東問題權威歐文·拉鐵摩爾（Owen Lattimore）。他以親自到中國與日本考察的經歷為依據著文警告：管制若不得法，日本不出幾年在工業上、經濟上又可東山再起，操縱或獨霸遠東，而使中國、朝鮮、菲律賓等工業幼稚的國家沒有興起和競爭的可能。拉鐵摩爾相信，日本是在裝窮裝苦，實際他們並不匱乏，否則何以國民營養得那樣壯健，體格依然比上海、北平或朝鮮一般人民好得多呢。梅汝璈在《日本時報》上看到轉載的這篇文章，認為「這點與我最近一周的所見所感完全一樣」。拉鐵摩爾還說，以日本工業技術根底之深固，倘使能夠獲得原料，它不但可以死灰復燃，而且可以獨霸遠東，使中國處於極不利的地位。他主張，對付日本不能純以美國的立場或眼光去看，而應該為遠東經濟落後的利益去打算。盟軍應禁止工業原料輸日，同時應鼓勵日本的土地改革（使佃戶漸能成為自耕農），使日本農業生產增加，自給自足。梅汝璈讚賞道：「這是一針見血之論，深獲我心。我們應該大聲疾呼，使盟國管制方法不要失之毫釐，謬之千里，又鑄成一個歷史上的重大錯誤。」他

把這篇文章剪下寄與他認為當時「最關心國際時事的人」、國民政府行政院院長孫科。

　　雖然是戰勝國，但真正的勝利還很遙遠。最主要的是，中國要借助這一機會，努力自愛，自我團結，提升自己在國際上的影響力。在對國內近況的感歎中，梅汝璈說：「我們的國際地位由於八年的浴血苦戰，無比犧牲，已經賺得很多，倘使自己不爭氣，眼見這個地位就要墮落了。」在旅日華僑招待茶會上，華僑請他發言，梅汝璈鄭重提出兩點希望：第一，希望僑胞言行要特別檢點，處處要保持大國國民的風度，以配合我們已經取得的很高的國際地位；第二，希望僑胞要保持團結，不可分裂，遇事要採民主作風。事前充分討論，自由發揮，但是一經公決，一定都要服從多數，大家絕對遵守，不可別立門戶，法外生枝。二十年前他在美國留學時目睹歐美各地華僑不團結、愛分裂這一最普遍的毛病，所以在此特地強調。美國法官希金士對中國表示友好，告訴他一般美國人最感親切的民族是中國人，梅汝璈深知這並非虛偽，「不過我們得爭氣才對，否則仇者所快必然是親者所痛」。日本幣原內閣倒臺，朱公亮向盟軍總部提交說帖明確反對呼聲甚高的繼任人鳩山，「日本首相人選要中國人同意，這要算空前創舉！願我中國人努力自愛，團結建國，善保其國際地位！」英國太平洋艦隊總司令福拉塞海軍上將在新聞記者談話會上說中國人民都願意英國保持香港。中央日報記者張仁仲君當場與他大事爭辯，梅汝璈特意在日記中稱揚：「總算勇敢露臉，可以稍微糾正這班帝國主義白人至上者的信口胡說。」有一回張仁仲與梅汝璈合影，並對他在法官座位次序問題上能夠保護國家應有的地位表示慶賀，說必定打電報回國去宣傳。梅回答說：

> 這是我國八年浴血抗戰的結果，我個人實無功績可言。只要我們
> 國家努力和平建設，國際地位必可保持不墮。倘使國家不爭氣，
> 我們的地位在任何國際場合中恐怕都會一落千丈。

二

　　作為贛地先賢，梅汝璈的身世之於筆者並不陌生。他出生於南昌市青雲譜區朱姑橋梅村。除他之外，其家族中百年間先後走出了清末學者梅光羲；茅以升先生的助手、橋樑工程界公認的泰斗級人物梅暘春等多位文化名人，可謂重簷深院、積厚流長的鄉紳世家。但筆者更看重的，是梅汝璈畢業於清華學校、留學於美國斯坦福大學與芝加哥大學並獲法學博士學位這一英美精英式教育的個人經歷。正是這一教育背景，對梅汝璈日後立身處世以及對社會、國家的看法等方面，都濃重地打上了特有的「清華印跡」，也使他的日記充滿「對於自己國家的不爭氣最感痛苦」和屢次強調「要自己爭氣才行」的深摯情懷。

　　自近代以來，積貧積弱、國勢日絀的大環境，深刻地影響了知識份子對於中國與世界關係的看法。與此前沉醉在「天朝大國」甜夢中的傳統士大夫不同，許多有著開放意識的現代知識份子開始自我反省，一種「恥不如人」的悲涼意識貫穿了整個知識份子的心靈史。早在十九世紀，主張向西方學習的先驅馮桂芬在《校邠廬抗議》中指出：中國除軍旅之事外，還有「四不如夷」：「人無棄才不如夷，地無遺利不如

梅汝璈舊居

夷，君民不隔不如夷，名實必符不如夷。」而究其原由，「非天賦人以不如也，人自不如耳。天賦人以不足，可恥也，可恥而無可為也。人自不如，尤可恥也，可恥而有可為也」。及到民國，最為突出的是知識界的核心人物胡適之，二十世紀三十年代他在《獨立評論》上發表《信心與反省》、《再論信心與反省》、《三論信心與反省》系列雄文。其中心思想，在於承認「今日的大患在於全國人不知恥」。而出路只有一條，那就是「必須承認自己百事不如人，不但物質機械上不如人，不但政治制度上不如人，並且道德不如人，知識不如人，文學不如人，音樂不如人，藝術不如人，身體不如人」（《介紹我自己的思想》）。他還提出了「五鬼鬧中華」的說法，並強調：「我是不肯把一切罪狀都推到洋鬼子頭上的，中國糟到這步田地，一點一滴，都是我們自己不爭氣的結果。為什麼外國人不敢去欺侮日本呢？我們要救國應該自己反省，應該向自己家裏做點徹底改革的工夫。不肯反省，只責備別人，就是自己不要臉，不爭氣的鐵證。」（一九二六年十月四日胡適致徐志摩信）──同樣是對「自己不爭氣」的擔憂。胡適的這一論調，長期以來被視為百般為帝國主義侵略中國開脫罪責，但百年的視野之中，我們不得不看到其尋常中的深刻。而值得今天的知識份子學習的是，他們所提倡的「恥不如人」，並非一己之自暴自棄，更沒有走入悲觀的歧途，而是「知恥近乎勇」，慷慨自任，主動擔當一位現代知識份子的責任。馮桂芬立誓「知恥而自強之」；胡適堅信：「播了種一定會有收穫，用了力決不至於白廢！這是我們最可靠的信心。」（《再論信心與反省》）悲觀與灰心永遠不能幫助我們挑那重擔，走那長路！」（《悲觀聲浪裏的樂觀》）針對國粹主義，他提出，真誠的愧恥自然引起向上的努力，引起新的信心，民族信心必須放在反省的唯一基礎上。民國以來，政治糟糕得一塌糊塗，目睹國家的「不爭氣」，知識份子痛感「抬不起頭」來，這是民國年間的普遍現象，否則他們何嘗願意如此「百事不如人」。在日本侵華的大背景下，中國知識份子面對國家受辱，更是多有恨國民政府不爭氣的清議。在《滄桑九十年──一個外交特使的回憶》一書（海

南出版社，一九九九）中，長期從事外交工作的楊公素先生曾回憶説，當時學生激起無限愛國熱情，「覺得日本人欺人太甚，國民政府太不爭氣，中國軍隊太軟弱，這個學校太不愛國」。而反躬自問，精英知識份子常常痛責知識份子自己不爭氣，沒有擔負起天下興亡的責任。如蔣廷黻憤憤認為：「中國二十年內亂之罪，與其歸之於武人，不如歸之於文人。」（《知識份子與政策》，轉引自許紀霖《瓷器店中的猛牛》，載《中國知識份子十論》，復旦大學出版社，二○○三）因為中國的知識階級重文字而輕事實，多大道理而少常識，太怕清議而愛惜羽毛，不肯犧牲自己的名譽。所以以倡導「好人政府」的群體為代表，他們心目中理想的人物正是那種敢於擔當與行動的經世之士；他們認為要拯救國家的貧弱，不要怪別人看不起自己，而要自己爭氣才行。實際上，很多讀書人本來並不熱衷於談政治，但對此情此景，實在是看不下去了，才書生拍案而起的。那個時代的知識份子，都承傳了傳統的「士不可不弘毅，任重而道遠」的精神流脈。梅汝璈所耿耿於懷的「對於自己國家的不爭氣最感痛苦」和「要自己爭氣才行」，正是民國知識份子這種「恥不如人」的責任意識與自覺警醒的折射。

　　就中國現代知識份子而言，早年的教育背景在很大程度上決定了他們此後終生的基本價值取向。雖然人生道路可能各異，但我們如果放寬歷史的視野就會發現，這些人最終價值理念的依歸，都要回到他們早年所受的教育上。説梅汝璈「對於自己國家的不爭氣最感痛苦」，屢次強調「要自己爭氣才行」，與他所接受的教育背景——「清華精神」大有關係，不是沒有道理的。按照清華大學徐葆耕教授在《大學精神與清華精神》（載趙建林編《解讀清華》，廣西師大出版社，二○○四）一文中的説法，「清華大學精神」至少有三個特點，其第一者，即是恥不如人（另兩個為講究科學、重視實幹）。以「自強不息，厚德載物」為校訓的清華人的民族恥辱感，似乎較其他人更為強烈。作為預備留美學校，清華本身就是美國利用中國「庚子賠款」建立的，美國政府的用意是在中國知識份子中培養一代「追隨美國的精神領袖」；這種屈辱的身份，無

疑令清華人的心境分外複雜。改成大學後，如何擺脫美國的控制實現學術獨立成為清華建設的主題，而其深處的情感動因仍是雪恥。到了三十年代，民族矛盾激化，梅貽琦任校長第一次講話沒講學術自由卻講了莫忘國難，到了一九三五年「一二·九」清華人表現出民族雪恥的激情。「『明恥』是清華精神的重要表徵：恥中國科技與文明不如西方發達國家；恥清華不如西方的一流大學；恥清華某些方面不如國內兄弟院校；恥本學科水準不如校內先進學科。『知恥而後勇』。清華人的恥辱感是民族恥辱感與個人恥辱感的綜合，是一種憂患意識的表現……」梅汝璈一九一六年考入清華學校，直到八年後畢業赴美，在清華度過了形成他價值觀的青少年時期。「明恥」意識，深深地烙在他的靈魂中。據趙存存《遠東軍事法庭的中國法官——曾任山西大學法學教授的梅汝璈》（載《黨史文匯》二〇〇二年第四期）記載：一九二九年他留學歸國後曾應聘在山西大學任法學教授。在執教期間，他不僅強調「法治」的重要性，而且經常以「恥不如人」的清華精神諄諄告誡莘莘學子：清華大學和山西大學的建立都與外國人利用中國的「庚子賠款」有關，其用意是培養崇外的人。因此我們必須「明恥」，恥中國的科技文化不如西方國家，恥我們的大學現在還不如西方的大學，我們要奮發圖強以雪恥。想想看，有著這種現代教育背景的人，如何不會時時長恨「自己不爭氣」，而拼命呼喚「要自己爭氣才行」。

　　說起來，我們已經遺忘梅汝璈太久了。網上有文章說，梅汝璈名字出現的頻率和受關注的程度，基本上是中日關係的晴雨錶。在二十世紀整個五十年代和六十年代初，一旦中日關係出現問題了，他就會被邀請出面撰寫文章（他寫有《遠東國際軍事法庭》一書，但未完）；而中日關係「良好」時，各方的人們則不願提及他的名字。在中國法律向蘇聯一邊倒的五六十年代，梅汝璈像大多數那一代中國法學家一樣，遭遇了冷藏的命運，在孤寂和淒涼之中齎志而沒。「文革」中，他在一份「檢查」裏寫道：「我實際上只是一本破爛過時的小字典而已。」從東京「鄭重將事」、不辱使命、天下稱揚的審判法官，到晚年不為人知的外

交部顧問，個人的升沉窮通，固然是梅汝璈個人的悲劇，更是一個時代的悲劇。

胡適之說，「真誠的反省，自然發生真誠的愧恥。」長期以來，由於各種原因尤其是不合理教育的影響，社會產生了一種思維傾向：遇到問題，大家不是去反思自己不爭氣的歷史和這個民族誤入歧途的動盪折騰，而總是簡單地把中國的落後歸罪於外人。在世界風雲變幻的今天，日本拒絕正視歷史、時時抹殺歷史的做法，給全世界留下了惡劣的印象，令深受其害的中國人更是無法容忍。梅汝璈曾說：「我不是復仇主義者。我無意於把日本帝國主義者欠下我們的血債寫在日本人民的帳上。但是，我相信，忘記過去的苦難可能招致未來的災禍。」（梅汝璈《關於谷壽夫、松井石根和南京大屠殺事件》，載《全國政協文史資料選輯》第二十二輯）這是一個經歷過歷史重要轉捩大事件的智者的告誡。但面對此情此景，僅僅有民族主義激情是無濟於事的，最重要的是，首先要做好自己的事情，要像梅汝璈所常常掛在嘴邊的口頭禪那樣：「我們得爭氣才對！」「中國還得爭氣才行！」

詩名應共宦名清

據智效民先生在隨筆《朱經農：詩名應共宦名清》一文中說，「詩名應共宦名清」是朱評價他的朋友、現代地質學家丁文江時所寫的一句詩。但智先生未錄出朱氏全詩。查找書架上的《丁文江的傳記》、《丁文江印象》等書，皆不見此句。估計是出自智文中提及的朱氏遺著《愛山廬詩鈔》（臺灣商務印書館版）。至於其大意，如果沒有妄揣，應該是替丁文江學者從政，尤其是擔任淞滬總辦一職而廣為後人責備一事辯誣的。對丁文江這一段經歷的褒貶譽毀可以說已經是現代知識份子從政史上的一樁公案了。了解丁文江生平行事的讀者，筆者想大體會感覺這句詩所評是精當到位的。智先生還說，用這句話來評價朱經農的一生，倒也恰如其分。事實上，筆者想說的是，移用這句話來評價以丁、朱兩人為代表的那一代自由主義知識份子群體，又何其不可，何嘗

朱經農

不當！做學問與做人並重，文章與道德兼勝，是現代史上那一知識份子群體的共同追求與價值取向。其中明顯的一點，從智效民書中屢次提及的他們對待公款、貪污等苟且之事的峻潔態度，大體可以看得出一點他們的精神風貌來。

出版家張元濟先生，可以說是贏得了民國知識界所有人尊敬的學者。其緣由，除了他在現代出版上篳路藍縷的巨大貢獻之外，重要的一點是他身上所體現出的清風人格。一九四九年他參加新政協會議，堅持自己出電報費，拒絕大會補貼的零用錢。毛澤東邀其同遊天壇拍照留念，張也堅持自己掏洗相費。智效民在《張元濟的人格風範》一文中對此評價說：張元濟「雖是科舉時代過來的人，但對於金錢的態度，卻讓我輩無地自容」。熟悉張元濟生平的人知道，這種潔身自好，並非其一時之做法，而是他一生奉行儉樸的為人原則。他寫私人信件，不用公司的信箋。除了社交信件外，他堅持用紙邊或用背面空白的廢紙寫信、擬草稿；內部傳遞檔，一個信封要用好幾次。他上班時遇有身體不好，則上班而自覺不支全薪。董事會認為此點於理無據，決議不扣薪水，張則堅決不拿。此後這筆錢被用作為扶助公司職工子女的教育基金。一九二六年退休後，張元濟為商務編校古籍十餘年，卻完全是盡義務，分文不取。早在二十世紀三十年代就有文章說，商務就有「先公而後私，輕利而重職」（夏瑞芳語）的好風氣，都是幾位前輩先生養成的。從細處看，如果說翰林出身的張元濟先生的風範還帶有傳統士大夫講究公私分明、謹守品行操守色彩的話，那麼比他晚一輩、以留學歐美者為主體的知識份子在這個問題的鮮明態度，則似乎更凸顯出「現代性」的自覺品格。一生對張元濟敬重有加的胡適，其清廉、公私分明有口皆碑。他出任駐美大使時，正是經濟上較為困窘的時期，但他並未把此作為斂財的肥差。他去世後，梁實秋在紀念文章《懷念胡適先生》（見《梁實秋懷人叢錄》）中說：「大使有一筆特支費，是不需報銷的。胡先生從未動用過一文，原封繳還國庫。他說：『旅行演講有出差交通費可領，站在臺上說話不需要錢，特支何為？』」卸任大使後，知道他經濟

困難的孔祥熙想資助他。胡適卻覆信說：「弟到任之日，即將公費與俸給完全分開，公費由館員兩人負責開支。四年來每有不足，均實報請部補發。弟俸給所餘，足敷個人生活及次兒學費。」丁文江、傅斯年是與胡適最為聲氣相投的兩位朋友。胡適在《丁文江這個人》一文中這樣比擬說：「他終身不曾請教過中醫，正如他終身不肯拿政府乾薪，終身不肯因私事旅行借用免票火車一樣的堅決。」丁文江最恨貪污，按胡適的理解：「他所謂『貪污』，包括拿乾薪，用私人，濫發薦書，用公家免票來做私家旅行，用公家信箋來寫私信，等等。」丁文江是個責任心很重的人。為贍養父母及接濟兄弟子侄這一大家庭，他寧可辭去地質調查所所長職務而「下海」擔任煤礦公司的總經理來賺錢，也不願意假公謀私。淞滬商埠總辦本是人所共知的肥缺，但他卸任後一度生活困窘，竟至於要靠一位素非知交的人來救濟。「大炮」傅斯年以《論豪門資本之必須剷除》、《宋子文的失敗》、《這樣的宋子文非走不可》一系列文章炮轟官僚資本的代表孔宋家族，則更是現代反貪史上盪氣迴腸的大手筆。智效民在《傅斯年與大公報》中著重提到傅在《大公報》「星期論文」上發表的《政府與提倡道德》一文，今天讀來仍是意味深長。傅斯年認為，政府如果對提倡道德真有興趣，就應該在立法上引進公民契約論等近代社會的思想理念，在執法上培養服從公義、明辨是非的良知和良心。「在位者若真想提倡禮義廉恥，口號是沒有用的，只有自己做個榜樣，把自己所能支配的無禮、不義、鮮廉、寡恥之徒，一舉而屏棄之」，才能在提倡道德上有所成效。而當今「國難之急，民困之極」，「公務機關汽車之多，公務人員應酬之繁」令人咋舌，「不相干的事」比比皆是，「如此的政治榜樣，是能鍛鍊人民道德的嗎？」智效民說：「我不知道所謂『不相干的事』是指什麼，但如果把這幾個字換成『公款吃喝嫖賭、公費出國旅遊』的話，那豈不是一篇聲討當代貪官污吏的檄文？」智效民還有《亦儒亦墨亦真誠》一文記述段錫朋。這位當年五四運動中天安門大會的主席，如今大體被人遺忘了。他曾擔任國民政府教育部政務次長等公職，卻毫無一絲腐敗習氣，即使積勞成疾也堅持

節省開支，只肯住三等病房，不肯過多吸氧。智先生還轉述梁實秋在一篇文章中所說，老同學吳景超在學校循規蹈矩，後來在南京政府經濟部任職，「所用郵票分置兩紙盒，一供公事，一供私函，決不混淆」。另一個老同學張心一在抗戰時擔任銀行總稽核，「外出查帳，一向不受招待，某地分行為他設盛筵，他聞聲逃匿，到小吃攤上果腹而歸」。（梁實秋的這篇文章名叫《憶清華》，鍾叔河先生所編《過去的大學》收錄有此文）……確實，正如智效民在《張元濟的人格風範》一文中所指出的那樣，這種非己有則一介不取、為官清正的人格取向在他們那代人中非常普遍。

前些日子重讀教育家蔣夢麟的回憶錄《西潮》，我注意到作者作為一位出色的學者對貪污腐敗問題的深刻看法。他說：「凡是親見清室覆亡的人都知道，滿清政府失敗的主要原因之一就是財政制度的腐敗。公務人員的薪水只是點綴品，實際上全靠陋規來維持。」蔣列舉了禮金、捐官、厘金等種種不正常的現象。看過清朝官員張集馨《道咸宦海聞見錄》一書的人，對這一點感嘆尤多。但蔣夢麟認為，國民黨執政以來，中國一直在設法遏制政府中的貪污風氣。到了抗戰前夕，中國現代大學制度以及銀行、海關、郵政、鐵路、鹽務等部門「對公款處理的態度已經起了根本的變化」。這種判斷，智效民亦是持認同態度的。筆者認為可以與此相印證的，是胡適與銀行家陳光甫的感覺。胡適在他的日記中記載，一九三四年六月一日，陳光甫對他說：「現時各處建設頗有進步，人才也多有新式訓練而不謀私利的人。」史學家蔣廷黻的經歷，也可以說明這一點。在大陸新出的岳麓書社版《蔣廷黻回憶錄》中，他談到自己擔任行政院政務處長後，湖南老家的人都知道他做了「大官」，親戚朋友中要求差事的信像雪片飛來。蔣請在長沙的哥哥阻止他們。他請哥哥轉告說：任何人我都不能幫忙，如果他們真來南京，我絕不招待他們。如果他們已到長沙，願意回家而沒有路費，則可以提供。「我認為他們要我給他們弄一份差事的念頭是錯誤的，這完全是傳統的觀念。就親戚關係說，我不幫他們忙，是欠了他們人情，但就公務員來說，我

《胡適和他的朋友們》

不能把公職作為禮物酬應私人。」他弟弟的小舅子到南京來討個官職。蔣廷黻拒絕見他，背地裏找個人借給他回家的路費。蔣坦然地說：「從我擔任公職開始，就始終沒有引用過私人。親戚們均深悉此情，沒有任何親戚憑藉我的力量獲得官職。……因為我沒有私心和家庭關係牽累，所以我做事可以沒有顧慮，援引私人結黨營私是不智、不實際的。」

士為國魂，斯文在茲。看一個時代的社會風氣，知識份子的品行大抵可以作為衡量的底線。現代知識份子在反對貪污腐敗、激濁揚清這一社會責任上，有其群體的自覺性。《胡適和他的朋友們》一書收錄短文《吳晗論貪污》，介紹了吳的《論貪污》、《貪污史上的一章》、《吾人並非為製造一批百萬富豪而戰》、《貪污史例》等剖析貪污問題的文章。吳晗說：「內政修明，雖有敵國亦不足患；內政不修，雖無外患也會滅亡。」他解釋道：「內政不修的涵義極廣……如政出多門，機構龐冗，橫徵暴斂，法令滋彰，寵佞用事，民困無告，貨幣紊亂，盜賊橫行，水旱為災等等都是」，然而，「最普遍最傳統的一個現象是貪污」。與所述一系列現象相比，「貪污是因，這些實例是果」。吳晗以其史家的見識說，明代「後一時期貪污成為社會風氣，清廉自矢的且被斥為無能，這一風氣的變化是值得今日士大夫思之重思之的」。這與張元濟在《中華民族的人格》一書中認為「社會上迷漫著一種驕奢、淫逸、貪污、詐偽、頹惰、寡廉鮮恥的風氣」，與大家「只注重新知識，

將人格扶植、德性的涵養都放在腦後」有關看法可謂英雄所見略同。在《陳獨秀的一篇反貪檄文》中，智效民認同陳獨秀所呼籲的起來趕走貪污官吏，以改變「奴欺主」局面的想法。可見，那個時代的知識份子在貪污、公款等問題上，都深深意識到自己的表率作用與擔當責任，有著毫不含糊的勇毅態度。眾所周知的是，胡適、丁文江們都以為，社會之所以紛亂，與知識份子不肯擔負政治改良的責任大有關係。如丁文江說：「只要有少數裏面的少數，優秀裏面的優秀，不肯束手待斃，天下事不怕沒有辦法的。……最可怕的是一種有知識有道德的人不肯向政治上去努力。」胡適則說，「好政府」的條件，第一就是要有操守，要有道德；第二才是有能力，即一種是「公」，一種是「能」（南開大學的校訓，即是「允公允能」）。對於提倡「好人政府」的胡適看來，民國有新氣象，就是因為「優秀分子加入政治運動」；而後來之所以亂象百出，就是因為「好人漸漸的厭倦政治了，跑的跑了，退隱的退隱了」。「今日政治改革的第一步在於好人須要有奮鬥的精神。凡是社會上的優秀分子，應該為自衛計，為社會國家計，出來和惡勢力奮鬥。」胡適有著書生溫和的一面，卻終生提倡峻厲的「扒糞精神」。而傅斯年拼著身家性命，書生拍案，揭露行政院長兼財政部長孔祥熙涉及包括美金公債案在內的多宗貪污大案。蔣介石為拉攏傅斯年，告誡他要信任蔣所信任的人。傅聞此義正辭嚴地對蔣說：「委員長我是信任的，至於說因為你也就該信任你所任用的人，那麼，砍掉我的腦袋我也不能這樣說。」後來談到自己「倒孔」的動機時，傅斯年一身正氣地說：「我一讀書人，既不能上陣，則讀聖賢書所學何事哉？我於此事，行之至今，自分無慚於前賢典型，大難不在後來在參政會中，而在最初之一人批逆鱗也。若說無效力，誠然可慚，然非絕無影響。……士人之節，在中國以此維持綱常者也。」所謂「維持綱常」，即是發揮知識份子不斷批判社會、力挽世道澆漓的當然之責任。

以胡適為首倡導的「好人主義」及大量知識份子進入南京國民政府的行為，常被後人詬病為「出山不比在山清」，理由是他們的集體潛意

識中始終飄蕩著傳統的「聖王精神」這一道德理想主義，夢想著做政府的「諍友」，因此談不上鍾情真正的、純粹的自由主義精神。但不管如何，這一群士子精英，畢竟在歐風美雨中接受了現代政治思想與自由主義精神的熏沐，而並不完全依恃於傳統的道德理想主義為資源。從對待貪污公款這一問題上可以看出，他們已經充分意識到唯有制度才能真正解決這個問題，而不能完全依賴於個人的節操。蔣夢麟認為破除腐敗與陋規，「補救之道在於建立良好的制度來接替腐敗的制度」。他列舉了近代以來依靠西方建立的現代財政制度、關稅制度、郵政制度、鹽務機構、治黃機構、鐵道管理等，使國人得以接近了良好的現代訓練，「對於如何誠實而有效地運用公款，自然養成了正確的觀念和良好的態度」。他提出以中國人自己建立的「經費從無私弊」的現代大學制度為典範。而且，那一代人在清理腐敗這個問題上是有堅定的信念和樂觀的態度的。「中國已經革除了很多積弊。行政技術正與時俱進，相信她在不久的將來一定可以達到組織健全的現代國家的水準，徵收賦稅和控制財政的有效辦法也會漸次建立。」吳晗說，治貪自古以來只有兩個辦法：一是厚祿養廉，二是嚴刑峻法。但這些辦法只能收一時之效，不能維持於長久。要根治這種社會痼疾，「應該是把『人』從家族的桎梏下解放出來」，讓每個人都有足夠的收入，能夠在社會上「獨立存在」，再加上法律的制裁、輿論的監督和「監察機關的舉劾糾彈」，這才是「治本的辦法」。當代史家袁偉時先生在《晚清官員貪污的特點與根源》（載《帝國落日：晚清大變局》，江西人民出版社，二〇〇三）中曾精當地剖析到，制度缺陷是晚清貪污成風的主要根源，歸根到底，貪污是政府壟斷一切社會資源這一傳統「官本位」社會結構所與生俱來的痼疾。今天看來，現代知識份子大量投身非政府組織以保持自由之身，從狹窄逼仄的廟堂轉向更為開闊的民間去努力拓展「公眾空間」，引進西方現代制度⋯⋯「七年之病，當求三年之艾」，這些現代知識份子所帶來和建構的「現代性」，本來有可能逐步瓦解貪污腐敗痼疾所依存的傳統制度。可惜，「當時內亂外患並乘，致使功敗垂成」。這就是歷史的遺憾了。

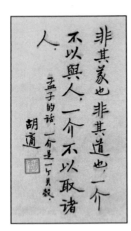

胡適手書

　　還有一層令人遺憾甚至是悲哀的是，在民國尤其是在二十世紀三四十年代這樣一個系統性腐敗的社會裏，自由主義群體只能堅持個人的操守，而無法保證得到所在社會的制度性外援。章清在著作《「胡適派學人群」與現代中國自由主義》（上海古籍出版社，二○○四）中談及這一問題時説：「權勢集團所具有的腐蝕性，即便落在以『獨立』自詡的自由知識份子身上，同樣不能避免。」章清所説更主要指公開的議論自由無法完全保證。其實堅持清廉，又何嘗不是如此！尤其是當腐敗成為整個國家機器正常轉動的潤滑劑時，知識份子想有所作為，有時也仍然不得不遵守整個社會所賴以運轉的「潛規則」。那一輩自由主義知識份子的學生、曾經在何廉手下做過公務員的鯤西曾在其回憶性文章中説：「官場是官場，他們也不可能不適應官場的一些人際關係。……那時孔祥熙任行政院長，農本局治下川中各縣都有合作金庫，有四川最好的柑橘運來，是時必以一筐送往孔府，這是我在局內親見的作為學者的何氏也不得不照官場上的陋習行事。當然這裏遠遠不是什麼行賄。」（《清華園感舊錄·圖南追憶》，上海古籍出版社，二○○二）

　　順便可以提及的是，與《胡適和他的朋友們》同時，智效民先生還出版有該書的「姊妹本」《往事知多少》（雲南人民出版社，二○○四）。按照作者的説法，大體前者專注於寫人，而後者偏重於記事。在

《往事知多少》

後一書中，也同樣收錄有關於貪污的幾篇文章，如《關於〈退想齋日記〉》、《耗羨歸公與雍正治貪》、《反貪與防「左」》、《公佈一下「兩會」帳目如何？》等，足見對「貪污」一事的關注，在作者心中並非偶然之事。在《反貪與防「左」》一文中，他尖銳地批評了知識界流行的貪污腐敗的產生是因為「左」得不夠和恣意宣揚「代價論」、「腐敗有理論」所致的觀點。他說，從危害現代化進程的角度來看，一貪一「左」，「還真是一丘之貉」，都要從體制方面找原因。「極左分子和貪官污吏就是這樣一批無恥之徒：前者煽動主義的空談，為的是獨攬大權；後者依靠空談的主義，也是要攫取私利。」

遙憶知識份子當年，往事知多少！《胡適和他的朋友們》與《往事知多少》為一批以「庚款」留學生為主的近現代自由主義知識份子進行了群像式的素描。這些人物，都是胡適的同學、同事、學生，又是胡適最好的朋友，更是中國現代教育和現代學術文化的開拓者、奠基人，是一代知識份子中的精英與代表。他們有著相近的人格取向與公共關懷。這種相近點，單看是他們人物個體之剪影，合而觀之則是中國現代學術文化思想的核心，也是中國現代知識份子品格的靈魂之所在。長期的史料研讀，使作者得出這樣的結論：「在洋務運動中去歐美留學的那些人對專制統治者具有依附性；在戊戌變法以後去日本的那些留學生又多有革命性和破壞性；相比之下，以庚款留學生為主體的中國第一代自由

主義知識份子，則因其對自由、科學、民主的理解和熱愛，在人格上更有獨立性，在學術上更有開創性，在政治上更有建設性。可以說他們是一百多年來中國留學運動中根基打得比較好、路子走得比較正的一個群體。可惜從上個世紀五十年代開始，這些群體很快被人遺忘，他們的政治選擇、學術理想、精神追求和人格風範，竟成了絕唱。這就形成了一種非常奇怪的現象：他們生活的時代離我們很近，但他們的精神世界和思想遺產卻離我們很遠。」應該說，這種結論不是作者隨意的印象，而是他對那一群體及他們所處時代的基本判斷。這種判斷，不是得之於常見的以主義或理論「貼標籤」，而是通過作者對歷史細節、往事的大量鉤沉來逐步凸顯的。他們對貪污的鮮明態度與細處的立身之嚴，就是這樣一個重要的方面。

在今天，越來越多的專家學者走出書齋，「學而優則仕」，參與行政，在政府中擔任官職。這體現了當代社會對知識的尊重與對專業人才的信任，從大處說無疑是時代的進步之處。自然，需要清醒認識到的是，知識與專業並不能必然保證他們在從事公共事務中的公正廉明，關鍵還在於制度的完善與健全，自律與他律缺一不可。但是，對這些人員來說，想想他們的前輩丁文江、朱經農們對「詩名應共宦名清」的高尚追求，應該是不無警醒意義的。

世間已無葉公超

他一生從來不寫日記，但後人常常從胡適、朱自清、吳宓、浦江清、王世傑、周作人、柳無忌等知名學者的日記中窺見他活躍的影蹤；他從不存留、懸掛照片，但看過他照片的人，都會情不自禁地為那種風華俊逸、泱泱氣度所傾倒──那是只有那個開闊的時代才能孕育出來的特有氣質與風采；他終生服膺歐美西方文明，在美國是著名詩人弗羅斯特最器重的學生之一，在英國與著名文論家艾略特亦師亦友，但這位「口銜栗色大煙斗、一派英國紳士派頭」的英美文學教授，一生鍾情中國書畫，直到晚年仍像傳統士大夫一樣，在書畫中尋覓精神寄託；如果以文字論英雄，除了不多的詩論，惜墨如金的他實在如傳聞錢鍾書所說，是個「太懶」的教授，但在北京大學、暨南大學、清華大學、西南聯合大學，他作育人才，汲引提拔了包括錢鍾書、楊聯陞、常風、季羨林、李賦寧、卞之琳、梁遇春、吳世昌、楊絳、廢名、穆旦、趙蘿

葉公超

蓀、許國璋、曹葆華、許淵沖等諸多後世聲名卓著的學人；他早年只是談詩論文，粹然學人本色，卻因保護國寶毛公鼎而被日本憲兵逮捕關押折磨之刺激，決然離開文教界，投身於外交抗日的漩流，成為中國現代史上文人從政的典型……他就是現代學者葉公超，「新月派」的代表人物之一。說起來去年剛過他的百年誕辰，但這位個性鮮明的現代中國知識份子，在無情流逝的時光中差不多成了個被歷史遺忘的人物。關於他的作品，以筆者寡陋的閱讀視野所見，自九十年代以來，僅有《新月懷舊——葉公超文藝雜談》（學林出版社，一九九七）及《葉公超批評文集》（珠海出版社，一九九八）兩冊在大陸問世；而在一本名為《新月才子》的專書中，則僅順帶在兩三處提及葉公超的名字；以至於民間學人傅國湧先生撰寫的《葉公超傳》（河南人民出版社，二○○四），竟然著人先鞭，成了葉氏的第一部傳記。這真讓人不知該說些什麼是好。

　　《葉公超傳》將傳主明確定位為一名自由主義知識份子。值得注意的是，與胡適、傅斯年、儲安平、梁實秋、羅隆基這些典型的現代自由主義知識份子等人熱心論政，有著大量的傳世文字闡釋自己的政治立場與思想不同，葉公超儘管曾編輯過《新月》、《學文》等重要的現代期刊，被列名為《觀察》「特約撰稿人」和「自由中國社」發起人，他

傅國湧著《葉公超傳》

卻認為這「談不上有任何政治的作用」，早年甚至堅決反對胡適等人書生論政，反對《新月》刊載政論文字，在同人活動中相對低調，更不捲入文壇論爭。在他留下的極少數文字中，多是純粹的文學批評，只不過在文學批語中始終堅持主張文藝自由寬容的立場。比如一九三九年一月他在錢端昇主編的《今日評論》創刊號上發表《文藝與經驗》，開篇即說：「的確，在文藝受統制的國家裏，黨國的威權也只做到了把多數成績較好的作家排斥到國外去流浪，剩下一些糟粕在推行著奉公守法的文藝。在文藝裏，獨裁是根本不可能的事，因為文藝是一種自由發展的東西，一種知覺與靈感所到的藝術表現：不給它感覺的自由便沒有它的存在與發展了。」魯迅與新月派一向水火不容。一九三六年魯迅逝世後，葉公超花了幾周時間，把魯迅的所有作品重讀了一遍，在天津《益世報》增刊發表了《關於非戰士的魯迅》，高度讚揚魯迅在小說史、小說創作和散文上的成就：「我有時讀他的雜感文字，一方面感到他的文字好，同時又感到他所『瞄準』（魯迅最愛用各種軍事名詞的）的對象實在不值得一顆子彈。罵他的人和被他罵的人實在沒有一個在任何方面是與他同等的。」好像是感覺言猶未盡，他又接著在《北平晨報》文藝副刊發表長篇專論《魯迅》，認為五四之後，國內最受歡迎的作者無疑是魯迅。主要的原因是在於魯迅能滿足一般人尤其是青年們在絕望與空虛中的情緒。在魯迅的雜感裏，「我們一面能看出他的心境的苦悶與空虛，一面卻不能不感覺他的正面的熱情。他的思想裏時而閃爍著偉大的希望，時而凝固著韌性的反抗，在夢與怒之間是他文字最美滿的境界」。這種由衷的揄揚，連一向主張寬容的胡適看了都有點不高興，這位中國自由主義的靈魂人物責怪葉：「魯迅生前吐痰都會吐在你頭上，你為什麼寫那樣長的文章捧他？」葉絲毫不同意對魯迅褊狹的看法，他坦陳：「人歸人，文章歸文章，不能因人而否定其文學的成就。」一派典型的文藝寬容風範與唯美主義立場。不過，葉公超之所以被後人看作自由主義知識份子，大概與其所接受的英美教育背景及其此後所交遊的以胡適為靈魂的自由主義文人群體大有關係。按照沈衛威在《自由守望──胡

適派文人引論》（上海文藝出版社，一九九七）中的說法：胡適派文人多在國外受過自由主義思想的薰陶，接受現代文明的洗禮，並以胡適個人的「超凡魅力」的吸引和凝聚作為結構形態的外在範式，以自由主義信念中科學、民主、自由、人權、理性和秩序這六大參數為內在精神導向，立足文化／學術，並通過言論干涉政治。除了言論干政，葉公超一生的行事處世、出處行藏大體符合這種群體的精神歸趨。

　　回眸其一生，葉公超幾乎經歷過自由主義知識份子在二十世紀這個大時代所有的遭遇：少年經歷五四運動波瀾的初步洗禮；青年留學英美接受西方人文主義思想薰陶；回國在「水木清華地，文章新月篇」所構築的象牙塔中優遊問學、編輯刊物；日寇侵華後西遷南渡，顛沛輾轉於大後方；而後「教授從政」，直至位居國民政府「外長」；最終不見容於國民黨政權，在臺灣孤島上鬱鬱而逝。從二三十年代這一中國自由主義知識份子的黃金時代，到在戰火中書生從政，他「在政治舞臺上空熱鬧一場」（卞之琳《紀念葉公超先生》文中語），直至像困獸一樣在寂寞中逝去。回首葉公超的一生，總讓人感覺到這宛如風雨蒼黃之中傳唱的一曲自由主義者的蒼涼悲歌。最近看到幾本書，包括楊金榮著《角色與命運——胡適晚年的自由主義困境》（三聯書店，二〇〇三）、范泓著《風雨前行——雷震的一生》（廣西師大出版社，二〇〇四）、何卓恩著《殷海光與近代中國自由主義》（上海三聯書店，二〇〇四）等，都觸及自由主義知識份子在一九四九年遷台後的遭遇。看葉公超的傳記，我的第一想法，就是試圖以其為個案，了解遷台後自由主義知識份子這一群體與國民黨的衝突及其所導致的個人悲劇命運。一九四九年起葉公超擔任國民黨政府「外交部長」，一九五二年的「中日和平條約」和一九五四年「中美共同防禦條約」，被臺灣認為是他任上的主要「功勞」。他在一九五八年離任後接著「出使」美國。一九六一年，一紙電文將其召回臺灣，他被冷淡地告知：另有安排，你不必再回美國了！而此後蔣介石竟不復召見他，並且不允許他再度返美，其外交生涯就此黯然終結。在最後的二十年，他雖有「行政院政務委員」、「總統府

資政」等虛銜，但卻是有「務」無「政」，他自嘲說是「身邊有『特務』，『政事』不准問」。「行政院」會議時，只他一人小便時有人隨同「保護」。圍困之中，他只好閒來狩獵，感而賦詩；怒而寫竹，喜則繪蘭，以書畫自娛，了此餘生。他早年的學生鯤西先生在回憶性文章《葉公超與現代新詩》（載《清華園感舊錄》，上海古籍出版社，二〇〇二）中說，「葉的晚年看似平靜和以繪畫書法自娛，但總有一種沉重的挫折感。」從傳記內容看，或許是因為生平史料的不易搜集，作者在這一問題上顯得過於苛簡，影響了讀者對葉公超晚年的「了解之同情」。書中有一節論及葉公超與蔣介石的關係，但只是寥寥百字談及蔣將其棄而不用的原因在於一九六一年蒙古加入聯合國問題上兩人之間的衝突。至於葉氏在臺灣政壇上的其他重要活動及其與當局的關係，相對語焉不詳。在其他專門章節中，作者談及葉公超恃才傲物的文人脾氣、率性而為的真性情在假道學充斥的官場上的格格不入；說到他對官僚虛偽至極的繁文縟節的極度蔑視，其身在需要韜光養晦的官場而仍毫不掩其文采風流，不斂藏其外語出眾及外交能力強的一面，這一切使他時常犯忌。他對副手和部下公開宣佈：「我一天只看五件公文，其他的都不必送上來了。」這種不拘小節的名士做派，瀟灑倒是瀟灑，但在宦海浮沉中的結果可想而知。早在他擔任「中央宣傳部駐倫敦辦事處主任」期間，奉國民黨「中央宣傳部」之命發表《西藏事件宣言》，但隨後「宣傳部」又是電令停止。葉覆電說：「業已發表。」「宣傳部」再電：「應予更正。」葉再覆電：「不能更正。」回台後他第一次見到了蔣介石，蔣沉著臉說：「《西藏事件宣言》發表了？」「已奉委員長的命令發表了。」他坦率回答。「何以叫你更正，你不更正？」蔣嚴厲責問。葉直率回答：「報告委員長，此事關係國家威信，是絕對不能更正的。」文人從政而不改士大夫風骨，這個當時只不過是個芝麻大的小官，竟如此真言無忌。葉氏在晚年回憶性文章《病中瑣憶》中哀嘆：「回想這一生，竟覺得自己是悲劇的主角，一輩子脾氣大，吃的也就是這個虧，卻總改不過來，總忍不住要發脾氣。」但細繹之下，這些都可謂是表面的

現象，說到底，這是一位自由主義知識份子與一個專制集權的政權之間的內在衝突，或者說是有著現代意識的知識份子與思想意識仍停留在前現代的政權領袖之間的衝突。

在二十世紀四十年代末，一敗塗地的蔣介石退守臺灣。為了點綴政權，營造「自由中國」寬容的表象以贏得美援，國民黨高調打出「自由」牌，籠絡了一批多數有著英美留學背景的自由主義知識份子，甚至最大限度地容許了「自由中國社」的創立。這批包括胡適、王世傑、葉公超、雷震、吳國楨、孫立人等在內的自由主義者，甚至一度接近了政權的核心。但他們終究是「過河卒子」，是臺灣「自由開明」招牌的「樣板」。隨著國民黨改造、情治系統整頓等措施的實施，尤其是朝鮮戰爭爆發後美國將臺灣納入自己的防禦體系，臺灣風雨飄搖的局面稍有緩和，國民黨建構威權體制的面目就逐漸變得有恃無恐，自由主義者與蔣家威權之間的抵牾不可避免地突顯加劇。首先是駐外官員蔣廷黻在美國組織「中國自由黨」的活動被視為搗亂而扼制；一九五三年，吳國楨因議員被綁架案等而與蔣經國不可調和，憤而辭去「臺灣省省長」一職遠赴美國，並發表公開信揭露國民黨政權一黨專政、思想控制等六大特點，對國民黨公開隔海發難；同年，「總統府秘書長」王世傑因涉及「吳國楨案」觸怒蔣介石而被究職查辦，只得重操舊業當起了教授；一九五五年，有著自由派背景的「陸軍總司令」孫立人被誣以「陰謀叛亂罪」而遭軟禁，直到一九八八年才獲得自由；一九六〇年，自由主義的主要思想陣地《自由中國》雜誌社遭遇剿殺，雷震入獄，其靈魂人物胡適也只能徒嘆「情願不自由，也就自由了」；一九六八年，何浩若在「立法院外交委員會」上攻擊胡適、蔣廷黻、葉公超、蔣夢麟、王世傑等，說他們勾結費正清，導致中國大陸之「淪陷」。「文人漫道自由筆，最是文人不自由。」這一切，都讓人感覺到，歲月蒼茫，橫逆之中的知識份子無地自由。所謂「覆巢之下，安有完卵？」葉公超晚年的遭際，只不過是自由主義群體在集權政治高壓下共同遭遇的又一顯例而已。一九六四年，美國學者費正清訪問臺灣，他在《對華回憶錄》中寫

道：「蔣介石仍具有左右一切、窒息一切的作用。我們在北京時期的老朋友葉公超曾經當過清華大學英國文學教授，他完全憑自己的才能躋身於中華民國外交部，當了十年的外交部長，接著又任駐華盛頓的大使，但現在，由於他不願順著老頭子的意思搞外交，結果他被羈留在臺北任內閣中的不管部部長。」一九七七年，費正清再度訪台，此時蔣介石已不在人世，而費氏所見到的葉公超，「依舊是一個性格堅強的人，仍然牢牢地坐在政務委員的位置上，他喜歡孤獨，然而卻奉命去處理預算問題。他外出時，秘密員警跟蹤他；當他住院時，蔣經國卻蒞臨探望──一種對最高級天才的奇怪的愚弄」。美國邀請葉公超參加學術活動，蔣經國同意放行，但要求有人擔保他按時回國，如此葉才得以在晚年短期赴美兩次。美國的朋友要遠道來看望他，葉公超說：「我這次能來，等於火燒島犯人的早晨『放風』，必遵限期歸國，否則，擔保人受連累。」他要朋友不要浪費車程。葉公超晚年的年輕朋友何懷碩感嘆：「沒有徐志摩、胡適之等一大群人物互相激勵，又沒有一個溫暖的家庭為英雄軟弱時的休養生息之所，公超老師的晚年，在寂寞中度過。」

在現代中國學者從政的群體中，葉公超們、胡適之們不乏書生情懷、才子脾氣，更有著在歐風美雨中熏沐而得來的現代政治素養、行政能力與視野境界，而蔣介石所需要的，僅是與其暫渡「時艱」的「過河卒子」，肯為其賣命且馴服聽話的侍臣。在蔣身邊多年而深諳官場三昧的張群曾多次告誡葉公超，「六十而耳順，就是凡事要聽話」，這典型地說明了這一點。同樣曾「學者從政」而後翻然醒悟重歸學界的經濟學家何廉，在其翔實的《何廉回憶錄》（中國文史出版社，一九八八）中曾幾次說過：蔣介石要求於部下對他的忠心和馴服，超過了對才幹和正直的要求。「翁文灝和我雖都在政府中位居高職，但比起『圈內集團』來，畢竟還是外人。我們並非政府的裏層人物，也非黨的成員。我們不過是政府的『裝飾品』！我們從未能夠搞清楚幕後究竟在搞些什麼。」蔣所真正信任的，是以他當年「結金蘭」為核心的CC系和講究師生關係的黃埔系，而許多一時被奉為「座上賓」入主內閣的知識界精英，說

一九五二年，胡適（前排左一）由美國來到臺灣，與老友重聚合影。圖中為（前排中、右）陳誠、王世傑。（第二排右起）張曆生、葉公超、吳國楨、陶希聖。（後排右起）張南如、黃少谷、張其、沈昌煥。

到底算不上是他「圈子裏的人」。同樣的情形見諸何廉的同鄉、同事蔣廷黻身上。蔣從一介書生逐步進入高層政治之中，但他曾說過自己從政的本意是「倒不是我要棄學從政，實在是因為我希望會見一位偉人。在他方面，我想他只不過是表示對學者的敬意，了解一下政府以外人士對其政策的看法而已。事實上，他是正在全國設法發掘才智之士」，但他內心仍有著特別的感覺，曾委婉地稱自己是「局內的局外人」；而有學者也評價說：「綜觀蔣廷黻的一生，無論作為大學教授、思想家或政府官員，他始終是一個『局內的局外人』。」他進入了「真正的政治競技場」，「然而當他進入『局內』，卻發現他依然不過是局外人」（查理斯·R·里利《蔣廷黻：局內的局外人》，《檔案與史學》一九九九年第三期）。雖然何廉與蔣廷黻所說的是三四十年代「學者從政」浪潮中的情形，但移來評價赴台後自由主義知識份子，仍是恰當的。環境與時局稍有變易，但國民黨與自由主義群體之間，則有其不可調和的衝突，並不會因為時事的變化而消弭於無形。學者謝泳在《不能這樣理解胡適》等文中曾認為國民政府邀請學者從政，「不能輕易說這是沒有誠意的」。

但無論如何，我們絕不可高估這種「誠意」——蔣介石固然曾經「看重」過他們，但何嘗真正信任過他們！

傅國湧在《葉公超傳》後記中說，「我更關心的是葉公超和他那個時代的知識份子，在文學之外，他們的精神氣質、他們的人文素養，以及滲入他們骨髓的現代文學因數。」想當初，自由主義知識份子同氣相求，風雲際會，激蕩出黑暗時代裏的一抹亮色。而在政治的高壓下，終於如《紅樓夢》所說，「呼喇喇似大廈傾」，「落了個白茫茫大地真乾淨」。對於在大變局作出渡海選擇的一代自由主義知識份子來說，臺灣遠非他們理想中的「民主國」。葉公超早年反對文字議政，但因為抗戰，因緣時會，最終書生從政，抱著民族情懷，充當起了「過河卒子」，但他卻始終游離在政權之外。早在葉公超棄教從政時，學界朋友就多為此惋惜不已，「既為他一肚子學問可惜，也都認為他哪裡是個舊社會中做官的材料，卻就此斷送了他十三年教學的菁蓿生涯。這真是一個時代錯誤」（辛笛《葉公超先生十年祭》）。葉公超自己晚年「回想這一生，竟覺自己是悲劇的主角」，殊為沉痛，以至於其好友臺靜農為其輓聯語：「詩酒豪情，風流頓覺蓬山遠；浮生悲劇，病榻忽興春夢哀。」他的學生王治平在葉氏九旬生辰時寫詩抒懷，有感於葉氏一生悲劇道：「木鐸長年酣筆墨，朝官半世瘁心壇。如癡似夢一悲劇，悲劇誰鑄天下看。」這是不免令人再三嘆息的。上古史專家李濟先生一度問曾經與葉公超有著相同經歷且同僚多年的史學家蔣廷黻：「廷黻，照你看是創造歷史給你精神上的快樂多，還是寫歷史給你精神上的快樂多？」蔣以他慣熟的外交辭令回答：「濟之，現在是到底知道司馬遷的人多，還是知道張騫的人多？」（《蔣廷黻回憶錄》，岳麓書社，二〇〇三）儘管在無意間寫下的薄薄一冊《中國近代史大綱》使他在一定程度上成了司馬遷，但不顧朋友勸阻而踏上從政的不歸之路，蔣廷黻似乎對「創造歷史」更有興趣並引以為豪。葉公超也曾說自己不寫歷史，但願意創造歷史。這是他們一代知識份子特有的經世豪情、興趣與抱負。但這個匆促局迫的時代似乎並沒有為他們提供足夠的寬容度，他們對現代理性、秩

序、民主的傾心，與外在的迫壓之間存在著太大的錯位與距離，這註定他們的理想主義色彩和無法避免的命運悲劇。傅國湧寫完傳記擲筆長嘆：「在經過長久的沉寂與遺忘之後，葉公超能重新回到讀書人中間嗎？」我想說的是，無論如何，世間已無葉公超。

長溝流月去無聲

——舊年《大公報》人的命運感懷

前不久，歷史學家唐振常先生在滬上溘然長逝，讀書界一時間多有嘆惋傷感之聲。喜歡研文論史的讀書君子，再也沒有福分讀到這位自謙只研究過三個半歷史人物（蔡元培、章太炎、吳虞與半個吳稚暉）的長者那既具豐饒文采又富通脫睿識的新作了。他的《川上集》、《往事如煙懷逝者》、《識史集》、《饕餮集》一類集子中的珠璣文字，曾經給今天的廣大書友留下了美好的記憶。留意他笑談飲食文化的朋友，大都記得他的深言妙論：烹美味，最重要的一句話，是「魚在鍋裏不要去亂動它」，因為，如果憑主觀意志亂動一番，那就真亂了。——細細品味，那真是歷盡滄桑者才說得出的智者之語。

唐振常

如果對唐先生早年的經歷知道稍多，我們就更會為他在今年年初的離去悵然長嘆。唐先生自新時期以來以研究歷史「舊聞」知名，但他總結說自己是「少習史，及長而廢，想不到入社會貿貿然跌跌撞撞三十年之後，竟廢棄素業，轉而從事歷史研究」（安徽教育出版社一九九九年版《當代學者自選文庫‧唐振常卷》自序）。唐先生所説的「素業」，即是中青年時所經歷的二十多年新聞人生涯：從中國現代史上最優秀的新聞學教育基地──燕京大學新聞系畢業後，他在中國歷史上壽命最長的民間報紙《大公報》，馳騁了七年；隨後轉到《文匯報》，一待就更是十五年之久。回顧報業生涯唐先生的結論是：「新聞工作很難報帳，大抵不外『轟轟烈烈，空空洞洞』。」唐先生説新聞事業「空空洞洞」，自有他作為一介書生的深沉感慨，就是自己越來越感覺，「文人辦報的傳統已近消失，在報社專業寫文章的行當，似不再有。所謂以文學寫作為副業的想法，也不切實際。學無所專，時有空虛之感」（同上書附《作者自傳》）；而「轟轟烈烈」則並非隨口笑言。一九四七年七月，剛進《大公報》一年的唐先生，就被四處濫捕狂抓的「中統」特務關進牢獄。對唐頗為看重的總編輯王芸生先生，立即打電話給上海市長吳國楨，要求馬上放人。吳支支吾吾想藉口拖延一下，王擲地有聲地説：「今晚不放人，明天就登報。」結果當晚唐就被放出。八十年代唐先生

《識史集》

回憶說：「國民黨最怕這一招，而其時抓大公報的人公開出去，他們更有所顧忌。」（《上海大公報憶舊》，載周雨編、中國文史出版社一九九一年版《大公報人憶舊》）新聞界這種道高於勢、不畏強權的舊年風景，固然反映出了《大公報》作為一種民間性「公共空間」在風沙撲面的年代裏可貴的報格與尊嚴，也折射出唐先生在當時的活躍與備受矚目。在後來的著述中，唐先生多有關於舊年報界同人的深沉追憶，記述了他當年廣泛的交遊與來往。一九四九年初，周恩來在為隨軍南下的記者設宴餞行時，讚揚《大公報》的張季鸞、胡政之兩先生的確為中國新聞界培養出了不少人才。按照周當時對另一位著名大公報人徐鑄成先生的說法，唐先生「不也是《大公報》出身麼？」前面我說唐先生在年初離開人世令人悵然長嘆，就是因為今年六月十七日是與他有著上述密切關係的《大公報》誕辰一百周年的特殊日子。關於《大公報》的研究性專著《百年滄桑——王芸生與大公報》（王芝琛著，中國工人出版社，二〇〇一）和《大公報》的社論文選——《1949年以前的大公報》（王芝琛、劉自立編，山東畫報出版社，二〇〇二），都已經得以出版並引起學界的廣泛關注。文化界對這張大力標舉「四不」（不黨、不賣、不私、不盲）方針為宗旨，堅持文人論政的舊年《大公報》（一九〇二—一九四九）的

大公報社論文選——《1949年以前的大公報》

研究，正逐漸走向深入，日益擯棄了階級分析方法的教條與框架，而有了更多的歷史唯物主義色彩、學術品格與思想史意味。前一書，唐先生還親自寫下了儒雅深透的序言，熱情為之推介。這也可以説是唐先生在八九十年代連續寫下諸多關於《大公報》同人憶舊文章之後，對《大公報》的再一次深情回眸。可惜天不假年，他竟無機會得見《大公報》百年紀念這一天的到來了。説起來，這是繼一九九一年徐鑄成先生猝逝、一九九九年蕭乾先生離開之後，又一位舊年《大公報》人的遠行。《百年滄桑》一書中，收錄有一篇名為《座中多是豪英》的精彩文章，描繪出了報社當年風雲際會、群英翔集的盛況。而現在屈指算來，除了在香江畔數著版稅逍遙度日的金庸先生和後來成為出版家的戴文葆先生等人，在稍微知名的文化人中，普通讀者如我等，已經説不出更多的舊年《大公報》中人了。對於留心中國近現代民間報館與新聞人舊蹤的後來者來説，一種歷史正在緩緩地合上記憶的大幕。

　　「去得最疾的總是最美的時光。」百年回首，蕭蕭風塵捲走多少文化的流香遺韻。徐、蕭、唐諸先生的逝去，自然讓人感嘆人生百年的倏忽無情，但讀完《百年滄桑》一書，掩卷靜思，我又不禁為他們頑強的生命力所贏得的最終勝利而感到由衷的欽佩與欣幸。——細細盤點起來，舊年《大公報》人中，命運的不幸者實在太多了！按《座中多是豪英》的説法是：「從總的方面看，《大公報》內的『左派』、『中派』、『右派』記者，都有他們不同的貢獻和各自的成績，都是無法替代的。殊途同歸，最後的命運，大都是以『悲劇』而告終。」

　　「右派」的命運呈現悲劇色彩，這是我們熟知的歷史。但《大公報》社裏「右派」之多，足以稱得上當時的「右派」集中地之一。一九四六年獨闖張家口的著名女記者、地下黨員彭子岡，另一位名記者徐盈的夫人。一九五七年，她因説了句「我最不喜歡解放後這一系列的運動，太麻煩太耽誤時間，有時間不如多搞點業務」，結果首當其衝被打成「右派」。她不服批判，繼而被升級打成「反黨反社會主義急先鋒——極右分子」，開除黨籍，下農村「改造」，「文革」後又去「五七

幹校」。等到歷經二十多年深重磨難，重新聽到人們叫她「子岡同志」
時，已是病魔纏身了。據説，在一九五七年，彭子岡發表一篇文章主張
讓菜農自己進城賣菜，文章裏説：「事情是明擺著的，蔬菜是嬌嫩貨，
經不起折騰，時間上也經不起拖延，壞了沒救。……不説別的，北京胡
同裏賣菜的清脆悦耳的吆喝聲，也盡夠叫人惦記！……這也許只是我不
足為訓的小資產階級舊情調，真正受到實惠的是萬萬千千、每條胡同裏
短不了的家庭婦女們。」在那個一切都容易被扭曲變形的特殊年代，就
是這種談及一點平常生活的文字，卻被視為當時的「彭子岡右派言論」
專集「最毒」的一篇。

　　名記者朱啟平，出身於江南世家大族，燕京大學高才生。據唐
振常先生在《川上集》（三聯書店，一九九六）中介紹，「一二・九運
動」中，燕大「洋氣沖天，紅光滿園」，其中就有朱啟平叱吒風雲的身
影。太平洋戰爭中，他成為活躍一時的隨軍記者；一九四五年八月十九
日在「密蘇里」號上舉行的日本受降儀式中，朱啟平是其中的三名中
國記者之一，發回的長篇通訊《落日》傳誦一時，被公認為「狀元之
作」，後來還被列入大學新聞教材。其後他又任駐美特派員兼聯合國記
者，赴朝鮮戰地採訪，通訊享譽海內外。老新聞人嚴秀（曾彥修）先生
一九九七年讀到遲來結集出版的《朱啟平新聞通訊選》，就發自內心地
贊許説：朱啟平的新聞通訊之所以值得長久保存，關鍵在於兩個字：眼
光。（《五十年前一個智者的警告》，見學林出版社一九九九年版《一盞明燈
與五十萬座地堡》）大陸解放前夕，朱啟平的兩位兄長均在臺灣政界與
商界身居要職，他卻沒有去臺灣，而留在大陸迎接新中國的誕生。但
「文革」中一頂「右派」帽子，將他發配至天寒地凍的北大荒。至於原
因，與他同時下放在北大荒的名記者戴煌先生在《九死一生》一書中介
紹説，「一九五七年整風鳴放，他只不過批評我們的新聞報導有時不夠
實事求是，論據是，曾在一九四八年一度擔任過國民黨政府行政院長的
著名地質學家翁文灝，於一九五一年三月從法國回到了新中國。朱啟平
本人為《中國建設》雜誌寫了一篇文章，説他嚮往新中國，寧可放棄美

朱啟平

密蘇里號上舉行的受降儀式

國、法國的高薪聘留。可是『上面』有人在發稿時，卻非要把這改為翁文灝是在國外『走投無路』才歸國的，是共產黨寬宏大量地收納了他。朱啟平說，這麼一改，就完全背離了事實，同時也是對這位愛國老科學家人格的侮辱。就這麼一條批評意見，有人便說他是『攻擊黨的領導和攻擊黨的新聞政策』，把他劃成了『右派』！」在北大荒，他們食馬肉，經常看見抬出死人，真可謂「九死一生」。後經廖承志先生提名，朱啟平調到解放軍外國語學院教外語。臨行前他去縣城的澡堂洗澡，澡堂裏的人都把他當成了怪異的「西洋景」。他仔細一瞧，才發現自己「全身上下不僅有著一層厚厚的黑灰，而且瘦骨嶙峋，胸前皮下的兩排肋骨根根可數，如果不比死人多口氣，則完全成了一具木乃伊」。及至「文革」，「他這『摘帽右派』又被揪鬥……身上鞭痕累累，說是接連幾天被毆打，再不逃走，極可能被打死」（朱聞宇《緬懷父親》，《朱啟平新聞通訊選》）。

蔣蔭恩，桂林《大公報》編輯主任，曾先後擔任燕京大學、北京大學、中國人民大學新聞系教授、主任等，門生遍及全國新聞界，「文革」中亦未能倖免，悲慘地自縊身亡，數天後才讓家人收屍。

至於「未帶地圖的旅人」蕭乾先生，著名的作家，是歐洲二戰反法西斯戰場上極少的中國戰地記者之一。儘管他自己說過當年思想是「中間偏左」，但大概是因為在《大公報》寫過著名的社論《自由主義者的信念》，提倡一種「政治自由與經濟平等並重」、「相信理性與公

平」、「以大多數的幸福為前提」、「反對任何一黨專政」、「革命與改革必須並駕齊驅」、「公平、理性、尊重大眾,容納異己」的自由主義,加上因一度受邀參加奉行「第三條道路」的《新路》刊物的編輯工作而屢受審查,後來還是被無形地視為《大公報》的首席「右派」。剛到天地玄黃的一九四八年初,他就劈頭遭遇到郭沫若發表在香港《大眾文藝叢刊》上的「檄文」《斥反動文藝》的怒斥:

> 什麼是黑?人們在這一色下最好請想到鴉片,而我所想舉以為代表的,便是《大公報》的蕭乾。這是標準的買辦型。自命所代表的是「貴族的芝蘭」,其實何嘗是芝蘭又何嘗是貴族!舶來商品中的阿芙蓉,帝國主義者的康伯度而已!摩登得很,真真正正月亮都只有外國的圓。高貴得很,四萬萬五千萬子民都被看成「夜哭的娃娃」。這位貴族鑽在集御用之大成的《大公報》這個大反動堡壘裏儘量發散其幽紗,微妙的毒素,而與各色的御用文士如桃紅小生,藍色監察,黃幫弟兄,白面嘍囉互通聲息,從槍眼中發出各色各樣的烏煙瘴氣。一部分人是受他麻醉著了。就和《大公報》一樣,《大公報》的蕭乾也起著這種麻醉讀者的作用。對於這種黑色反動文藝,我今天不僅想大聲疾呼,而且想代之以怒吼:御用,御用,第三個還是御用,今天你的元勳就是政學系的

《大眾文藝叢刊批評論文選集》

> 大公！鴉片，鴉片，第三個還是鴉片，今天你的貢獻就是《大公報》的蕭乾！

這樣的語氣與邏輯，自然地讓人聯想到「文革」中的「大批判語言」。這也註定了蕭乾日後的命運的曲折與坎坷。他帶著沉重的精神負擔走進新時代。接踵而至的「右派」、抄家、下放，都與他結下了不解的「緣分」，一九六八年甚至走到了自殺的死亡邊緣。那次，醫院將他救活後在病歷表上寫道：「右派，畏罪自殺，已洗腸。」……

一個顯得有些奇異的現象就是，《大公報》的「右派」記者，命運悲則悲矣，但歷經劫難滄桑，大多數卻最終能不屈不撓忍辱堅毅地走到承平之世，「抬頭喜見雲開日」（一九九二年張承宗挽徐鑄成先生聯中語）。相反，倒是一般被認為是身屬「左派」之列的，多有不堪其辱而玉碎鋼折、齎志以歿者。

女記者楊剛，三〇年代在燕京大學時就因學生運動蹲過閻錫山的牢獄，而在此後輾轉奔波的革命生涯中，她「有男人，不能作男人的女人；有孩子，不能作孩子的母親」。夏衍曾經稱楊剛為「浩烈之徒」，就是「浩革命之烈焰，共產主義忠實信徒」。解放前夕，楊剛以地下黨員的身份大力促成了《大公報》和王芸生留在大陸，因此後來頗為順利，執掌過上海《大公報》；擔任香港大公報《文藝》副刊主編時，她激越地宣稱要讓副刊「披上戰袍，環上甲冑」，服務於祖國抗日宣傳；《大公報》改組為《進步日報》，楊剛出任黨委書記。一九四八年底，周恩來將楊剛介紹給毛澤東，稱許她是「黨內少有的女幹部」。「我所要做的就是一隻號筒，一隻掛著紅綢子對著太陽高唱的號筒……」這個以豪邁詩句表達自己心中的理想主義的革命者，解放後出落成活躍的政治活動家，先後擔任外交部政研委主任秘書、周總理辦公室主任秘書、中宣部國際宣傳處處長等要職，獨身一人，不分晝夜地忘我工作，「真心實意地傾注了她全部的熱情」。一九五五年，楊剛在一次外事活動中遭遇車禍，造成了嚴重的腦震盪。後又偶然丟失一個重要的筆記本，上

面記錄了一些領導人的重要講話，腦震盪後遺症使她神情高度緊張。一九五七年六月九日，《人民日報》發表第一篇「反擊右派」的社論《這是為什麼》，次日，楊剛就以「金銀花」為筆名發表詩作《請讓我也說幾句氣憤的話吧》，上陣吶喊。可是，在十月七日她卻突然自殺身亡，留下了一個難解的謎團。自殺前一天，她還參加了批判「丁陳反黨集團」大會。這位曾經將一個女性化氣息濃厚的原名「楊繽」改為「楊剛」以增添些許陽剛之氣、跟上時代步伐的革命者，最終選擇了這樣一種剛烈的方式結束自己烈火般的一生。

另一位知名「左派」記者當數范長江。早在一九三五年七月，年僅二十六歲的范長江以《大公報》特約記者的身份，隻身前往大西北採訪。他翻雪山、過草地，越過祁連山，繞過賀蘭山，西達敦煌，北至包頭，跋山涉水四千多里，第一次在《大公報》上公開真實地報導了工農紅軍正在進行的二萬五千里長征，比美國名記者愛德格・斯諾對長征的報導還早一年多。因為對國民黨西北地方政治的黑暗、人民的疾苦和日本帝國主義侵略的危機所作的淋漓盡致的揭露，范長江的通訊集《中國的西北角》一書幾個月之內連出七版，膾炙人口，成為中國新聞史上的經典名作。一九三六年「西安事變」爆發，范長江又隻身冒險入西安了解真相。隨後他又要求去延安見毛澤東。他是國民黨統治區報紙第一個進入陝北蘇區的記者。在延安，范長江與毛澤東徹夜長談，醍醐灌頂，使他成為一個思想進步的革命戰士。第二天他從延安返回上海後，連夜寫出披露西安事變真相的文章《動盪中之西北大局》，有力地宣傳了共產黨的抗日民族統一戰線政策。新中國成立後，范長江歷任新華社總編、上海《解放日報》社長、新聞出版署副署長、《人民日報》社長等要職。可是，在「文革」中他卻被一些自稱是「響噹噹的左派」造反者進行長時間的「逼供信」，最終於一九七〇年十二月二十三日在河南確山幹校自殺身亡。有文章說：范長江被宣佈為「自殺」，可是屍身赤裸，並且帶傷，完全有理由懷疑為被謀害。

范長江的親密戰友、記者孟秋江，一九四一年入黨，後任上海《大公報》副社長、香港《文匯報》社長。「文革」爆發，孟被迅速召回北京，而很快於一九六七年三月十六日自殺身亡。范長江與孟秋江並稱為「兩江」。于友在《長江與秋江之間》一文中嘆息：「讓『兩江』在新聞界珠聯璧合地幹下去有多好！這些傑出而且忠貞的記者竟死於非命，這是多大的不幸！」（轉引自郭汾陽、丁東合著，江西教育出版社一九九九年版《報館舊蹤》）

　　《大公報》記者群體中的「後起之秀」劉克林，十四歲入黨的地下黨員，出自燕京大學，文采斐然。抗美援朝時主撰的通訊，讓總編王芸生很是感佩後生可畏。新中國成立後，他進入中宣部，曾是中央「反修」小組《九評》寫作班子的主筆，當時廣播中那鏗鏘有力的言論，就有不少出於劉克林之手。正當他平步青雲之際，卻在「文革」爆發的「紅八月」裏突然神秘地墜樓身亡，年僅四十二歲。一九六六年八月六日下午，他給兒子最後留下的，是一摞薪水和一句「淒風苦雨啊」的慨嘆。他的燕大同學李慎之先生在一九七九年的劉克林追悼會上寫下兩首悼詩，其中一首說：「莫論詩豪兼酒豪，昔日文壇抱旌旄。羨君應招天上去，勝似屠門握殺刀。」讚嘆之中又不乏尖銳的批判，而更多的則是沉痛的招魂。

　　說起來，倒是《大公報》的靈魂人物王芸生先生，幸運地在「反右」中倖免於難（當時的著名報人如徐鑄成、儲安平等都被打為「右派」）。王能夠「倖免」的原因，一九六〇年負責與他聯繫的老黨員楊東蓴先生說，是毛澤東發話保了他，而為什麼對他網開一面，楊也說不清楚。甘競存在《一代報業宗匠王芸生》（刊《文史精華》二〇〇一年第八期）一文中說：「有人猜測可能是原在國統區工作的老報人被劃為右派的已經不少了；也有人說當時僅存三家民間報紙，已經有兩家的負責人被定為右派了；還有人認為是由於王在解放後一直比較聽話，態度恭順。毛在一九五二年底指示《大公報》以財經為主，同時進行國際宣傳，報社的一些老人有所不滿，希望恢復原樣，而王芸生一直不表贊成，認為黨和主席定下來的不能改變。這些猜測是否可信都很難說，總

1945 年 8 月 28 日，毛澤東到重慶參加國共談判，第二天的《大公報》作了大面積報道，對和平期盼躍然報端

一九四五年八月二十八日，毛澤東到重慶參加國共談判。《大公報》
加以報導

之是領袖一言九鼎，決定了王芸生的命運。」只是他的「倖免」，在
今天看來又未免付出了太多的代價。唐振常先生在《川上集‧王芸老
十年祭》中說，自己不理解一向不願屈居人下的王芸生，後來竟「奇
怪」地變得學會了十分地隱忍。他追憶說，即使到了一九七九年，與唐
談起「可以裝上擴音器公之於眾，毫無天知地知你知我知之事」的內
容，王芸生也還是放低聲音，關上房門，「謹小慎微，與往日全然不同
了」。按年輕的學人郭汾陽和丁東兩人在《報館舊蹤》中的說法，就
是幾乎「失語」了；或如謝泳在《失望的王芸生》（見文化藝術出版社
一九九九年版《失去的年代》）中所說：一個極富個性和充滿朝氣的人，
不久之後就變得精神萎縮、一蹶不振了。解放後王繼續擔任《大公報》
社長，但不管業務，而是專心修改舊作《六十年來中國與日本》一書。
六十年代他又奉毛主席的指示，與舊年同人曹谷冰合寫長文《一九二六
至一九四九的舊大公報》，算是從「新聞人」變成「舊聞人」了。一個
經歷豐富的老報人，晚年寫史也算是一種莫大的貢獻，但王芸生卻「揮
刀自殘」，以違心之論一手推倒自己早年的孜孜追求的志業，極度「懺
悔」《大公報》的歷史。當年大量印行的《文史資料選輯》第二十五至

二十八輯連載了這篇長文，我們可以從如今早已發黃的文字中看見一個老報人晚年急劇的轉變。《百年滄桑》中介紹説，王芸生在臨終前「大徹大悟，悔恨自己無論有多大壓力，有多麼悲痛，都不該寫那篇『自我討伐』的長文，即《一九二六至一九四九的舊大公報》。該文不僅對自己，也對張（引者按：即《大公報》前總編輯張季鸞），使用了極為刻薄甚至污穢的語言，悔恨他自己也參與了那場對《大公報》可恥的『圍剿』」。其實早在「反右」期間，王芸生的思想就已經發生了變化。一九五七年七月，新聞工作座談會上説：「什麼老報人，舊傳統！在真理和大學問面前，應該作總的否定，剩下的一些東西，只是零零碎碎的技術。」（甘競存《一代報業宗匠王芸生》）有著三十多年新聞生涯的老報人，説出這樣的話，讓人感覺真有脫胎換骨之感。「文革」中，王芸生在劫難逃，進了「牛棚」。王芝琛回憶説，王芸生偶爾可以回家，但回家仍念念不忘「早請示」、「晚匯報」，若不是家人勸阻「您目前還是專政對象」的話，他還執意要參加居委會組織家庭婦女跳的「忠字舞」。一九七二年，日本首相田中角榮訪華，毛主席讓秘書找來了王芸生的《六十年來中國與日本》作為參考資料閱讀。會見時，毛對在場的周總理講，應該讓王芸生也參加接待活動。正在北京車公莊一隅的「鬥私批修」學習班接受「勞動改造」的王芸生，就這樣突如其來地接到了讓他莫名其妙的「特赦令」。不久，他參加各種中日等外交活動，被任命為中日友協副會長。臨終時他留給兒子的遺言中有一句：「這部書使我多活了好幾年。……由於這部書，我提前好幾年又吃上了你媽包的西葫蘆餡的餃子。」這是王芸生作為一個普通俗人在那個特殊年代的幸運，但卻是作為新聞人的王芸生的莫大悲哀。

「座中多是豪英」一句，出自南宋詞人陳與義的《臨江仙》：「憶昔午橋橋上飲，座中多是豪英。長溝流月去無聲。杏花疏影裏，吹笛到天明。二十餘年如一夢，此身雖在堪驚！閒登小閣看新晴。古今多少事，漁唱起三更。」劉自立先生在《大公風雲錄》一文（刊《老照片》雜誌第十二輯）中曾激情四溢地讚嘆道：

王芸生夫婦及子女

《大公報》人才輩出，濟濟一堂。無論是在上海、在桂林、在重慶、在香港；也無論是元老級大公人的老練、敦厚，年輕一代的瀟灑，敏慧，的確見大公人的英姿爽爽，朝氣勃勃。我們可以數點不知多少大公英才們的故事、詩文，甚至戲劇、小說，乃至籃球隊、滑翔機……我們看到《大公報》與大公三劍俠的名字聯在一起；和胡適之、朱光潛、陳岱孫、吳恩裕……等人的名字聯在一起；和于右任，顧維鈞，馮玉祥、黃炎培……等人的名字聯在一起……大公報人的太太也是亮麗動人，楚楚得體，其風度，似也不亞於當時接受大公記者採訪、為大公劇團演戲的白楊、舒繡文……國難家難當頭，奮而『論政』的當時的一代年輕「文人」——記者、編輯——的確表現出中國人有才能、有魄力、有膽識辦起一張大報，辦成一張大報，且躋身世界大報之林的氣概。大公人自北而南，自東而西，在抗戰艱苦環境中，起辦天津、上海、武漢、桂林、重慶、香港幾個大公報館。他們的舉止，表率於國人；他們的言論，導讀於大眾，以至以後周恩來亦稱讚《大公報》培養了不少人才……如果人們大多忘記了他們的名字，那麼，人們也就大多忘記了他們的報導，忘記了中國人活生生經歷的歷史上的喜怒哀樂，悲歡離合……當朱啟平在美國兵艦上目擊日本受降，寫完《落日》的時候；當范長江、陸怡採訪了主戰台

兒莊的關麟徵軍長的時候；當張高峰痛斥蔣政權「前方吃緊，後方緊吃」的腐敗現狀的時候……人們會想到李大釗的那兩句詩，「鐵肩擔道義，妙手著文章」。

這樣動情的文字勾勒出的舊年風景，在今天讀來只是一種歷史的提醒與記憶罷了。儘管歷史多情但又無情，經打撈撿拾起的碎片，無論如何，畢竟難以綴合好真正的歷史了。由輝煌而衰落，舊年《大公報》在時代的播遷中無可奈何地走完了自己的路（而很難說已經完成了它的使命），而「僅剩下一個香港大公報延其命脈（唐振常語）」。新中國成立前夕，天津《大公報》被改組為《進步日報》，在一九四九年六月十七日發表了《新生宣言》；一九四八年，香港大公報復刊；一九五一年十二月十二日，重慶《大公報》公私合營，後改名為《重慶日報》；一九五三年初，上海《大公報》和天津《進步日報》合併，並宣佈為公私合營；一九五七年，中共中央正式發文，將《大公報》分工為管財經報導的黨報；一九六六年的亂世之中，對文化與歷史毫不留情的「紅衛兵」粗暴地查封了《大公報》。唐振常先生在《百年》一書的序中深沉地說：「大公報不再有昔日的輝煌。此是自然之理，事物變化之跡，不可得而言焉，亦不宜得而言焉。」一份作為舊年知識份子活動舞臺或「思想公共空間」的報紙，終於沉痛地向喜歡過它與受惠於它的人們無言地告別，在這方「舞臺」上唱戲的人自然也就風流雲散了。記得多年前，唐振常先生以一枝生花妙筆在「往事如煙」中「懷逝者」。而如今，懷人者也遽然成了後人追懷的對象。凝望審視那些印在米黃色紙上的老照片中英氣磊然、風神飄逸的舊年《大公報》人，或者坐到圖書館中翻看那些早已瀰漫發黃的舊報紙上依然生動激揚的文字，遙想一些在歷史風塵中漸行漸遠、風流雲散的舊年人物，我們不由得感慨：「長溝流月去無聲」，百年滄桑，留下的，何嘗僅僅是我等讀書人心頭頻起的「古今多少事，漁唱起三更」之嘆！

思想的關聯：在一家民間報館與一所教會大學之間

　　一○○二年的六月十七日，是中國歷史上壽命最長的民間性報紙——《大公報》誕辰一百周年的特殊日子。此前，關於舊年《大公報》（一九○二——九四九）的研究性專著《百年滄桑——王芸生與大公報》（王芝琛著，中國工人出版社，二○○一）和《大公報》的社論文選——《1949年以前的大公報》（王芝琛、劉自立編，山東畫報出版社，二○○二），都已經在大陸得以出版並引起讀書界的廣泛關注。據了解，王芸生先生的傳記也在編輯出版之中，這是繼徐鑄成的《報人張季鸞先生傳》之後姍姍來遲的另一《大公報》靈魂人物的傳記；復旦大學出版社與南開大學出版社出版了一套「大公報百年報慶叢書」共十冊書以作紀念，叢書包括《大公報一百年社評選》、《大公報一百年頭條新聞選》、《大公報一百年新聞案例選》、《大公報寰球特寫選》、《我與大公報》、《大公報一百年副刊文萃》、《大公報小故事》、《大公報特約專家文選》、《大公報歷史人物》、《大公報一百年》等。在讀書界影響頗深的報紙《南方週末》與雜誌《書屋》，亦相繼刊發專輯長文，以助《大公報》百年紀念。學術界對這張在風沙撲面的現代大力標舉「四不」（不黨、不賣、不私、不盲）方針為宗旨，堅持文人論政、文章報國的舊年《大公報》的研究，正逐漸走向深入，日益擯棄以前慣常

的階級分析方法教條與框架，而有了更多的歷史唯物主義色彩、學術品格與思想史意味。

今天逐漸基本認同的一種看法，就是把《大公報》視為中國現代史上自由主義思想之堡壘，把《大公報》人群體看做現代史上具有自由主義精神的知識份子，將其言行喻為「比較公正的裁判」。百年回首，在近現代這一特殊時空中，民間報紙可謂多矣，唯獨《大公報》與自由主義結下了「不解之緣」，追溯起來，偶然中有其必然。筆者以為，這種自由主義精神與報格的培植與養成，從大的方面說，是曇花一現的時代大環境使然——王綱解紐、兩極對立等等特殊時代的政治語境，使奉行中道而行、自由主義的《大公報》有了生存的空間；從文化生成與機制建設這一稍小一層次來說，還和這張報紙與中國近現代史上影響最大的教會大學——燕京大學關係密切，深受「燕京精神」之影響與薰染有關。探討《大公報》與燕京大學之間的關係，可以為我們更好地理解《大公報》的自由主義色彩找到一條隱幽的思想史線索。

現代中國的文化建設進程與古代有一點極大的不同，就是現代傳播媒介開始在文化發展與思想熔鑄過程中發揮出重要作用，成為一種任何人都不可輕忽的「勢力」。在二十世紀之初的新文化運動浪潮中，知識界對宣傳媒介的重視出現了前所未有的高潮。時任燕京大學校長的美國教育家、傳教士司徒雷登，憑著他對時代的敏感，從中看到了中國對新聞出版人才的需求及燕大作為教會學校在這方面可能施展的廣闊空間，從一九二四年即開始籌創燕大新聞系。據史靜寰教授在《狄考文與司徒雷登——西方新教傳教士在華教育活動研究》（珠海出版社，一九九九）一書中介紹，創辦過程幾經艱難浮沉，先由生於中國的傳教士後代白瑞華及另一美國人聶士芬合作開課，但不久因為白瑞華生病等原因，工作一度中止。此時美國著名的記者兼教育家、密蘇里大學新聞學院創辦人、院長惠廉士（W. Williams）訪華，他極力支持在中國創建新聞教育基地，並親自出任燕大新聞系籌款委員會主任。他很快籌得六點五萬美元，並促成密蘇里新聞學院與燕大結成姐妹學校，由前者幫助後者。

一九二九年，新聞系恢復建設。調查表明，三十年代初新聞系僅有學生五十二名，在全校各專業中學生人數名列第四。而至三十年代末，則一躍成為燕大第一大系。一九三〇年僅有畢業生一人，一九三五年有十五名，而至四十年代末，全國各大報都有燕大畢業生。由於外語的絕對優勢，及其因辦學的開放性而帶來的對國際局勢的廣泛了解，在國際新聞報導中占絕對優勢。司徒雷登在其回憶錄《在華五十年》一書（北京出版社，一九八二）中不無得意地說：「有一段時間，中國新聞社派往世界各大國首都的代表幾乎全是我系的畢業生，他們在中國報紙編輯人員的地位也同樣突出。」新聞史研究者公認，燕大新聞系培養出了中國第一批受過系統教育的新聞工作者，是亞洲「第一所完全的新聞系」。

　　客觀地說，由於不平等條約的庇護與西方自由、平等、博愛觀念的移植，在無地自由的中國現代史上，教會大學擁有一個政治上相對自由、思想上相對民主、文化上相對開放的小環境。宗教信仰上的自由選擇、思想觀念的寬容開放、學術研究中的獨立不依、師生關係上的民主平等、社團活動的蓬勃活躍，都使教會大學與當時的國立大學有著明顯不同。作為教會大學的突出代表，燕大典型地體現了這些特色。「燕大是在中、美兩國註冊的大學，因此體制和風氣上都深受美國『校園民主』的影響。與其他國立大學不同，燕大不設『訓導處』，而代之以『學生生活輔導委員會』，『它的目的既不是統制思想、監視行動；它的手段也沒有專以記過、開除、偵探、取消公費等方法對待同學。』」因

司徒雷登

此，燕大的學術空氣非常自由，『要是你願意，你可以從馬克思研究到克魯泡特金，一直到三民主義，五權憲法。』」（陳時偉《司徒雷登與燕京大學》，刊湖北教育出版社一九九一年版《中西文化與教會大學》）燕大學生、記者盧祺新、葛魯甫在《燕京新聞系》（刊北京大學出版社一九九〇年版《燕大文史資料》第三輯）中說：「最初八年，燕大新聞系教育全都是美國式的，因為四名教師不是美國人，就是接受美國教育的。當時，所有的新聞教科書或參考書，沒有一本是中文的。」作為現代派傳教士教育家的代表人物，司徒雷登將燕大校訓定為「因真理得自由以服務」；在校歌中強調「踴躍奮進，探求真理，自由生活豐；燕京，燕京，事業浩瀚，規模更恢弘」。他還說：「我所要求的是使燕大繼續保持濃厚的基督教氣氛與影響，而同時又使它不致成為（哪怕看起來是）宣傳運動的一部分。不應要求學生去教堂做禮拜，或強求他們參加宗教儀式，不應在學業上優待那些立誓信教的學生，也不要給那些拒絕信教的人製造障礙，它必須是一所真正經得起考驗的大學，允許自由地講授真理，至於信仰的方式則純屬個人的事。」（《在華五十年》第六一頁）正是出於燕大這種開明、自由的現代教學風氣的讚賞，自由主義的核心人物、同樣是教育家的胡適先生，一九三四年七月在《獨立評論》發表《從私立學校談到教會大學》一文，也對燕大由衷褒獎：「燕京大學成立雖然很晚，但他的地位無疑的是教會學校的新領袖的地位。……近年中國的教會學校中漸漸造成了一種開明的、自由的風，我們當然要歸功於燕大的領袖之功。」（載中華書局一九九八年版《胡適學術文集・教育》第二五六頁）即使在播遷流離、倉黃戰亂之中，燕大也保持了這種風氣於不墜。成都校友會在《抗戰期間遷蜀的燕京大學》（載《燕大文史資料》第三輯）一文中，突出以新聞系為例，說明了燕大學風獨立思考、自由探討的特點。史靜寰在《狄考文與司徒雷登》一書中說，由於教會學校的特殊地位，也由於司徒資產階級自由、民主的辦學思想，凝聚成一種「無形的燕京精神」，「有人說『堅持真理、崇尚民主、辦事認真、勤奮進取、熱情開朗』是燕京精神；也有人認為親密、健

康、平等的人際關係，『中國人和外國人，教師和學生，都彼此關心互相照顧，親如一家』是燕京精神。對燕大校友來說，無形的燕京精神體現在燕大的校歌、校訓之中，體現在燕大師生的舉止、言行與風度之中。總之，燕京精神是以西方民主、自由、平等、博愛思想為基礎的，是對中國舊教育傳統的否定。正像一位燕大校友所說：「西方的民主有缺陷，但比中國封建專制主義要高一個層次，燕大的民主精神培養了一個人的民主觀念。」史為此特意主持了一項問卷調查，在對三百名校友進行「燕大的生活最令人懷念的地方是什麼」及「燕大這所教會學校所提供的教育對於你的成長產生的主要影響是什麼」兩個非標準化問題時，有一半的人提到了校訓，提到了燕大的民主、自由精神及平等、融洽的人際關係。

　　如上論述「燕京精神」，並非隨意拉扯游離，而意在說明一個人早年的教育背景對其思想信念與人生踐行可能產生的深遠影響。以研究現代思想史與知識份子問題見長的學者謝泳曾精當地說：「我近年在研究中國早期自由主義知識份子時，較為看重他們早年的教育背景，因為一個人在他們成長過程中，早年的教育背景在很大程度上決定他們的基本價值取向，對於學術界的自由主義知識份子是這樣，對於從政的自由主義官員也是這樣，雖然他們的人生道路不同，但我們如果放寬歷史的視野，就會發現，這些人最終價值理念的歸宿，都要回到他們早年所受的教育上。這是前代自由主義知識份子的一個主要特點，現在的知識份子是不是這樣，我不好說，但前代自由主義知識份子大體是這樣的。」（《由葉利欽想到吳國楨和蔣介石的一次談話》）可以想像，沐浴著「燕京精神」成長的燕大新聞人，很早就會在心中或隱或顯地根植下自由主義的種子。在校園中，燕大新聞系學生就以《燕京新聞》與《燕大週刊》為基地，踐行自己的新聞信念。這兩份報刊，一直堅持新聞自由。就《大公報》而言，領導層人物中，早期的「三巨頭」吳鼎昌、張季鸞、胡政之先生有著留學（日本）背景，後入的總編輯王芸生先生則是自學成才。他們幾人的思想觀念固然對《大公報》的報格有著重要的影響，

但另一方面，就像郭根先生在《記徐鑄成——我所知道的一自由主義報人》中所說的那樣：「一般認為，《大公報》的成功，是由於胡政之先生的經營以及張季鸞與王芸生先生的文章，這固然是成功的因素，但並非全部。我覺得《大公報》的成功，大部在於中層幹部的健全。以全國報館來說，沒有一家擁有像《大公報》那樣素質高的中堅分子，無論是內勤與外勤。」（轉引自三聯書店一九九八年版《徐鑄成回憶錄》第一五二頁）大體可以這樣說，社長與總編輯們在很大程度上奠定了一張報紙的風格與思想走向，但同樣重要的是，這種風格與思想的達成與實現，需要通過那些中間層人物的名記者、名編輯們來加以踐行與推展。而令我們驚訝的是，《大公報》的中堅人物，多是出自燕京！出自燕大新聞系的，就有朱啟平（名記者，太平洋戰爭中活躍一時的隨軍記者，參加過一九四五年八月十九日在「密蘇里」號上舉行的日本受降儀式的三名中國記者之一，發回的長篇通訊《落日》傳誦一時，被公認為「狀元之作」，被選入大學新聞教材。其後又任駐美特派員兼聯合國記者，赴朝鮮戰地採訪，通訊享譽海內外）、蔣蔭恩（桂林《大公報》編輯主任，曾先後擔任燕大、北大、人大新聞系教授、主任等，門生遍及全國新聞界）、蕭乾（《大公報》文藝副刊主編，歐洲二戰戰場上極少的中國記者之一、著名作家），劉克林（《大公報》記者的「後起之秀」，抗美援朝時任新聞主筆。新中國成立後入中宣部，曾是《九評》寫作班子的主筆）、唐振常（名記者、著名學者）、唐人（原名嚴慶澎，後以小說知名）、譚文瑞（後來曾任《人民日報》總編輯）等人。其中蔣蔭恩後來還曾擔任燕大新聞系主任一職。另有女記者楊剛（解放時以地下黨員的身份一手促成了《大公報》和王芸生留在大陸，後執掌過上海《大公報》，擔任了香港大公報《文藝》副刊主編和改組後的《進步日報》黨委書記，解放後成為政治活動家，先後出任外交部政研委主任秘書、周總理辦公室主任秘書、中宣部國際宣傳處處長等職），雖是英文系學生，但與燕大新聞系愛德格·斯諾、蕭乾等師生關係密切。——事實上，除了楊剛，今天學界所體認的《大公報》的自由主義，正主要體現於上述這些名記者、名編輯的文字與行事之中。五十年代，上述人物幾乎無一倖免地被

建校之初的燕京大學

打成「右派」，遭受厄運，這正可反證他們思想底色中塗抹不去的自由主義思想在那個時代的「不合時宜」。

由於自五十年代起，中國思想界受政治風向的影響，對為中國現代教育做出過重要貢獻的教會學校進行了極其激烈甚至是粗暴的批判，教會大學在「帝國主義文化侵略」這一定性下再無存在空間。在《楊剛文集》、《蕭乾研究資料》、《朱啟平通訊集》等編輯於八十年代的著作及有關回憶錄中，我們很少見到這些名記者們對當年燕京母校的回憶與敘述（在唐振常先生晚年的懷人、自傳等文字中，我們欣喜地讀到一些篇什涉及舊年燕京），思想的影響與薰陶，被歷史的忌諱抹去了可見的線索，被遮掩在粗線條的文字之下，有待於我們進一步的深入挖掘。倒是在一九九八年北大校慶一百周年之際，出身燕大的知名學者李慎之先生在《弘揚北大的自由主義傳統》一文中說：「自由主義雖然以北大為發祥地，但是一經傳佈，其感染力是很強的。漸漸地以全國各大學為中心，都出現了一批又一批自由主義的知識份子。五十年代併入北大的燕京大學，其校訓就是『因真理、得自由、以服務』。自由主義流行在許多校園中和社會上，又通過《大公報》、《申報》這樣的媒介，擴大了它在社會上的影響。」這種概括，可謂是一語中的。及至今日百年報慶之時，林放在《〈大公報〉與燕京學子情》（載復旦大學出版社二〇〇二年

版《我與大公報》）一文中説：「回顧半個世紀多來，燕京學子和《大公報》如此密切的交往，源於他們有著共同的理想和追求。《大公報》的辦報方針是『不黨、不賣、不私、不盲』，體現著追求自由、民主的精神。燕京大學的校訓是『因真理、得自由、以服務』，學生們所嚮往的是公正、平等的社會。抗日戰爭勝利後，由王芸生授意，蕭乾執筆撰寫的社論《自由主義信念》一文，可謂是『大公報人』的『燕京學子』思想融合的體現。此文周恩來總理閱後，曾評價説：『愛國之情，溢於言表，矧在當時，能不感奮。』這一共同的思想基礎，正是燕京新聞系學子願意投奔『忘己之為大，無私之為公』的《大公報》忘我工作之緣由。而《大公報》也願為這批有著同一理想追求的學子，提供為他們展示自己智慧和才能的舞臺，由此，共同鑄就了不解的情結。」這種論斷，更是對一種歷史本相客觀而又確切的評説。

除了畢業生與社會服務之間的「供銷」關係，燕大與《大公報》的另一種密切聯繫，就是許多知名《大公報》人曾到燕大任教。早在燕大新聞系創辦之時，《大公報》就曾與焉。盧祺新在上述一文中語焉不詳地説：「天津大公報的名發行人胡霖（政之），對燕大新聞系創設的成功，貢獻極大。」三十年代初，王芸生與曹谷冰等也曾到燕京登臺為學子講授新聞課程。一九四二年，燕大在國難中遷至成都，聘蔣蔭恩講「新聞概論」及「採訪寫作」，他還曾任新聞系主任一職，對重振燕大新聞系貢獻極大；聘《大公報》主筆張琴南講新聞社論、編輯學，一直到五十年代初期全國高校院系大調整。燕大成都校友會在《抗戰期間遷蜀的燕京大學》一文高度評價了《大公報》人對燕大新聞系的貢獻：「燕大成都時期，新聞系能夠做出出色成績，是和蔣蔭恩先生的民主思想，以及他待人接物平易謙和的作風分不開的。蔣蔭恩先生尊重每一個學生的思想與才能。他始終不渝地強調新聞真實，要尊重事實，要客觀公正，竭力培養學生獨力思考、獨立工作、千方百計採寫獨家新聞的堅強活動能力。」

還有一樁事也可以說反映了燕大與《大公報》關係之密切。一九四一年美國的密蘇里新聞學院將榮譽獎章授予《大公報》，這是中國現代新聞傳媒獲得的最高國際性榮譽。獎狀中有云：「該報自一九〇二年創辦以來，始終能堅守自由進步之政策；在長期作報期間，始終能堅持積極性新聞之傳統……保持其中國報紙中最受人敬重最富啟迪意義及編輯最為精粹之特出地位。」而如前面所述，我們知道，密蘇里新聞學院與燕大，有著互助合作的良好關係。

民間性報紙與教會大學，有一個共同點就是兩者都有著比其他文化機構更多的免於政治干擾的自由。這使得稀薄而可貴的自由主義因數得以在那樣的環境中得到更好的培育。在文化劇變的現代史上，具有現代品格的媒體與高校、社團之間，往往形成一種「合則雙美，離則兩傷」的思想關聯互動型關係以激動潮流，為古老的中國注入了新鮮的活力，明顯的如《新青年》與北大、《學衡》與南京高師、文學研究會與《小說月報》之間。同聲相求、推波助瀾的關係，使它們在一度因王綱解紐而相對開闊的時代平臺上形成了一種巨大的合力。燕大與《大公報》之間的思想牽系，值得中國現代新聞史、教育史及思想史研究者深入關注。

司徒雷登是燕大的靈魂

豁顯歷史的真實

——讀《魯迅與我七十年》
與《百年滄桑——王芸生與大公報》

近來連續讀到兩本讓自己多有感慨的新書：周海嬰著《魯迅與我七十年》（南海出版公司，蕭關鴻主編「非凡書房」之一）、王芝琛著《百年滄桑——王芸生與大公報》（中國工人出版社，丁東、揚生主編「學燈文叢」之一）。將這兩本書相提並論倒並非是由於自己平日隨意泛覽、「瓜蔓抄」式讀書的壞習慣，而是因為它們有著太多的相似，太容易讓讀者產生一絲由此及彼的聯想：其一，兩書作者與書中所寫人物、事件，都有著一種家世的淵源：周海嬰先生是魯迅先生的兒子；王芝琛先生是《大公報》總編輯、著名報人王芸生先生的兒子。緣於與所論人事之間這種特殊關係，作者在耳濡目染之中對舊年人事有著一份感性的認識，於史實有著他人所無的切身體會。更重要的是，由於政治原因，伴隨著父輩的名人身份而來的悲喜榮辱，就像一簇巨大的影子，一直深刻地影響後人的生活，使他們終生承受著一種別樣的壓力，同時也積澱了一種深沉的動力。六七十年歲月（兩書作者皆已是七十歲上下）滄桑的淬瀝，舊事新思，促使人多有觸動，在此情緒中將所見、所聞、所思寫出，既可以說是作者個人化的芥末家事，更是對逝去的二十世紀中國人所走過歷史的一份重要縮影與寫照。其二，兩書作者都不是嚴格意義上的學界中人，更未承父輩志業。周海嬰長期在廣電部門從事無線電

技術工作，王芝琛則是專業的海軍工程與電腦研究人員，兩人與父輩所從事與擔當的職業相去甚遠，在社會上的影響較父輩也無法以道理計。逝世前一月，魯迅給親屬留下的遺囑第五條就說：「孩子長大，倘無才能，可尋點小事情過活，萬不可去做空頭文學家或美術家」（《且介亭雜文末編·死》）；無獨有偶，一向對兒女採取大撒手態度的王芸生，在一九五五年聽說高中畢業的王芝琛打算報考文科，他非常生氣並表示堅決反對，說兒子「不太懂事」（王芝琛《我的父親母親》，刊《老照片》第十九輯）。傳統中國一向多有文化世家的美麗風景，但在動盪多難的二十世紀，來自政治的力量常常干擾著這種文化生態的形成與培育。這既有現代社會發展大趨勢的原因，也有知識份子個人際遇的影響，魯迅父子與王芸生父子的文化代際差異，多少折射出了其中的深沉消息。但正是因為與父輩保持著一定的專業距離，所以今天我們看到，兩書作者所寫既能避免局外人的隔膜之感，也沒有時下學界專業研究者筆下常見的高蹈理論與積深成見。其三，兩書所寫內容，都具有濃郁的私人化敘述色彩，與流行的正史所載呈現出明顯的不同，在某種意義上可以說是對曾有的相關歷史敘述的一種訂正、核對甚至是顛覆。在此前，關於魯迅先生，周海嬰的母親許廣平女士曾經寫下《欣慰的紀念》、《關於魯迅的生活》、《魯迅回憶錄》等書；關於《大公報》，王芸生先生自己在六十年代曾與《大公報》另一舊年同仁曹谷冰先生合作，在《文史資料選輯》上連載刊發過《一九二六年至一九四九年的大公報》。為文史界眾所周知的是，由於特殊年代的政治干擾與環境影響，「左」的偏頗及其之下作者身不由己的扭曲，使上述著作的歷史真實性都打了一定折扣。關於前者，尤其是《魯迅回憶錄》一書，魯研界已多有指明。比如以考證見長的魯迅研究學者朱正先生早在七十年代末就出版過專題研究著作《魯迅回憶錄正誤》一書，在後記中他以了解之同情說：許廣平的著作「之所以會出現這些誤記失實的材料，不僅是因為年代久遠產生的記憶上的誤差，還有不能完全由她本人負責的原因」。此書直到前年仍印行了第三版——由這冊小書的生命力，也足以折射出其間歷史所受遮

周海嬰著《魯迅與我七十年》

蔽程度之深。至於後者,王芸生先生本人在「臨終前已大徹大悟。悔恨自己無論有多大壓力,有多麼悲痛,都不該寫那篇『自我討伐』式的長文,即《一九二六至一九四九年的舊大公報》。該文不僅對他自己,也對張(即大公報前總編輯張季鸞)使用了極為刻薄甚至污穢的語言,悔恨他自己也參加了那場對《大公報》可恥的『圍剿』」(《百年滄桑》第七五頁)。而如今,世事滄桑,由兒子一代人來「重」說這些在歷史的迷離境像中亦真亦幻、或喜或悲的舊人舊事,真可謂是歷史無情卻又多情:豁顯歷史的真實是一件太難的事情,但歷史永遠在召喚著人們更大程度地趨近她的真實。

《魯迅與我七十年》的書腰上,印有一段廣而告之的文字:「揭開父親死因中的濃濃謎團;挑開兄弟反目的隱秘面紗;披露父親身邊兩個女人的情感糾葛;道出父親與文壇敵友的恩恩怨怨;坦敘父親逝後一家人的不平常歲月……」這些話或有出自出版社之手的炒作氣息,但讀罷掩卷,揆諸內文所敘,卻也不得不感慨所言大體不虛。我們看到,書中既有近乎內幕揭秘式的新說(還有第一次公開的大量照片),如周海嬰在書中提出懷疑;魯迅的死可能與日本須藤醫生有意拖延治療的陰謀相關;如魯迅之孫周令飛非常年代的跨海婚姻引發巨大風波時周家所受的衝擊與壓力;又有大出普通讀者意料的一些事情,如許廣平逝世後一個

月，周家即被迫搬遷而頓時陷於貧病交困狀況；再如周建人幼子周豐三血氣方剛，對二伯父周作人附逆以死相諫而犧牲生命；再如困守在上海「孤島」艱難度日時，昔日的朋友利用許廣平的輕信與商業上的缺乏經驗而從出版《魯迅全集》中漁利，等等；而貫穿全書的，更多是對周家尋常生活中點點滴滴的平實記錄，如海嬰幼時與魯迅父子情深的嬉戲，父親與朋友往來的場景，動盪播遷中的人世炎涼，家人的病痛悲歡，周氏兄弟的家庭成員，自己的婚姻與工作，母親的生活與工作……在人們為應該「解構」／捍衛、「批判」／辯護魯迅「這把老骨頭」爭論不休時，在處於所謂的「後現代」文化語境中的魯迅研究出現「過度闡釋」甚至導致「空洞化」傾向時，今天的海嬰只是平心靜氣地以一些記憶深處的生活細節為材料，以自己個人化的感受與回味為黏合劑，還原、展示出了一幅關於魯迅的豐富歷史畫面。當現代的讀者早已為層出不窮、泥沙俱下的魯迅研究著作產生閱讀疲倦、心理反彈時，《魯迅與我七十年》的出現，使我們更為真切地走進了歷史的現場，以一種更為有血有肉——而不是任由抽象理論無情醃製——的方式，凸顯出魯迅作為一個巨大的思想資源庫與今天的讀者、時代之間的「歷史——現實」關聯性。值得一提的是，周海嬰在回憶錄末尾，又寫下了「再說幾句」一節，記述了一件令他「再三疑慮」的事情：一九五七年毛澤東到上海，召集周谷城、羅稷南等湘籍人士座談。眾所周知當時正值知識界反「右」，羅向毛提出一個大膽的設想疑問：要是魯迅今天還活著，他可能會怎樣？毛澤東對此十分認真，他深思片刻後回答說：以我的估計，要麼關在牢裏還是要寫，要麼是識大體不做聲。羅當時驚出一身冷汗，不敢再說。此事乃一九九六年海嬰應邀參加巴人研討會時，親聆羅稷南先生所言。周海嬰一直沒有對外人說過。寫此書時他拜訪王元化先生，王說他也聽過此事，應當可以披露，不會對兩位偉人產生影響，心懷疑慮、將此事寫好又抽掉的海嬰才復將此事補入。毛對魯的認識，一般人知道的是一九三六年魯迅去世時毛澤東說的那些話。其實終其一生，毛澤東都在以他的思想理解魯迅。這兩位終生緣慳一面的偉人之間的思想

關係，是一個複雜的話題，零散的文章所見多矣，易嚴先生甚至為此寫出厚厚的一冊專著《毛澤東與魯迅》。周海嬰寫出的這件事，應該說對於研究這一問題提供了一個有意義的角度。

相比之下，王芝琛所寫下的《百年滄桑》，與周海嬰的取徑有所不同：對舊年人事，儘管作者有著一些「重回歷史現場」的描寫，但更追求的是對其進行學理性的深層探討；有一些生活花絮式的細節刻畫與再現，但更重視的是對其所體現之內在精神的朝聖與尋蹤。這種不同，是作者所面對的不同研究現狀而產生的。質言之，與汗牛充棟、疊床架屋以至於寫出了數部《魯迅研究學史》來進行總結的魯迅研究相比，在二十世紀上半葉風雲際會的王芸生與《大公報》，在今天顯得太過寂寞了。到目前為止，對這一紙影響深遠的民間性報紙有分量的研究文章，也許就是王芝琛這本書中所收的那些了——這是要令許多專業的新聞史研究人員反省的。無可諱言的是，在今天我們看到，通行的新聞正史、教科書多是一些粗線條的歷史勾勒與先入為主的概念圖解。更說不過去的是，新聞史寫作者對歷史與舊年老報人，普遍缺乏史家陳寅恪所倡揚的「了解之同情」，也不具有另一史家錢穆先生認為研究歷史所必具的「溫情與敬意」，因而相關著述整體面目可憎。即使是如范長江、鄒韜奮等與時代合拍的新聞人物的傳記，或者如一些至今仍意氣風發、慷慨擔當的報紙的報史，亦多難以卒讀，遑論在天地玄黃中時感拘束以致晚年失語的王芸生，以及「僅剩下一個香港大公報延其命脈（唐振常語）」的《大公報》了。因此如果說我們對魯迅先生有所誤解多因出於某一目的的「神化」與無限抬高，那麼對王芸生與中國報刊史上堅持最久的《大公報》的誤讀，就更多來自於過度意識形態的蔽障和評價座標的非歷史化。就如史學家、舊年大公報人唐振常先生在序言中所說：「議論大公報，是議論歷史上的大公報，是研究歷史。研究歷史最重要的一條原則，是要納入歷史環境歷史條件下去考慮去論斷，脫離了歷史的背景，甚而以今天的政策或所要求於今日報紙者，去作論斷，去要求一個歷史上的報紙，不是唯物史觀，是反科學的。這樣，也就不能從歷

史中求史識。」《百年滄桑》所體現的,正是以這樣一種科學的歷史唯物論精神,來對王芸生進行真實寫照,更對其所代表的舊年新聞人與舊年報刊予以公正之研究與評價。如後來一直糾纏著《大公報》的「小罵大幫忙」與「大罵」之爭,王芝琛深刻地指出説:只有認清大公報是否是真正的民間報紙,才能打破這種爭論的僵局,否則只能在「階級分析」的框子裏「打轉轉」。又如《大公報》於世事風雲中是否做到「不黨、不賣、不私、不盲」這一自己倡揚的「四不」方針,一直有所爭論。谷鳴先生在第十四輯《老照片》提出異議:「在激蕩複雜的近代中國,難以有完全超脱的『不黨、不賣、不私、不盲』……例如『不黨』,一九三五年吳鼎昌出任『名流內閣』的實業部長,一九三七年張季鸞參與陶德曼調停和以後的謀和活動,一九四七年胡政之參加蔣記國大,這都是『有黨』。」對此王芝琛逐條談了自己看法。一九二六年,吳、胡、張三人接辦報紙時,「約定五事」的第二條即是「我等三人專心辦報,在三年之內大家都不得擔任任何有俸給的公職。」後來《大公報》將其推廣到一般社員,皆不得兼任社外的有給職務。《大公報社職員任用及考核規則》第三條規定:「創辦人及在本社服務不兼任社外有給職務者為社員。」一九四三年胡宣佈《大公報同人公約》,其中第三條為:「本社職員不得兼任社外有給職務,並不得經營抵觸本社利益或影響社譽之業務。」事實上其後三人都堅持了報人不兼公職這一點。一九三五年十二月,吳鼎昌一擔任南京政府實業部長,即在當月十三號的《大公報》上刊出啟事,通告董事會照准吳辭去報社社長之職。吳辭職後,即不再插手報社社務。新記大公報社評委員會委員、新中國成立後曾任《大公報》副社長的中共地下黨員李純青一九八六年在《抗戰時期的大公報》中回憶説,吳辭職後不再過問大公報的方針及人事經營。「抗戰期間,一九四一年三月間,我在赴重慶路過貴州,見過吳鼎昌。當時他是貴州省政府主席。我跟他作過很長一席談話,吳鼎昌沒有一句觸及大公報的事,就是説對大公報的工作,沒有給過我一句話『指示』。」王芸生臨終前也曾追憶,自己擔任總編輯後,在與吳僅有

的一次單獨會面中，吳也「從來不涉及《大公報》」。一九三七年日本通過德國駐華大使陶德曼向國民政府提出「議和」條件，誘使蔣介石訂立城下之盟。蔣請張季鸞亦參與「談判」，但張在談判尚未結束就憤而退出。他發表於漢口版《大公報》的《最低調的和戰論》表達了自己的立場：「我們以為政府即日即時應該明白向中外宣佈，如日本不停止進攻南京，如日本佔了南京，則決議不接受調解，不議論和平。我們以為這絕對不是高調，乃是維持國家獨立最小限度之立場。」至於胡政之參加「蔣記國大」，情況似乎稍為複雜一些。在中共與民盟皆拒絕參加「國大」的情況下，蔣介石威逼部分黨外人士參加，他在南京召見了胡政之。陪同在座的傅斯年說：「政之先生，你究竟是跟國家走，還是跟共產黨走，今天該決定了。」沒有退路的胡只好跑到簽到處報到，但沒有參加一分鐘會議。在《大公報》社評議會上他顫抖地對同仁說：「為了《大公報》的存在，我個人只好犧牲。沒有別的辦法，希望你們理解我的苦衷，參加大會不是我的本意，我是被迫的。」當時周恩來在文章中就以胡政之為例說明蔣「套住」無黨派人士的無恥做法。王芝琛的這番議論，毫不高調，亦不作苛論，而是通達明晰，以了解之同情來敘歷史之事實。再如范長江在如日中天的時候突然離開《大公報》，王芝琛分析認為，僅是因為他與張季鸞一次關於上夜班是否影響健康的偶發事件而已，而不存在如後人所懷疑的思想衝突、政治分歧，如後者種種，都是立異以為高之說；再如多種著述中所說《大公報》一九四八年底從中立立場轉向擁共為「起義」事，王芝琛通過《「起義」云乎哉》正續兩篇文章剖析認為，那只是個人出於政治需要的一種歷史虛構，在報紙抉擇中起了重要作用的記者楊剛，並不是想像的來「策反」《大公報》的「黨代表」，王芸生也不是從反動營壘中反戈的「首領」，中共中央也並無《大公報》「起義」一說。除了上述這類求真求實的文字，《百年滄桑》的「人物篇」、「事件篇」、「花絮篇」等還多有一些筆墨，描畫出了《大公報》當年「座中多是豪英」的盛景，以及本「獨立之精神，自由之思想」以「文章報國」的情懷。人物如一身「國士精神」的

王芝琛著《百年滄桑——王芸生與大公報》

張季鸞，女報人楊剛與彭子岡等；事件則如《大公報》在台兒莊戰役、重慶談判、日本投降等重大歷史時刻的新聞記錄作用，抗戰中在中文報刊中唯一獲美國密蘇里大學新聞學院榮譽獎章的輝煌，等等。

不可否認，在讀由書中所涉及人物的家屬或後人撰寫的許多文字時，我總是下意識地保持著一個讀者的警惕。因為與所論內容的親緣關係，固然可以使其較其他研究者有著更翔實之史料與更真切之感受，但也易因為情感作祟而陷於揚長護短之偏執，使歷史的真相受到另一種非正常力量的遮蔽與改寫。近些年在關於一些近現代學人的研究中，我們見到不少來自學者家屬後人方面的因素總在不同程度地干預著學術的進行，如撰寫年譜要恰到好處，整理日記要修改刪節，傳記不能只能說好不能說壞（讀三聯版《川上集》，我們知道連唐振常先生這樣的知名學者寫《吳虞研究》都還遇到這樣的問題，更遑論一般的研究者），如此之類，不一而足。更何況是由作為後人的周海嬰、王芝琛自己執筆來寫歷史人、事，意味著可能有著更多的感情色彩與意氣用事。但就《魯迅與我七十年》和《百年滄桑》兩書而言，無論是如前者之平實樸素，或如後者之於翔實生動之外而又有徵實求真之品格，我們都欣慰地看到了一種對歷

史負責的精神。魯迅一百二十周年誕辰的紀念活動剛剛過去，而明年則是《大公報》創刊百年紀念。歷史實在太容易讓人感覺老去——就在説來不算太遠的視野中發生過的一些事情、生活過的一些人物，就需要我們如此費心來銘記與梳理；而歷史又似乎根本不老：她永遠保持著一種期待著後人參與理解她的開放精神。每一輩人都在盡力擺脱自己身上的種種負累，而豁顯一些被遮蔽的部分，從而極大可能地走向歷史的真實。自然，由於不可避免的局限，每一代人筆下的歷史是否真正真實，也未可知。但我們知道，一旦站在她的面前拿起筆來剖析與理解她，需要的也許不是多麼高深的理論，而首要的是一種誠實與良知，一種平實的姿態，一種求真的品格。

自由之身與自由主義的一種底線

——漫說幾位舊年的知識份子

從古至今，「大公」於中國人都是一個激動人心的字眼。一九○二年六月十七日，英斂之先生創辦民間報紙《大公報》，在第一號「大公報序」中即鮮明精當地將「大公」釋義為「忘己之為大，無私之為公」。至一九二六年九月一日，吳鼎昌、胡政之、張季鸞三人接手《大公報》，將復刊的報紙改為「新記公司大公報」以示與舊報相區別，但報紙所具有的自由獨立、忘己無私的精神仍得以延續不輟而光大發揚，並具體化為「不黨、不賣、不私、不盲」的「四不」方針：

> 曰不黨：純以公民之地位，發表意見，此外無成見，無背景。凡其行為有利於國者，擁護之；其害國者，糾彈之。曰不賣：聲明不以言論作交易，不受一切帶有政治性質之金錢補助，且不接受政治方面入股投資。是以吾人之言論，或不免於智識及感情，而斷不以金錢所左右。曰不私：本社同人，除願忠於報紙固有之職務外，並無他圖。易言之，對於報紙並無私用，願向全國開放，使為公眾喉舌。曰不盲：夫隨聲附和，是謂盲動。評詆激烈，昧於事實，是謂盲爭。吾人誠不明，不願陷於盲。

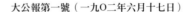
大公報第一號（一九〇二年六月十七日）

　　今天的思想史研究領域逐漸認同的一種看法，是把《大公報》人群體看做現代史上具有自由主義精神的知識份子，將其言行喻為所謂的「比較公正的裁判」。至於具體論據，則多數以當時對立的政治兩極對《大公報》既友好又衝突的態度來說明。如毛澤東與蔣介石雙方勢同水火，但都喜歡閱讀《大公報》，而同時國共兩黨又都反對《大公報》奉行的「自由主義」旗幟；《大公報》自身呢，偏偏置雙方毀譽於不顧，而只是中道而行，寵辱不驚地奉行獨立民間報紙之職責，對雙方的借重都不以為喜，且對雙方的政治都有所責難與批評。再如《大公報》總編輯張季鸞逝世，國共兩黨都對他都作出了極高的評價，這在兩極對立的政治情境中是很少見的。這些情節，確實能深層地折射出《大公報》人作為「第三種力量」的自由主義品格。《百年滄桑》一書，對此也多有論及。但令我這個普通的文史愛好者感慨的是，在「重回歷史現場」的心緒中走近《大公報》同人及報史，我甚至以為，要說明王芸生、張季鸞等舊年報人對自由主義立場的堅持，也許不需要深入審視這張報紙在沉浮勝敗的種種政治力量之間的「平衡」之術；不必去研究一些曾經引起極大反響的著名文章，如《我對中國歷史的看法》、《看重慶，念中原》、《自由主義的信念》等，而只要看看報紙的幾個靈魂人物在個人進退出處這一問題上所體現出的自律原則——比如對報人之身不入黨、不從政之原則的堅持——就可以見出一種真正的自由主義精神與風範。

歷史早已模糊：胡政之、吳鼎昌、張季鸞（左起）

如果說，在兩極對立的複雜政治環境中，能做到中道而行、不偏不袒而唯報人良心、知識份子擔當這一境界是一個自由主義報人之上線的話，那麼報人之身不入黨派、不從政之原則，則可謂一個自由主義知識份子的底線之一。做到上線誠然極難，但即便能堅持底線，又何嘗容易?!

近年來聲名鵲起的《老照片》雜誌，在其總第十二輯頭條刊出了劉自立先生的文章《大公風雲錄》，於《大公報》的「四不」方針倡揚有加，雜誌主編馮克力先生在「書末感言」中對此多有同感。而谷鳴先生在十四輯上提出異議：「在激盪複雜的近代中國，難以有完全超脫的『不黨、不賣、不私、不盲』……例如『不黨』，一九三五年吳鼎昌出任『名流內閣』的實業部長，一九三七年張季鸞參與陶德曼調停和以後的謀和活動，一九四七年胡政之參加蔣記國大，這都是『有黨』。」對此異議，王芝琛在《百年滄桑》中逐條談了自己的看法。據王芸生、曹谷冰寫的《一九二六至一九四九年的舊大公報》載，一九二六年，吳、胡、張三人接辦報紙時，就曾「約定五事」，其中第二條即是「我等三人專心辦報，在三年之內大家都不得擔任任何有俸給的公職。」後來《大公報》將其推廣到一般社員，皆不得兼任社外的有給職務。《大公報社職員任用及考核規則》第三條規定：「創辦人及在本社服務不兼任社外有給職務者為社員。」一九四三年胡政之宣佈了一個《大公報同人公約》，其中第三條為：「本社職員不得兼任社外有給職務，並不得

經營抵觸本社利益或影響社譽之業務。」《一九二六至一九四九年的舊大公報》寫於五六十年代的特殊時期，其中對報人群體當年所矢志追求者多有違心的否定，對這種違心之論王芸生在晚年亦頗為悔恨，但文章所寫的當年報人的具體做法，大體是實錄。事實上我們看到，在其後三人都堅持了報人不兼公職這一點。王芝琛介紹，一九三五年十二月，吳鼎昌一擔任南京政府實業部長，即在當月十三號的《大公報》上刊出啟事，通告董事會照准吳辭去報社社長之職，履行三人不兼任公職的約定。吳辭職後，即不再插手報社社務。新記大公報社評委員會委員、新中國成立後曾任《大公報》副社長的中共地下黨員李純青一九八六年在《抗戰時期的大公報》中回憶說，吳辭職後不再過問大公報的方針及人事經營。「抗戰期間，一九三一年三月間，我在赴重慶路過貴州，見過吳鼎昌。當時他是貴州省政府主席。我跟他作過很長一席談話，吳鼎昌沒有一句觸及大公報的事，就是說對大公報的工作，沒有給過我一句話『指示』。」王芸生在臨終前也曾追憶，自己在擔任總編輯後，在與吳鼎昌僅有的一次單獨會面中，吳也「從來不涉及《大公報》」。一九三七年日本通過德國駐華大使陶德曼向國民政府提出「議和」條件，誘使蔣介石訂立城下之盟。蔣請張季鸞亦參與「談判」，但張在談判尚未結束就憤而退出。他發表於漢口版《大公報》的《最低調的和戰論》表達了自己的立場：「我們以為政府即日即時應該明白向中外宣佈，如日本不停止進攻南京，如日本佔了南京，則決議不接受調解，不議論和平。我們以為這絕對不是高調，乃是維持國家獨立最小限度之立場。」至於胡政之參加「蔣記國大」，情況似乎稍為複雜一些。在中共與民盟皆拒絕參加「國大」的情況下，蔣介石威逼部分黨外人士參加，他在南京召見了胡政之。陪同在座的傅斯年說：「政之先生，你究竟是跟國家走，還是跟共產黨走，今天該決定了。」沒有退路的胡政之只好跑到簽到處報到，但沒有參加一分鐘會議。在《大公報》社評議會上他顫抖地對同仁說：「為了《大公報》的存在，我個人只好犧牲。沒有別的辦法，希望你們理解我的苦衷，參加大會不是我的本意，我是被迫

的。」當時周恩來在文章中就胡的遭遇為例,揭露蔣「套住」無黨派人士的無恥做法。文章還被收錄於《周恩來選集》。王芝琛以「了解之同情」的史家精神,來敘歷史之事實,使後人清楚地看到當年報人堅持不入黨、不從政原則的艱難與可貴。

讀到這裏,我記起謝泳先生一篇寫北大校長蔣夢麟的文章《蔣夢麟的一件舊事》,所記與《大公報》諸公所奉行者相彷彿。手上剛好有謝泳《教授當年》一書,遂找到重看了一遍。一九四五年,時任北大校長(時為西南聯大常委)的蔣夢麟,進入政府擔任行政院院長時,沒有立即辭去北大校長一職。這讓當時很大一批教授頗有意見。因為一九二九年在蔣擔任教育部長期間,國民政府曾頒佈過一個《大學組織法》,其中規定「除國民政府特准外,均不得兼任其他官職」。一九三四年修改為「除擔任本校教科外,不得兼任他職」。這個以教育獨立為精神的法令,規定了教授專心任職制度,做官者是不能擔任大學校長的。當時學界教授都以為,由胡適接替蔣夢麟擔任北大校長一職較為合適,但當時仍為駐美大使的胡適認為蔣做官是特殊時期由政府徵召的,只是暫局。議來議去,結果還是由胡適出任,只是在此前由傅斯年代理了一些日子。一九四五年十月十九日,蔣向西南聯大寫了辭職信說:「謹啟者:夢麟業已辭去國立北京大學校長職務。所有國立西南聯合大學常務委員會兼職,自應一併解除,即希察照為荷。此致 國立西南聯合大學。」當時勸蔣辭職的人有他的好友傅斯年、朱家驊、江澤涵等人。謝泳文引用了江澤涵八月八日給胡適的信中所言:蔣夢麟「說騮先、孟真兩先生勸他辭北大校長,因為他兼任北大校長,違反他手訂的大學組織法。……他說話的態度極好,得著大家的同情」。在江寫信的前一天,北大教授茶會在昆明舉行。會上蔣夢麟對身入政府而辭去校長一職,也很是留戀不已。我還注意到可稍補充謝文的是,當時的教授反對蔣一身二任,幾乎到了我們今天難以想像的激烈程度。江澤涵在十四日給胡適的信中也說:「夢麟先生做官而兼校長,幾全體不贊成。」傅斯年在十月十七日給胡適的信中說,「昆明同人吵起來了。」傅去勸說,蔣一時

「雖發一小氣，事後甚好」，最後還是決定由胡適繼任。湯用彤在九月六日給胡適的信中也提及：大家極推胡適返國擔任校長，「此舉用意並非對孟鄰先生有所不滿（其時亦未知校長將辭職）。至孟鄰先生所以堅持辭職的緣故，實因『大學校長不得兼任行政官吏』之規條，乃其任校長時所手訂。當蔣先生自渝返昆召集教授同人宣佈辭意時，措辭極誠懇堅決，同人悉聞之下，神志黯然，蓋惜其去而知其不能留也。」許寶逯在九月二十二日給胡適的信中，要當時仍堅持由蔣夢麟擔任校長的胡適理智考慮此事：「夢麟先生無論多理想，入了中委的頭銜，就不免是自由之累了。」（以上見中華書局一九八五年版《胡適的日記》）可見當時的情形是，教授們對有辦事之才的蔣夢麟離開教育界而身入政界這一「自由之累」都深表惋惜，但他們又都是接受過現代觀念洗禮的知識份子，懂得法大於情的道理，因此最終還是堅持蔣必須辭職。

此後胡適擔任北大校長期間，也對大學校長不得兼任政府官員的原則，做出了自律性的抉擇。四十年代蔣介石請胡適入政府。據傅斯年一九四七年二月四日給胡適的信說，一月五日，蔣介石請傅吃飯，問起胡適組黨的事，傅回答沒有再和胡適談過。蔣說，可以請胡適再作考慮。傅斯年提出「與其入政府，不如組黨；與其組黨，不如辦報」的主

一九二〇年三月，蔣夢麟、蔡元培、胡適與李大釗在燕京大學（左起）

張。蔣介石提出要胡適任國府委員兼考試院長。作為胡適當年的學生，深知老師堅決秉承自由主義立場的傅斯年立即代胡適拒絕：「我當力陳其不便：自大言者，政府之外應有幫助政府之人，必要時説説話，如皆在政府，較失效用；即如翁詠霓等，如不入黨，不入政府，豈不更好？他説，並不請先生入黨。我説，參加政府亦同……。自小言者，北大亦不易辦，校長實不易找人，北大關係北方學界前途甚大。他説，可以兼著。我説不方便，且不合大學組織法。他説不要緊（此公法治觀念極微）。如此談了許久，我反復陳説其不便，他未放鬆。我答應寫信通知先生，詳述他這一番好意。」兩天後，胡適就給傅回了信，其中分析：

> 我在野，——我們在野，——是國家的、政府的一種力量，對外國，對國內都可以幫政府的忙，支持他，替他説公平話，給他做面子。若做了國府委員，或做了一院院長，或做了一部部長……結果是毀了我三十年養成的獨立地位，而完全不能有所做為。結果是連我們説公平話的地位也取消了。——用一句通行的話，「成了政府的尾巴」！……這個時代，我們做我們的事就是為國家，為政府，樹立一點力量。

蔣介石試圖通過胡適的另一好友、外交部長王世傑來説項。胡適仍堅持自己的原則。他在二月二十二日給王世傑寫信説：

> 今日分別後細細想過，終覺得我不應該參加政府。考試院院長決不敢就，國府委員也決不敢就。理由無他，仍是要請政府為國家留一兩個獨立説話的人，在要緊關頭究竟有點用處。我決不是愛惜羽毛的人，前次做外交官，此次出席國大，都可證明。但我不願意放棄我獨往獨來的自由。（以上見胡頌平《胡適之先生年譜長編初稿》）

三月十七日胡適的日記記載：「我以為是『放學了』，其實不然。今日雪艇奉命來談，說，院長不要我做了。只要我參加國民政府委員會，做無黨無派的一個代表。我再三申說不可之意：國府委員會為最高決策機關，應以全力為之，不宜兼任。」三月十八日的日記中又記：「下午四點，蔣先生約談，他堅說國府委員不是官，每月集會三次，我不必常到會，可以兼北大事。我對他說，現時國內獨立超然的人太少了，蔣先生前幾年把翁文灝、張嘉璈、蔣廷黻、張伯苓諸君都邀請入黨，已選他們（廷黻除外）為中委，這是一大失策。今日不可再誤了。」此後蔣介石曾經有意請胡適參加總統大選，我們都知道其間經歷了一番波折，但胡適最終還是沒有參與。而且從具體情況看，這並不是胡適「不能為」，而是他最終堅持「不為」之故。

　　《大公報》新聞人群體與北大學人群體對自由之身的守護，在現代史上並非孤例。同樣的精神我們可見之於以封建末世的進士身份與時俱進，奠定中國現代出版業基礎的商務印書館靈魂人物張元濟先生身上。一八九八年，當時的朝中名臣、「帝黨」人物孫家鼐出任管理大學堂事務大臣，他看中了在維新運動中嶄露頭角的青年才俊張元濟的才華，就極力邀請張出任大學堂總辦一職。總辦大體相當於今天的教務長，這在「咸與維新」、動輒以創辦新學為時髦的他人看來，也算是一個求之不得的好位置了。更何況，張元濟一向以開啟民智為最大抱負，以熱心扶助新學教育為當然己任，並且因致力於創辦通藝學堂等新式教育而早已頗著名聲，但當時卻不得不困在總理各國事務衙門章京的職位上無聊度日。對於這種情形下的他來說，大學堂總辦的位置，更可謂是一次實現平生理想、一試身手的絕好機遇。但張元濟卻毫不猶豫地謝絕了孫家鼐的邀請。張元濟這位前清的翰林，在激蕩時代大潮的淘洗中敏銳覺悟，此時已經逐漸擁有了中國新一代知識份子的遠見卓識。在任章京的不長時間裏，衙門內的官僚作風就已經使他深深地意識到了封建官辦機構的不可合作、無可救藥之處。張不再對官場辦學這一沽名釣譽行為稍感興趣、抱一線希望。一八九八年七月的《國聞報》上說，大學堂

總辦是兼差，張元濟認為學堂各員應該一律開去本衙門差使及兼差，以便一心一意專辦學堂，孫家鼐不同意此舉，張元濟就果斷地拒絕了孫的邀請。——丟不下官員的身份，而只是在留戀官位的同時追逐辦學堂的時髦以便獲得一種「咸與維新」的好名聲，這是張元濟所堅決反對的。他在私下給汪康年的又一封信中說：「大學堂事壽州（即孫家鼐）派弟充總辦，業已奏准。因其所用之人多非同志，極力辭退。此事亦恐變為官事，步官書局之後塵。可嘆！可嘆！」（一八九八年七月二十七日致汪康年札）汪康年與張元濟為同科鄉試舉人，皆為新派人物，兩人互為知音。張對康所說之私語自然是真心之言。可以看出，數年沉浮郎署而終無所成的無聊經歷，使敏感的張元濟對封建官場行事之陋習弊端已是多有領教，對於無所成效而徒耗華年的官場，他早已萌生疏離之心，而維護思想獨立、自處民間以實業救國的信念逐漸在他的頭腦中孕育成形了。一九〇〇年從政治旋渦中心北京撤離，南下來到了新興的口岸城市上海後，張元濟毫無留戀地由官向紳、從廟堂走向民間。最終在一九〇二年，應排字工人出身、只有普通中學文化程度、還是一個小型家庭式印刷作坊的小老闆夏瑞芳的斗膽邀請，走進了民間文化實業——商務印書館，在這裏找到了自己作為一個知識份子真正的安身立命之處。此後完全堅定了遠離宦海仕途的張元濟，一再拒絕政治的相招。一九〇四年，汪康年轉告說外務部尚書、軍機大臣瞿鴻禨有意保舉張元濟出任外務部職事。張在回信中明確告訴老友：「若復旅進旅退，但圖僥倖一官，則非所以自待。」他還說自己現在在商務忙於編撰小學教科書，「自謂可盡我國民義務。平心思之，視浮沉郎署，終日作紙上空談者，不可謂不高出一層也」（一九〇四年八月十四日致汪康年札）。——在民間勤勉創業而不是在官衙消磨時光，這種生活很是給張元濟一種踏實的人生感覺。一九〇七年，郵傳部尚書岑春煊保舉張元濟為郵傳部丞參上行走，三次電召他入署，張兩次電辭。期間他在與京中友人的信中談到此事說：「來者志在利祿，所謂國家思想渺無所知。若輩在官，安能與之共事！……明知於事無裨，而虛與委蛇，捫世捫心，能不自疚！……

既出為國家任事，而又一無事權，身在局中而坐視其日就敗壞，無術挽救，則不如不在其位，心猶少安也。」（一九〇七年五月致林紹年札）這種直指官場弊病的文字無異於是一紙與官場訣別的宣言。一九一三年，北京政府總理熊希齡組閣，有意邀請已經是商務董事的張元濟任教育總長。張元濟在復熊信中承認，在自己的心目中，「吾國民若不亟施以教育，後此將何顏立於世界？……無論從何方面著想，終不能不從教育入手……教育則根本中之根本也……雖十餘年來未嘗捨此他事」，但他又説「自維庸劣，終不敢誤我良友、誤我國家，並誤我可畏之後生」（一九一三年九月十二日致熊希齡札），而最終謝絕了熊的延攬。「自維庸劣」顯然是託詞——對暮氣沉沉的官場的極度不信任，對正在向知識份子顯示出廣闊天地的現代民間公共空間的由衷喜悅，才是張幾次拒絕再入政治激流中心而自甘退居社會邊緣的深層原因。如何以一自由之身踏實地踐行知識份子的淑世情懷，作為一介由舊向新過渡的知識份子，張元濟的思考遠遠地超越了那些思想尾巴還滯留在傳統境地的同時代人。由於在深思熟慮後得出的以民間出版推動教育、開啟民智的理想信念，使他輕鬆而果決地放下了一個傳統翰林的架子與面子，而與一群有著務實精神的下層工人為伍，聯手開創出了一番不朽事業。「自是厥後，商務印書館始一改面目，由以印刷為主，進而為出版事業。其成為我國歷史最長之大出版家，實始於張君之加入。」（王雲五《商務印書館與新教育年譜》）

儘管在近現代的政治舞臺上，如蔣夢麟、丁文江、翁文灝等先生一度有過書生出山從政仕宦的經歷，但在以胡適為靈魂的現代自由主義知識份子群體的內心，都有一種堅定深沉的想法，就是希望保持自己作為知識份子的獨立自由之身，不為政治勢力支配、束縛自己的個體自由。民國時代，大學、報館、出版社、研究所等文化機構，逐漸在「政學分途」的現代大趨勢中從政治的附庸中游離出來，都把成為超脫獨立於政治之外的力量作為一種追求的方向。最明顯的就是教育界，甚至形成矚目一時的「教育獨立」思潮。直到一九三七年抗戰之初，胡適參加

盧山談話會，議及教育，他還老調重彈，支持蔡元培先生一九二二年提出的《教育獨立議》。胡適闡明「教育應該獨立」的意見的首條含義就是：「現任官吏不得做公、私立大學校長、董事長；更不得濫用政治勢力以國家公款津貼所長的學校。」借用知識份子問題研究的說法，就是努力在「勢」之外保持一種「道」的尊嚴。那個時代的知識份子對權力與體制，普遍保持著一種深刻的懷疑與警惕。這無疑是中國知識份子健康人格在政治上一度王綱解紐的現代語境中的初步生成。但俗話說「常在河邊走，哪能不濕鞋」。在那樣一個政治力量暴烈的時代，就如赫爾岑在《往事與隨想》中所說：「理性總是要退卻的，它總是很少得到重視的。就像北極之光，它照亮了廣袤的地域，但它自己卻只能存在短暫的一瞬。理性是最後的努力，進步幾乎難以抵達的頂峰；因而它又是強大的，但它總是抵抗不住拳頭。」民國年間的知識份子可以說幾乎每時每刻都面臨著艱難逼仄的抉擇。但惟其難能，則更見出其可貴。抗戰初期，陳誠在武漢組織政治部，他邀請王芸生出任第三廳廳長。王說：「我信從司馬遷的一句話：戴盆何能望天。意思是說，我頭上戴了新聞記者這個帽子，就看不見別的了。」陳許諾不要他辦公，只要他推薦一個副處長，王也沒答應。後來陳又送來一個政治部設計委員會的聘書，允許王不上班能拿三百元津貼，王還是將聘書退回。王芸生在十餘年前目睹「四一二」政變的鮮血，而決心「做一個徹頭徹尾的新聞人，不參加任何黨派，不進政府做官，不參與實際的政治鬥爭，對時代有一個獨立的觀點與立場，為人民立言，以文章報國」（轉引自甘竞存《一代報業宗匠王芸生》，刊《文史精華》二〇〇一年第八期）的想法，是做到了出言必行、許諾必踐的。

　　關於民國前後的知識份子，時下人們依舊在萌生了自由主義傳統還是「主義之不存，遑論傳統」問題上爭論不休。作為一種思想，自由主義有其複雜的內容，如寬容與尊重異見的精神，如以人為目的而不是手段的價值觀，等等。但它更是奠基與立足於一種常識性的認識之上，那就是以個體性的自由之身而做到「中道而行」。如果說那個時代萌生了

自由主義精神的話，那麼王芸生、胡政之、張季鸞、蔣夢麟、胡適、張元濟們對獨立自由之身的守護，可以說是在某種意義上深刻地體現了自由主義的內在精神。自由主義「知難行易」還是「知易行難」，在現代史上也曾經引起過一場不小的爭論。這其中當然也蘊涵著複雜的理論。但作為一個普通的讀書人，我是贊成後者的。我們大可不必把一些類似於常識的事情過於理論化、複雜化，而重要的是看其在個體的層面上踐行擔當。就像上面提及的這些知識份子，不管是由於出洋留學所得異域現代思想之薰陶，或是承傳本土傳統思想而能別開新境，他們內心對自由主義大都有著一種深刻的了解與堅定的信念，但更重要的是，他們在個人的進退出處這樣一種底線性的事情上做到了自己的堅持與踐履。這是最不容易的事情。

王元化先生筆下的胡適之

清園主人王元化先生，是當代學術界與思想界當之無愧的重鎮之一。自九十年代以來，其《清園夜讀》、《清園近思錄》、《思辨隨筆》、《九十年代反思錄》、《清園書信集》、《九十年代日記》等書，以其思想中的學術與學術中的思想相結合的鮮明特點及其沉潛往復的問學之風，在出版界掀起一次又一次的熱讀浪潮。對嚴肅深思的學術著述來說，這是極為罕見的現象，由此可見出先生思想的影響力。因為編輯同人的邀請，筆者有緣參與三卷本《清園文存》（江西教育出版社，二〇〇一）的編輯工作，得以有了一次接受思想薰陶的機會。

恰好因為同時陸續在讀胡適著述的關係，我注意到王先生對胡適的理解與評價。這些年我常常感覺到，胡適在很大程度上是一個時代學林士風的風向標。是否能夠心平氣和地評價胡適，可以見出一個時代思想的進步開放與清明理性的程度，以及知識份子群體的精神風貌。我注意到，在寥寥幾篇的「人物篇」中，元化先生連續寫下了三篇寫胡適的文

《清園文存》

章：《讀胡適唐注自傳》、《胡適的治學方法與國學研究》、《〈胡適的日記〉》，比寫魯迅還要多；在其他多處地方，他也不時提及胡適。眾所周知的是，先生自九十年代以來對百年來的激進主義多有反思，引發了學界極大的爭論。異議者認定是知識份子從思想啟蒙遁入學術研究的「轉向」，譽之者則稱之為「另一種啟蒙」。對激進主義的反思，不可避免地會涉及對自由主義靈魂人物胡適的評價問題。先生認為胡適的成就在於開創學術風氣，著作風行一時，但可傳世者不多。但在以激進主義為主潮的近現代史上，胡適體現出一種獨立不依、「雖千萬人吾往矣」的精神，先生對此種峻偉人格極為服膺。汪丁丁《再談「啟蒙」》（載《回家的路》）一文中記：一九九八年九月，天則經濟研究所、《讀書》編輯部主持戊戌政變失敗百年祭，特請元化先生首先發言。有感於知識份子普遍的失落、普遍的無視知識份子的社會職能、普遍的道德意識瓦解，他指出「我們倘若能夠做到當年胡適先生講的『不降身，不辱志』，已經很不容易了」。次年接受李輝的訪談，談到激進主義時先生說：「當時連一些性情溫和的人如蔡元培，也傾向於無政府主義的激進思想。胡適在日記中，記述他在那時讀到梁啟超說的『破壞亦破壞，不破壞亦破壞』這種激憤的話後，深為感動。不過作為一個自由主義者，他很快地採取一種清醒的態度。也是在日記中，胡適記載了他曾勸告青年，在無政府主義蔚然成風時，不要去趕時髦。這是胡適使人敬佩處。我最為服膺的是他對自己生平為人所說過的這幾句話：『不降志，不辱身，不追趕時髦，也不回避危險。』我覺得一個中國知識份子如果真能夠做到這一步，也就無愧於自己的責任與使命了。」（《關於「五四」的再認識答客問》）先生一九九八年訪台時冒雨前往胡適墓地參觀，當時又想起胡適的這幾句話。他還說自己每次在大學演講後，都要背誦這幾句話作為獻辭。胡適的自由主義思想被包括唐德剛在內的後輩指為空疏淺薄，但元化先生則堅持認為胡適一生是貫徹了其自由主義思想的。胡適晚年在雷震「《自由中國》事件」中的表現，招致時人諸多非議。而元化先生則平和地指出，胡適抄錄楊萬里《桂源鋪》詩「萬山不許一溪

奔,攔得溪聲日夜喧。到得前頭山腳盡,堂堂溪水出前村」贈雷震獄中
六十五歲生日,這說明胡適不是一個冷血的人。他在日記中記下此詩,
並說「正好用來表達一種看似弱小,卻終將排除重重艱險的不屈精神。
我讀此詩時,感到一深沉的暖流在胸中升起,激動不已」。胡適倡導個
性解放,追求「健全的個人主義」。所謂「健全的個人主義」,胡適的
定義就是:「第一,須使個人有自由意志。第二,須使個人擔干係,負
責任。」(《易卜生主義》)元化先生認為「五四」的主要成就在於個性
解放,他在倡導新啟蒙時經常引用「為學不作媚時語」那句詩,他還對
王國維、熊十力等人身上所體現出的「孤注」精神表示激賞,其中蘊涵
的都是提倡個人要有見解擔當、獨立人格的意思。王先生晚年的言行,
鮮明地表現出一種清醒的理性精神與對社會批判的主動擔當,應該說這
是對胡適精神的一種承續與弘揚。

讚賞胡適的人格,但並不意味著完全認同胡適的思想。近年來,元
化先生一再認為五四啟蒙運動中有四種觀念值得注意:庸俗的進化觀,
它僵硬地斷言凡是新的必定勝過舊的;激進主義;功利主義,使學術失
去自由獨立;意圖倫理,即在認識論上先確立擁護什麼和反對什麼。
(《對「五四」的思考》)以此為準則,先生對胡適啟蒙思想中所存在的
這些缺陷,多有理性的批評。胡適青年時很喜歡京戲,但成為新文學的
開山大師後,態度有了根本性改變。他晚年在日記說,京劇音樂簡單,
文詞多不通,不是戲劇與音樂,也不是文藝,所以不看京戲。王先生在
《關於京劇與文化傳統答問》一文中分析說:「『五四』以來新文藝陣
營的人多持這種態度。我本人也有過同樣的經歷,幾達十餘年之久。主
要原因就在於以西學為座標去衡量中國傳統文化,從而採取一種偏激態
度,認定凡是新的都比舊的好。就以力求公正持平的胡適來說,他縱使
說到自己所欽佩的乾嘉諸老時,也仍以西學為標準,說他們的成就遠遠
遜於懂得科學精神和科學方法的西方學者。他對京劇的批評,正如他對
《紅樓夢》的批評一樣。他說《紅樓夢》還不及《海上花列傳》,因為
前者沒有西方文論提到過的plot,所以他從來沒有對它贊一詞。他認為

京劇不值一顧，是因為沒有西方戲劇『最講究經濟方法』的三一律。」王先生對胡適這樣一位好學深思、謹慎穩重的學者信奉「三一律」理論感到驚訝，他認為是西方中心論的偏見所致：「我感到奇怪的是，五四時期曾有推倒貴族文學提倡平民文學的口號。從來被輕視的民間文藝，小說、山歌、民謠、竹枝詞等等，受到了倡導新文化的學人的重視，可是為什麼對於同是民間文藝的京劇卻採取了痛心疾首的態度呢？是因為它進過宮廷，還是別的什麼原因？任何時代都會出現自我相違的偏差。那是一個暴風驟雨、來不及仔細思考、而急促作出判斷的時代。今天距離那個時代已七十多年了，已經到了可以平心靜氣回顧過去，對它作出公允評價的時候了。」讀胡適日記時，王先生再次以此為例，批判胡適在新舊文化之爭中表現出的以西學為座標的庸俗進化觀。他同時再次強調：「在三四十年代，我和我的一些朋友也是如此。」（《〈胡適的日記〉》）可見他對胡適庸俗進化觀的批判，是同時包括對自己的思想進行反省在內的。胡適還用進化論的角度研究先秦諸子；用實驗主義評估古代哲學，他批評黑格爾因為生在達爾文之前所以不懂進化論，但作為自由主義思想的代表人物，胡適竟撇開韓非的君主本位思想而將其拔高為「活在達爾文一兩千年前的『一個極相信歷史進化的人』」。對此先生極為困惑：為什麼五四時期的一些代表人物多半激烈地反儒，而不反法。儒家還有著民本主義思想和誅獨夫的革命思想，法家卻站在君主本位立場上實行徹底的專制主義。

五四時期，陳獨秀曾揚言白話文的問題不許討論。胡適在日記中認為，陳獨秀的「不許討論」使白話文的推行提早了十年。王先生擁護白話文，但他要問：「為什麼不許討論？」他把這種有悖於五四時期所倡導的學術民主的獨斷態度稱作「意識形態化的啟蒙心態」。對當時傾向自由主義的胡適也未能識別它的偏頗，王先生多有質疑：「陳的強制辦法，使白話文的推行提早實現了。但這是一方面，另一方面似乎也應考慮一下，學術自由、學術民主的原則的放棄或斫傷，會帶來什麼後果？縱使從功利主義的角度來看，這種做法會不會有得有失，甚至是得

不償失呢？我認為這對於繼承五四的啟蒙是不利的，但其影響不但至今未絕，且有變本加厲之勢，這是值得我們深思的。」不僅要求「實質正義」，還有倡導「程序正義」；不僅追求工具理性，還追求價值理性的完成，王先生深刻揭櫫出，胡適的態度，仍是一種功利主義。仍要啟蒙但又要克服啟蒙時可能出現的扭曲的「意識形態化的啟蒙心態」，是王先生晚年一直思考的核心問題之一。他認為這種心態特點有三，以為人的理性力量萬能；以為真理在握則必不容反對，否則即是異端；由此形成崇高的偉大的可以為之犧牲一切的狂熱與激進。不論哪種意識形態化，必將導致一葉障目，遮蔽真相。在百年的思想史上，胡適算得上是一個以理性為踐行準則的人物，對陳獨秀的激進思想，他一直有所警惕與反撥；後來他倡揚「容忍比自由更重要」，更是其超邁時流的深刻認識。但王先生仍對其功利主義提出批評，這在很多人看來是一種苛求，但毋寧說是後一代的啟蒙者對前一代認識的超越。

對胡適激進的文學觀，王先生也明確提出異議。胡適在《什麼是文學》一文中倡導：「文學有三個要件：第一要明白清楚，第二要有力能動人，第三要美。」因為把明白清楚作為第一要義，胡適反對文章用典，無論古典今典他都反對，因此他在評騭陳寅恪的時候，認為陳的文章寫得不好。王先生說：「既然提倡明白清楚，要求文章使讀者可以一覽便知，因此也就談不到含蓄與蘊藉了。」胡適又提出：「有什麼話，說什麼話，話怎麼說，就怎麼說。」因此他嫌「丁文江傳」的書名不好，改用「丁文江的傳記」來取代這樣的事。王先生說：「照他看，只有後者才是合於口語的白話文。但是我感到奇怪，難道『丁文江傳』就叫人不懂了麼？」（一九九八年三月三日日記）對貫徹廢漢字，用拉丁拼音，採取方言，將言文一致推到極端，要求達到言文同一等激進的語言改革，王先生也有一定的反思。

可以看出，王先生評價胡適，主要基於他近年對激進主義的反思和對思想自由的呼籲這一立場。但在「胡學」氾濫成時尚的今天，與諸多學者不同，王先生並沒有陷於以胡為旗、完全拜倒的媚眾境地；而對個性

《胡適的日記》

解放、人道主義、獨立之精神和自由之思想等五四思想遺產，王先生多次指出，它不僅體現在胡適等自由主義者身上，而且在杜亞泉、陳寅恪這些文化保守主義者那裏也同樣存在。這種態度看似尋常，但實不易。

關於胡適之，近年來不少學界長者都寫過文字。季羨林先生一九九九年訪問臺灣參拜胡適之先生陵墓後寫下的《站在胡適之先生墓前》一文，還被《散文選刊》雜誌排在當年的散文排行榜之首。剛剛去世不久的李慎之先生，近年來屢次表達過對胡適的重新理解，明確地提出「能夠較全面地表達和代表五四精神，毋寧還是胡適」。「我們年輕的時候是根本看不起胡適的，現在看來，我們是錯了。」這一看似平實的話語，可謂是沉痛之言。王、李兩先生雖然被學界中人簡約化地相提並稱，其實如他們本人所表示的，實有不同研究方向與思想。但在對胡身上所體現的自由主義之精神的理解上，我想還是有其共通之處。一九五五年，在胡適批判浪潮中，時任上海文藝工作委員會文學處處長的元化先生曾在《解放日報》二月五日發表《胡適派文學思想批判》一文。而令人慨嘆歷史無情的是，文章墨蹟未乾，王就從一九五五年六月開始被隔離審查，直到一九五七年底才拖著一身病歸家，被定為「胡風反革命分子」而開除黨籍。筆者曾經見過《胡適思想批判》第三輯（三聯書店出版，上海人民出版社重印，一九五五年四月出版），其第九五——一〇六頁原先即是王先生的那篇批胡文字，但印就後竟被臨時抽去而開天窗。在人人自危的年代，昨日的批判者轉瞬就連批判的權利都被剝奪了。王

先生近年來屢屢著文堅持對個人價值的呵護，與他當年的自身遭遇不無關係。不久前，有一位辦報紙的朋友在電話中邀請我參與編輯一冊胡適思想批判的文章，他的想法是，將當年那些學人們的胡適思想批判文章與今天他們寫下的胡適研究文字輯在一起，立此存照，使人從中看出他們思想的變化。我一開始想，這是一個不錯的點子。但轉念一想，又很懷疑這樣做的意義所在。主要因為，當年胡適思想批判的文章，沒有人把他作為一回正經事來說，多是敷衍應付之作（身與其事的曾彥修先生曾說：「現在我可以百分之百地證明：當時王子野與曾彥修二人始終半篇批胡文章也未翻讀過，一來時間決不允許，二來二人對此等文章均毫無興趣。……開始編書時，就已談過，編選原則是，代表性的問題與代表性的人物。至於說些什麼，沒時間看，也管不了。因此，我相信大陸上大概是沒有一個人看完過那八大本《胡適批判選輯》的，這恐怕是千真萬確的事實），實在很難反映出當年學人對胡適思想的真正理解。海外學者陳冠三責王元化先生批評胡適。元化先生一九九三年三月二十日致邵東方的信中說：「許冠三責我批評胡適，他並沒冤枉我。那時只是盲目地聽話，按照指示去做。這情況你可理解，許不可能理解，這不能怪他。但他不知我在『四人幫』後才有懺悔機會，才有可能在為此而自劾。搞批評的人多苛刻，但在理解對手時則粗枝大葉，我過去常犯此病。最近我在廣州鄉間寫了幾篇文章，其中恰好有一篇是論胡適的。這是代表我對胡的較公允的看法，而不是為政治服務搞意識形態化，自然這不能掩飾過去的錯誤，只能說自己借此進一步清算自己的錯誤觀點。所以我對許的責備不覺心惱恨，不管怎樣，他說的是事實！他不知道，在批胡文中有些觀點，我是從胡風那裏抄來的，胡風批胡適更凶，且發生在解放前，這種曲折的經歷，複雜的歷史，不去了解，永遠搞不清楚真相的，這是大陸年紀較大一代知識份子的悲劇。」當年的年輕一輩人看不起胡適的思想是有的，但如批判中所說的那樣，則大家都知道這只是應付交差而已，連遠在大洋彼岸的胡適當時雖然留意細讀批胡文字，但都只是呵呵一笑了之。要拿當年的「胡批」文章來印證作者的批胡思想，恐怕難免厚誣前賢了。

那一代人的「一二・九」情結

——讀于光遠《朋友和朋友們的書》及其他

一

「一二・九」運動這一歷史事件，像一根鮮明的主線一樣，牽繫著于光遠先生那一輩知識份子的記憶與情感。

　　當我在與居處比鄰的省圖書館看見于光遠先生所著《朋友們和朋友們的書》（湖南人民出版社，二○○二）兩冊書時，它們已經被讀者翻得

于光遠

有些破舊了。對著它們看上去有點粗頭亂服的模樣，我不免有些訝異：在這樣軟性閱讀大行其道的年頭，于先生的學者隨筆還有如此之多的人讀麼？抱著幾分好奇，我借回了它們，給我帶來了幾天充滿閱讀樂趣的時光，更讓我又一次走近「一二‧九」知識份子群體。

于光遠先生是個極有趣味的思想長者，《朋友》是他的一套極有意味的主題作品專集。于先生在前言中就頗有意思地先引據辭典給「朋友」下了個定義，書末還編制出一份《朋友姓名索引》──寫有關朋友的回憶文章，竟到了編制索引的地步，你說這是不是別致的稀罕事?!回顧自己交友結構變化的歷程，于先生分七大類：一、少年時只在學校和親戚間有極少朋友；二、參加「一二‧九」運動，認識了眾多革命者，改變了自己的交友結構；三、成為職業革命者那些年，只和黨內同志及工作對象接觸，加上戰爭環境，幾乎完全中斷了其他社會關係；四、在作為執政黨的黨機關及其領導下的國家機關工作，同僚成為交友的主要渠道。五、在從事學術研究和組織中結識了眾多學者；六、十二大後結交眾多民間朋友──學者和退下來的領導幹部；七、因寫散文，與作家交友。但通讀完全書，讓人印象最深刻、易生感慨的，是于先生筆下屬於「一二‧九」知識份子群體的朋友，以及他們一代人身上所具有的「一二‧九」情結。在于先生寫到的朋友中，大體因第二類因緣而結識的，即屬於「一二‧九」知識份子群體的，人數最多，計有黃秋耘、韋君宜、馮契、力一、黎澍、陳翰伯、李昌、王元化、吳華、蔣南翔、胡開明、楊述、楊學誠等，自然還包括運動中的老師輩人物如張申府等；而且群體形象最為鮮明，在追憶這些人物時，于先生特別有話可說，他甚至為其中好幾位接連每人寫了兩三篇文章。在《讀罷韋君宜〈露莎之路〉》一文開頭，于先生說：「當年參加『一二‧九』運動，入了民先隊（即一二‧九運動中成立的全國性青年群眾團體──中華民族解放先鋒隊）或者還成為黨員的清華同學之間，不論交往密切與否，總有一種特殊的感情。這樣的同學本來有好幾十個，也許上百，可是現在屈指數出的只有三十左右了。」大概是抱著人生命運相近因而心靈與思想特別相知這

樣的情感，才讓他對「一二・九」朋友有著特別的歷史記憶。在文中，于先生總是不由自主地以「一二・九」為座標來論定一代人。如寫韋君宜：「今年是『一二・九』運動的六十週年，我已過了自己八十歲的生日，她低我兩個年級，恐怕也快滿八十了。」（《多麼堅強的人！——與病床上的韋君宜的一次晤面》）寫黎澍，「黎澍長我三歲，他參加政治活動、文化活動都比我早，但總算得同一時代的革命者，都是『一二・九』運動的參加者和受教育者。」（《從黎澍同志的著作中學習》）在《黎澍逝世四周年——他對病和死的一些觀點》一文開頭，于先生的文字更是深情可見：「今天是『一二・九』，偶然抬頭看到掛曆，不禁說了這麼一句。這時觸發我情感的是好友黎澍的逝世。他是『從偉大的一二・九運動中走上革命道路的先行者，又在一二・九運動紀念的日子離開我們。』」甚至是在涉筆寫及非「一二・九」群體中人，于先生也是不自覺以「一二・九」為參照。如《告別濟澤》一文寫溫濟澤，于先生寫及自己與溫在工作上發生聯繫：「『一二・九』後，特別是抗戰後，許許多多青年嚮往延安，奔向延安。其中原先從事自然科學研究的知識份子來到延安的多起來了。這在我們黨的歷史上是一個新的現象。學過自然科學的人中，到延安後有的做與他們所學的專業有關的工作……也有不少原先學自然科學的人，分散在延安學校、機關裏面。於是就提出在黨的領導下把這些人組織起來，成立一個叫做自然科學研究會的群體團體，結合他們的特點來進行革命教育，開展自然科學的普及工作。研究他們共有興趣的問題，和儘量動員他們歸隊。……溫濟澤對自然辯證法研究工作和科學普及工作有很大興趣，說他寫過不少科普文章。於是我就在會內提一定要吸收溫濟澤參加這個團體。他很高興地就成為我們這個團體的積極分子。」——在這裏，我們可以看見「一二・九」知識份子與延安知識份子匯流的具體歷史細節。「一二・九」運動這一歷史事件，像一根鮮明的主線一樣，牽繫著于光遠先生那一輩知識份子的記憶與情感。

二

以抗日救亡和反內戰為主要任務的時代風雲，在「一二‧九」知識份子群體身上鐫下了揮之不去的人生痕跡。最為明顯的是，個人學業與國家危亡之間的衝突，在他們一代人身上得到了鮮明的體現。

從代際劃分上講，「一二‧九」知識份子群體大體介於「五四」一代和新中國成立後一代之間。以抗日救亡和反內戰為主要任務的時代風雲，在他們身上鐫下了揮之不去的人生痕跡。最為明顯的是，個人學業與國家危亡之間的衝突，在他們一代人身上得到了鮮明的體現。

以于光遠先生為例。一九三四年他從上海大同大學憑特招轉學到清華，就是通過了物理學大師吳有訓暑假在上海舉行的口試入學考試而脫穎而出的。儘管在《關於淡化家庭觀念──記有訓師生前的一次談話》一文中，于先生記述這件舊事時輕描淡寫地說，這是自己用了一點小詭計而通過吳有訓先生考試的結果，但無論如何，于先生在這方面並不是庸碌之輩，而是可造之才。《恩師和戰友──祝培源師九十壽辰》一文，記述了周培源先生指導對萬有引力頗有興趣的于先生從事《坐標繫在引力場中的作用》畢業論文寫作一事。于在周的指導下自學了Riemann幾何，掌握了研究問題的數學工具；同時還自學了荷蘭文初

一二‧九運動

步。後來周在普林斯頓大學將論文給愛因斯坦看，愛氏提了些意見。周要于根據意見修改後由于、周二人署名發表，這也可以從一個側面看出于先生在物理學上的學術造詣。至於哲學方面的興趣與修養，則更是從日後于先生成為知名哲學家這一成就可以見出。但是，于先生沒有成為一位物理學家，甚至沒有成為一位物理專業工作者。突如其來的學生運動打亂了水木清華裏平靜有序的學業之夢，他無法完成周培源先生要他修改論文的任務。「日本帝國主義侵略我國的形勢日趨嚴峻，我也越來越不能安心學習。在『一二・九』遊行後，我參加了黨領導下的抗日救亡運動，更下決心放棄自己多年想在理論物理學方面有所成就的理想，以全部精力投身革命事業。因此也就沒有在寫論文上繼續下大工夫。那篇論文雖然在培源師的指導下最後完成了，但我一直有一種對不起他精心指導的思想。但這也是無可奈何的事情。……沒有過幾天，盧溝橋炮聲一響，我沒有能再去找培源師。這又是一件無可奈何的事。……直到八十年代，他告訴我，國際物理學界在與這有關的問題上有些進展，他也正帶了一名研究生在研究。不過我早已荒疏，不能在這方面繼續做什麼工作了。」到後來，那位研究生也沒有完成這項研究任務，接著由于先生的師兄、物理學家彭恒武先生繼續。此後的歲月裏，成為科學研究管理者的于先生還一直對此論文多有牽掛。等到論文寫出來，彭先生復印一份給于先生，于先生對「它的實質性內容，特別是他作的計算，已經全然看不懂了」，而只有一份惘然的追憶了：「彭師兄給我寄來的一共只有十多頁的材料，卻給我帶回了一九三五年至一九三六年那些歲月中經常在腦子中考慮的問題。那些多年來不用的術語想起不少。這也算是對自己早已過去的六十五年前的青年時代的一次回憶吧。」（《彭恒武師兄實現了培源師的一個願望——從與自己的畢業論文告別說起》）平淡的言語之中，分明可見出他對物理學業的深情掛念。在《三強與我幾個時期的交往》一文中，于先生記述說，一九三七年，因革命工作暫時遇挫的于先生北上，想去考約里奧・居里的研究生。到北平後他知道同學錢三強已經報考，就有了藉口：「我不願意與三強爭。」結果錢考取了出

《于光遠自述》

國留學。出國前于在給錢的紀念冊上題寫了一段有意思的話：「你出國深造鑽研科學，我在國內幹革命工作，等你學成回國，中國革命取得了勝利，你用你學得的知識為革命服務。」這種平實而深含青年人抱負的寄語，彷彿「一語成讖」，結果，「我的物理學是荒廢了，而三強和澤慧成了真正的物理學家，我們沿著不同的道路，走到一起來了」。在讀于先生寫下的這些舊年追憶時，從他對自己物理學業的荒廢而多有負疚的感慨，我們可以隱約地感覺到隱藏於其內心的一絲遺憾之感。很多年後，臺灣學者、清華校史研究專家蘇雲峰在《從清華學堂到清華大學：一九二八──一九三七》（三聯書店，二〇〇一）一書的「清華大學的學生運動」一節特別指出，于先生「是當年參加學運有成的少數人之一，惟所任官職都與其所學物理無關」。

　　于光遠先生對專業學習的放棄，在「一二‧九」一代人中並非特例。國難當頭，個人的志業，往往受制於國家、集體與時代的訴求。特別意味深長的是，在水木清華，越是學業卓異、條件優秀者，越是義無反顧地投身於政治運動，回應著時代宏大的籲請。當年的清華中人、著名的美籍華裔歷史學者何炳棣先生在其回憶錄《讀史閱世六十年》（廣西師大出版社，二〇〇五）中說，在學運中，自己的「政策是全力讀書，不管『閒』事，可是自始即觀察到這些政治活躍的本級同學中即不乏真正幹才」，在他的記憶中有「手筆快、口才好」的黃誠，「清華十級頭

腦最清楚、分析能力最強的」吳承明；還有給他印象最深的姚克廣（依林），「不但在西洋通史第一次月考中成績優異，並在一九三四年秋全校舉行的英語背誦比賽中榮獲第一名。雖是背誦，文稿必須是自己事前自撰的」。何特意參照性地指出，獲得英語比賽第二名的是出身外交世家的政治系研究生羅教超。上述蘇雲峰書也記載：對於一九三四年前後清華園中左傾濃厚的情形，何炳棣先生回憶說：清華女生毛梅、孔富瑛、魏蓁一、陸璀、張韻芝等人，都是富家之女或出身西化家庭。「這些人都是越富裕越看不起錢財，要革命。」何後來問過曾任周恩來秘書的張韻芝：「難道當年用功讀書就不愛國了嗎？張承認她們當年見解太褊狹。」

何炳棣所說的「魏蓁一」，即後來以作家、編輯家名世的韋君宜。韋的父親是第一批東渡扶桑留學日本、參加孫中山革命陣營的人士，後來成為一個富有的鐵路局長。他堅持認為他的這個長女是個棟樑之材，一定要送她赴美深造。但這機會卻被清華高才生韋君宜棄之如敝屣。在運動之後，她不顧關山阻隔，義無反顧地奔向了革命聖地延安，當時被視為知識份子背叛資產階級家庭的一個典型代表。她在其影響深遠的回憶錄《思痛錄》（北京十月文藝出版社，一九九八）中曾記載：一九八二年，一位留美的中年人告訴她，幾位世界知名的美籍老華人科學家在美地位極高。其中一位科學家說：「我是『一二‧九』那時候的學生。說老實話我當時在學校只是一個中等的學生，一點也不出色。真正出色的，聰明能幹、嶄露頭角的，是那些當時參加運動投奔了革命的同學。如果他們不幹革命而來這裏學習，那成就不知要比我這類人高多少倍。」韋先生說：「我間接地聽到這位遠隔重洋的老同學的心裏話。他說的全是事實。我們這個革命隊伍裏有好多當年得獎學金的、受校長賞識的、考第一的，要在科學上有所建樹當非難事。但是我們把這一切都拋棄了，義無反顧。把我們的聰明才智全部貢獻給了中國共產黨的事業。」韋的女兒楊團在為《回應韋君宜》（邢小群等編，大眾文藝出版社，二○○一）一書所寫的序言中重提此事：第一位留學哈佛的法學碩士

唐先生「曾親口告訴母親和我，他在美國曾遇到很多位華裔教授，不少人是當年清華、北大的學生。當談起那一段歷史，一位教授告訴他，他們當時在學校充其量只算二流的學生，真正一流的、在學校拔尖的全都投奔了共產黨；而且當下就算真的點出幾個人了，說是這些人如果來美國發展，那一定會有輝煌的成就」。韋君宜上馮友蘭先生的中國哲學史課，卻因參加救亡運動而缺課超過三分之一，按規定只能不及格，要重修。但她「再沒有心腸念線裝書，讀外語了」，「開會、接頭、寫宣傳品、組織群眾活動，還要躲警探的追捕，忙得經常曠課。雖然選了朱自清先生開的宋詩課、劉叔雅先生開的莊子課，但是我已經失卻了研讀這些典籍的興趣」。自己感覺「實際上已經和職業革命者差不多了，學校不過是個旅館」（韋君宜《我的文學道路》，載《回應韋君宜》）。在革命救國與個人志業之間，這一代人當時都有著一種毅然決然的態度：「為什麼當共產黨……我並不是為了家中窮苦，反對豪富，而是為了中國要反抗日本帝國主義。……最簡單的一點愛國心使我對國民政府產生了反感。……愚蠢的日本帝國主義和國民黨政府，共同把我這樣的青年推到了共產黨的旗幟之下。……入黨的我從不懷疑黨的光榮偉大。為這一點，一切可以犧牲。多少同學找機會奔向美國，我的父母願出資送我留美，而我放棄了這一機會。我在學校本來是很不錯的學生。在中學屢次得獎，入大學讀哲學，也覺得金岳霖的邏輯、馮友蘭的哲學史什麼的很有味道，實在。而休謨的人性論，使人深思，得一種思辨的快樂。但在決心入黨之後，我把讀書所得的一切都放棄了。我情願做一個常識膚淺的戰鬥者……我由此成為共產主義真理的信徒。」（《〈思痛錄〉緣起和開頭》）于光遠先生說到自己參加革命，也幾次用了「下決心」這個詞。

同樣為「一二‧九」一代人的胡績偉先生，一九三五年考入華西大學數學系。當時的他「以為救國的道路很多，埋頭讀書將來作一個好教師，教出一批好學生，也是愛國。還是想走讀書救國、教育救國、實業救國的道路」，但隨著「一二‧九」運動的發展，「在我和朋友們的討論中，一個尖銳的問題擺在我們面前：究竟是把謀求個人的出路放

在第一位，還是把謀求國家民族的出路放在第一位？究竟是鑽研數學，將來當一個好教師，當一位有名的學者，還是投身政治，作一個救國救民的政治活動分子？腦子裏的思想天平，慢慢地向後一種主張傾斜。我對七八年熱愛數學、鑽研數學的癡情，開始產生了懷疑和動搖。」最終，他選擇了全力投入抗日救國的政治運動，為此放棄華西這所教會學校所能提供的優渥的求學條件，而重新考入需要自己承擔費用的四川大學政治系。放棄對數學的探奇，儘管感情上有些依依不捨，但胡先生還是從理智上考慮問題，「橫下一條心」，「毅然決然地踏上了革命的征途」。在川大，他結識了南下的「一二·九」運動的骨幹韓天石、王廣義等人，創建了成都民族解放先鋒隊，使川大成為成都抗日救亡運動的一個策源地。因為頻繁參加革命活動，胡先生經常翹課，經常深夜翻牆入校，成了一位翹課的「浪子」。到了最後，他甚至無法在上課前製造假像、偽裝讀書，無法拿出時間來突擊復習以應付考試修滿學分，乾脆在一九三七年退學，成了職業革命者。他分析自己「思想上的來龍去脈」說：「在很長時間內，我都以為民國建立以後，革命任務已經完成，主要任務是搞建設。一九三五年我決定報考華西大學數學系時，不只是因為在中學時受數學老師的影響，比較喜歡數學，還因為我認為數學是一切科學的基礎，而科學又是發展實業的有利武器，所以攻讀數學是很好的選擇。『一二·九』學生抗日愛國運動的爆發，我才比較明確地認識到，國家的革命任務遠遠沒有完成，對外不獨立，對內不民主，就沒有振興實業的起碼條件。這樣我才下決心從華西大學的數學系轉到四川大學的政治系，從實業救國思想變為政治救國的思想，認識到抗日救國是振興實業的先決條件。」在「文革」中，有朋友和胡先生開玩笑說：「你當年如果走出國留洋當數學博士的道路，也不會落得一個『死不悔改的走資派』的下場！」胡風趣地說：「如果當年成了洋博士，很可能在一九五七年的反右派鬥爭中，早就當上了『反動學術權威』式的『右派』了！」（胡績偉《青春歲月──胡績偉自述》，河南人民出版社，

《青春歲月——胡績偉自述》

一九九九）很難分得清，胡先生所答，是一種隱隱的遺憾還是一種自我的解嘲。

國破山河在，熱血書生拍案而起，這是每一位知識份子的責任，學生運動的風雲由此驟然打斷了這一代優秀之才的學習歷程和成才之路。在「華北之大，已經放不得一張平靜的書桌了」（蔣南翔語，《清華大學救國會告全國民眾書》）的緊急氛圍中，他們抱著一種特有的時代使命感，意氣風發地離開菁菁象牙塔，走向了更為開闊的時代舞臺，匯入了更為激烈的時代洪流之中。

對於學生參加救亡運動，當時的教授陣營中有著不同的看法，但不管是支持還是反對，對於學生們拋開學業，總是感到幾分惋惜的。周培源先生知道于光遠和另一位專業出色的學生楊學誠參加南下擴大宣傳團之後，曾感慨：「這個行動是共產黨搞的，怎麼我們系的郁鍾正（即于光遠先生在學校時的用名）和楊學誠也去了。」運動中學生長期罷課，想請政治態度較好的馮友蘭先生來講講救亡，學生派韋君宜去請。馮見到韋，劈頭就說：「你們這次抗日的表示，也表示得有聲有色了。現在怎麼還未回來上課？」曾任學生會主席的陳其五先生在回憶錄《關於「一二‧九」運動的一些情況》（載人民出版社一九八二年版《一二‧九

運動回憶錄》）中說：十二月八日夜清華大學救國會決定次日發動學生遊行請願。「半夜十二時左右，校長梅貽琦叫人敲鐘，全體師生員工都到大禮堂緊急集會。梅聲淚俱下，勸阻我們明天不要去遊行。說你們上街一定會與軍警及日本兵衝突，是要流血的；說青年是國家的財富，愛國我很同情，但愛國也要愛校，這樣鬧下去學校可能被迫停辦，清華傳統就要中斷了。當時，國民黨搞的『讀書救國』、『科學救國』的口號，還有影響，清華同學中不少人還有出洋留學回來當教授的美夢。梅的講話對中間派學生是有影響的。我曾跳上臺去講了幾句話，大意是說梅校長是出自好意，但愛校首先要愛國，國之不存，也就沒有學校了；為了挽救國家民族危亡，愛國青年不怕斷頭流血。我的講話，得到同學們的鼓掌支持。」十二月十三日，蔣夢麟、梅貽琦、陸志韋等北平高校校長聯合發表《告學生書》，認同何應欽的慰問語，要求學生「埋頭努力於學問之研求，更不必涉及課外之活動」，「努力培植自己，以為有用之材，將來在救國事業上一定可以收最大的效果」。但很快就被譏為「啼笑皆非」，「腐朽的『讀書救國』論」。政治思想上偏於「威權主義」的學者蔣廷黻、胡適等人，更是支持「讀書救國」論。胡適在《大公報》十二月十五日、《獨立評論》一八三號（十二月二十九日）分別發表《為學生運動進一言》、《再論學生運動》兩文，認為運動是「空谷足音」及「天下皆知的壯舉」，學生遭受軍警鎮壓是「最不可恕的野蠻行為」，但他以為學生應該復課，應當「決心向圖書館實驗室去尋求將來報效國家的力量」，青年應該認清他們的目標、力量、方法和時代，「青年學生的基本責任到底還在平時努力發展自己的知識與能力。社會的進步是一點一滴的進步，國家的力量也靠這個那個人的力量，只有拼命的培養個人的知識與能力是報國的真正準備工夫」。永生即在《大眾生活》一卷六期（一九三五年十二月二十一日）、一卷九期（一九三六年一月十一日）分別發表《為胡適先生「進一言」》、《再為胡適先生「進一言」》，反駁說這是「似是而非」的看法，理由是「因為學生的救亡運動，並不是學生們無中生有的多事，而是客觀的現實環境逼迫而成，要

韋君宜《思痛錄》

使學生們『心悅誠服』必須對於這一點有適合需要的明確指示。胡先生卻不顧客觀的現實環境是怎樣，在敵人飛機大炮威脅之下，一味硬勸學生『復課』，這一種勸法，等於在大火燒的場上，硬勸消防隊員拋卻水龍不要救火而回到家裏去看小說！」

　　胡適的思想，明顯沿襲了他對學生運動既同情肯定其愛國動機而又不贊成採取激烈行動的一貫看法。早在一九一五年他還在留美期間，留學生發起反對「二十一條」的運動，胡適獨立不依地在《致留學界公函》中說：「讓我們各就本分，盡我們自己的責任：我們的責任便是讀書學習。」對於五四運動，胡適也認為這「是非常的事，是變態的社會裏不得已的事，但是它又是很不經濟的不幸事」，因此忠告學生今後應「改變活動的方向，把五四和六三的精神用到學校內外有益有用的學生活動上去」（《我們對於學生的希望》）。五卅運動後，一九二五年九月五日胡適在《現代評論》上發表了《愛國運動與求學》一文說：「救國事業非短時間所能解決：帝國主義不是赤手空拳打得倒的；『英日強盜』也不是幾千萬人的喊聲咒得死的。救國是一件頂大的事業：排隊遊街，高喊著『打倒英日強盜』，算不得救國事業；甚至於砍下手指寫血書，甚至於蹈海投江，殺身殉國，都算不得救國的事業。救國的事業須要有各色各樣的人才；真正的救國的預備在於把自己造成一個有用的人才。」一向倡導「健全的個人主義」和斯鐸曼「白血輪精神」的胡適，

引用易卜生所説「真正的個人主義在於把你自己這塊材料鑄造成個東西」、「有時候我覺得這世界就好像大海上翻了船，最要緊的是救出我自己」勸導學生：「易卜生説的『真正的個人主義』正是國家主義的惟一大道。救國須從救出你自己下手！我們須要明白了解：救國千萬事，何一不當為？而吾性所適，僅有一二宜。認清了你『性之所近，而力之所能勉』的方向，努力求發展，這便是你對國家的預備工夫。國家的紛擾，外間的刺激，只應該增加你求學的熱心與興趣，而不應該引誘你跟著大家去吶喊。吶喊救不了國家。……你的事業是要把你自己造成一個有眼光有能力的人才。」他大聲疾呼：「我們只希望大家知道，在一個擾攘紛亂的時期裏跟著人家亂跑亂喊，不能就算是盡了愛國的責任，此外還有更難更可貴的任務：在紛亂的喊聲裏，能立定腳跟，打定主意，救出你自己，努力把這塊材料鑄造成個有用的東西！」近現代以來，學生運動此起彼伏，青年學生群體一直在國家急難與個人學業之間徘徊抉擇，「一二・九」不過是這一衝突再一次更為緊張的重演。以自由主義靈魂人物胡適為代表的教授陣營希望學生以學業為重，而熱血沸騰的青年學子則無法平靜地坐下來沉潛問學，這是兩代人因年齡與閱歷不同而生出的思想代溝，但更是時代的矛盾與衝突在他們身上的映現。可以看出，師生兩代人之間儘管有著共同的愛國之心，但其採取的策略與所選擇的道路則截然不一。思想史家李澤厚對「五四」一代知識份子的命運，提出過「救亡壓倒啟蒙」的説法，此種概括是否恰當，至今還存在

何炳棣 著
读史阅世六十年

何炳棣《讀史閲世六十年》

爭論。但對於「一二‧九」一代知識份子的個人命運來說，這卻大體可以看作是一種類似的論定與寫照。

三

今天來看，「一二‧九」知識份子與延安知識份子的差異，重要的一點即在於對集體組織的認同和對一定程度上存在的「左」傾的警惕程度不一，或者反過來說，是對自身個性堅持與守護程度的不一。

或許是因為某種微妙的歷史差異，相對於「五四」知識份子群體研究的深入與豐富成果而言，對「一二‧九」知識份子的研究至今仍有其明顯不足。除了諸如《一二‧九運動史要》（中共中央黨校出版社，一九八六）、《戰鬥在一二‧九運動的前列》（清華大學出版社，一九八五）等簡要史論及《一二‧九運動回憶錄》（人民出版社，一九八二）、《一二‧九運動資料》（人民出版社，一九八一）等史料外，從知識份子思想史的角度入手深入研究「一二‧九」者，幾乎難得一見。出自清華一九三四級的學者鯤西（王勉）說：「一二‧九造就了大批青年，他們無論在抗戰時期，在解放戰爭中，和後來建國階段都扮演了重要角色。當代許多研究中國近代青年運動歷史者還沒有對這特定的一群作詳細的研究。這是一批不僅有覺悟而且有高度文化水平的年輕人，是建國中不可忽視的骨幹力量，相應的說也是意識形態戰線上有力的隊伍。五四之後那一代青年就不具有如此鮮明的傾向和凝聚力。」（《讀同齡人書後》，載上海古籍出版社二〇〇二年版《清華園感舊錄》）相繼問世的《王瑤全集》（河北教育出版社，二〇〇〇）、韋君宜著《思痛錄》（近有此書修訂本與《露莎的路》的合集，文化藝術出版社，二〇〇三）、趙儷生著《籬槿堂自敘》（上海古籍出版社，一九九九，另在蘭州大學二〇〇二年版《趙儷生文集》有補充）、黃秋耘《文學路上六十年——老作家黃秋耘訪談錄》（刊《新文學史料》一九九八年第一、二期，後由廣

東教育出版社二〇〇一年出版）、《青春歲月——胡績偉自述》等書，對此都有程度不一、角度各異的涉及。在謝泳《沒有安排好的道路》（雲南人民出版社，二〇〇二）和合著《思想操練——人文對話錄》（廣東人民出版社，二〇〇四）中，都收錄有高增德、謝泳、智效民、丁東四人的對話《一二・九知識份子的歷史命運》，對「一二・九」群體有深入的剖析。就筆者有限的閱讀視野而言，這是對「一二・九」知識份子思想變遷作出全面論述的唯一一篇。高增德先生說，「一二・九」知識份子群體的提法，最早是何家棟先生在《我們來自何處，又去往哪裡》一文中提出的。何說：「一二・九一代在三四十年代民族危亡的關頭登上歷史舞臺，然而在他們中間湧現出比較成熟的思想家卻要晚得多。顧准是這一代思想家中的驕子。……杜潤生、于光遠、李銳、鄧力群、胡繩、王若水、李慎之、王元化、邵燕祥等均可列入『一二・九』一代，雖然他們在年齡上有十來歲的差異。」智效民特別提出要注意這一代人「有足夠的豐富性」。謝泳則概括性地將一九一〇年到一九二〇年前後出生的那一代青年知識份子劃分為西南聯大知識份子群、延安知識份子群和「一二・九」知識份子群三大類型。「一二・九」知識份子群體主要是指那些在「九・一八」以後，為了挽救民族危亡而獻身革命的青年學生，它的傳統延續，可以韋君宜為代表。複雜的「一二・九」知識份子群「本來是一群有理想的青年學生，在抗日救亡的民族生存關頭，他們選擇了較為激進的革命方式，他們的理想和勇氣，在他們的人生當中永遠令人感動。但現在的問題是，他們最終選擇的歷史道路和他們的理想追求出現了緊張關係。這種緊張關係，在四十年代延安的搶救運動中已很突出。到了五十年代初期，『一二・九』知識份子與延安知識份子在知識背景和生活態度上也有很大不同……『一二・九』知識份子和延安知識份子的不同，主要不是政治立場，而是人生態度和知識眼光，這也就是為什麼在九十年代以後，『一二・九』知識份子群當中出現了較強的反思歷史的思潮，像韋君宜、李銳、李昌、李慎之、王瑤、趙儷生等，我們在他們的回憶錄中看到更多的是對自己人生經歷的否定性評

青年韋君宜

價……晚年『一二‧九』知識份子的思想狀況，大體有一種返回自由主義原點的傾向」。走向了延安，卻又並未在思想上與典型的延安知識份子完全重疊，歷史在這裏體現出了它複雜而深沉的內在邏輯，至今仍值得我們深入地來體味。

今天來看，「一二‧九」知識份子與延安知識份子的差異，重要的一點即在於對集體組織的認同和對一定程度上存在的「左」傾的警惕程度不一，或者反過來說，是對自身個性堅持與守護程度的不一。于光遠在《一個有關程淡志的故事》一文中記述過一件舊事，很能說明這一點。「這個時期在北平這些青年黨員之間有一個不同意見的爭論。我們做民先工作的人強調在眾多的青年組織中間要有一個骨幹組織，這個組織就是民先，它是青年組織中的左派團體。我是站在這個觀點立場上的。還有一種意見認為，由於國民黨的高壓政策，這樣的左派團體會受到反動派的鎮壓，必然變成狹小的地下組織，起不到好的作用，因此不主張去發展這樣的組織。」從《憶蔣南翔》一文中可知，持後一種反對意見的主要是蔣南翔、楊學誠等人。該文轉述《蔣南翔文集》所說：「大約在一九三八年七月間，黨內有一次爭論。民先總隊部李昌強調民先隊的作用，要用民先來統一全國的青年組織。王明不太了解情況，以為『一二‧九』運動是民先隊領導的，主張發展民先隊解散其他團體。針對國民黨正在搞三青團，王明要以民先與之對抗。對此，我和楊學誠等不贊成。民先在『一二‧九』運動中確有其作用。我們也是民先的發起人，但是當年在北平學生中體現黨的領導的是北平市委學委。儘管『一二‧九』運動開始是自發的、公開的、合法的。但自學委建立以

後，中國共產黨的領導就體現出來了，學委領導著大中校，中學有一個支部，大學由學委直接領導。在王明召集的長江局青年幹部會議上，我發言表示不同意，認為青年人的組織應該多種多樣，青年救國團在武漢有基礎，民先在北平有點『左』了，如果搞全國性的民先，當局會不會讓其合法？王明聽了很不高興。」于先生儘管在文章中補充性地認為蔣對當時的情況了解得不確切，但他承認，「現在回過頭來看長江局作出這個決定的確沒有很好估量當時國民黨統治區的形勢。因為不久以後，國民黨不但宣佈民先不合法，同時也宣佈青年救國團（外加一個螞蟻社）不合法。」

　　說到蔣南翔，八十年代末韋君宜在《他走給我看了做的人路——憶蔣南翔》一文中曾提及他作為「一二‧九」運動領路人的一些表現，可以見出他在個人與集體關係上的一些衝突。如一九三七年後，北平學生開始流亡。當時北方局的領導人劉少奇主張學生，特別是學生骨幹都要留在華北抗日；而一向欽佩劉少奇的蔣南翔在這一問題上卻有不同看法：大批學生留在北方抗日當然重要，但不能絕對化。「許多學生是南方人，他們自然會回南方。至於幹什麼應加以引導。其中革命學生要到北方抗戰，人家爸媽來叫，也得先回南方轉一轉再來幹。另外黨組織也需要一批學生骨幹回南方開闢工作，因為當時南方城市地下黨被破壞得很嚴重。」結果蔣受到批評。一九三八年，蔣在武漢開全國學聯大會，他認為南方無人主事，主動跑去了。結果劉少奇致信南方黨組織，批評蔣擅自跑到南方。這種與組織之間的分歧，直到一九八五年撰寫《一二‧九運動史要》時，對這一分歧的定性還讓編者們棘手，只好將兩種做法據實敘述而未下結論。吳承明曾是運動的積極分子，但在抗戰開始後脫離了救亡工作。解放後楊述寫文章還提及吳只顧家而不想幹革命的事，蔣反對說：「這何必？何必現在在報刊上來批判小吳？他總還是做過工作的。」韋君宜指出，這是蔣在講原則時又講感情的另一面。這一點，也反映在蔣對其他事件的看法上。一九四三年蔣南翔上書中央，指出在延安用運動方式審幹是錯誤的，說「搶救運動」成績為主是

一二九運動後，平津學生組成南下擴大宣傳團，沿平漢路南下，開展抗日救亡活動，開始走上同工農結合的道路。圖為宣傳團在河北省固安縣進行抗日宣傳活動。

錯誤的；只知要工農幹部而歧視知識份子幹部，更是錯誤的。蔣因此受到黨內批判並被發配東北。八十年代蔣病危時，還執意將意見書拿出發表。新中國成立後他在一次團中央講話中曾對黨團工作寧「左」勿右的思想傾向表示激憤，說：「與其寧『左』勿右，還不如寧右勿左好。」這些，我們都能看出早年清華經歷對蔣南翔的深遠影響。

運動之所以出現脫離救亡活動的游離者，原因多在於對運動中過「左」思想的不適應。燕京大學的學生領袖黃華在回憶錄中也曾說及當時學生運動中的思想分歧。她說：南下擴大宣傳團中由天津同學組成的第四小隊，「對於擴大宣傳團印發的宣傳材料有意見，他們不贊成《時事打牙牌》小調中的『蘇聯本是共產國，自由平等新生活』、『五年計劃真偉大』等語，他們說我們是出來宣傳抗日救國的，你們把老百姓召集起來聽這些不相干的東西，有什麼必要呢？我們喊『擁護政府抗日』的口號，你們有些人為什麼用『擁護抗日政府』的呼聲把它壓下去呢？」此外，他們還對《打回老家去》劇本中某些臺詞不贊成。意見一提出來，立刻引起另外三個小隊的駁斥，於是展開了一場激烈的爭辯，誰也不能說服誰。黃華反思說：「『一二‧九』運動是一場來勢迅猛推動抗日的政治運動，也是一場非常深刻的思想革命運動，兩者有著密切的關係。如果不批判國民黨『攘外必先安內』的基本政策，就講不清國民黨軍隊見了日本兵就後退的原因；如果不透露共產黨《八一宣言》的精神不談論共產黨，就看不到『停止內戰，共同對敵』全民抗戰的光明前途。抗日和團結進步是聯繫在一起的，大時代必然帶來人們生活和思想的巨大變化。許多進步同學受壓抑已久，今天能夠結成一個隊伍喊出

自己心裏的聲音，很自然地要歌頌共產黨和蘇聯；在沿途交談和同聲歌唱之中影響了很多中立的同學，促其轉變，壯大了左派的力量，這正是擴大宣傳的一大成績。但也應當看到另有一些同學，他們自幼生活飽暖，一直受了國民黨統治思想的蒙蔽，對於共產黨非常陌生，對於進步同學熱烈讚頌共產黨感到不習慣，對一些新口號新觀念驟然之間接受不了，性急的左派同學操之過急，對他們缺乏耐心的等待和幫助，並給扣上『落後』甚至『反動』的帽子，就無異於『為淵驅魚，為叢驅雀』。第四小隊的同學們返校之後受到在校同學的歡迎與慰勞，請他們報告擴大宣傳的經過，他們看到校內有些同學在做近郊的抗日救國宣傳，他們也去參加了。後來南下擴大宣傳團被軍警逼迫返校，黨組織在南下歸來的積極分子中建立先進青年的組織——中華民族解放先鋒隊，我們把第四小隊的同學視為老戰友，其中有很多同學也參加了民先隊組織。在以後的救亡運動中，他們有的參加了共產黨，有的參加了八路軍，大多數表現得都不錯。一九六一年出版的一本有關『一二‧九』運動的書上說：『燕京大學就有少數學生在大會上提出不同意歌唱共產黨和蘇聯』……『這是一場兩條道路的鬥爭』；一九八〇年出版的一本有關『一二‧九』運動的書上說：『燕京大學就有少數學生在大會上提出不同意歌唱共產黨和蘇聯』……黃華『在會上反覆對他們進行了教育和必要的批評』，這些說法都與事實有出入，當時我只能和同學們商量，談不到『教育』。對於統一戰線之中的朋友，需要求同存異，固然也可以批評，但是也不必對於某些人思想轉變以前的曲折抓住不放，一直作為文章中的反面事例，失去對待抗日戰友的風度。『一二‧九』運動是一次極其廣泛的青年運動，發動千千萬萬的學生投身到這一運動中，才把共產黨的政策和影響擴散開來，如果光記著一些先進分子是一貫正確的，那也不是『一二‧九』的精神。」（黃華《在一二‧九學生運動中學會革命》，載趙榮聲、周遊編《「一二‧九」在未名湖畔》，北京出版社，一九八五）應該說，黃華的觀點是符合歷史主義的。

但與蔣南翔、黃華等運動參加者對組織運動中「左」傾思想持警惕態度相比，「一二‧九」運動中還有一些知識份子則對組織本身即有不適應之感而最終歸依為學者，典型的即是趙儷生與王瑤兩先生。趙自剖說：「我和我的許多同學走的道路，並不完全相同。他們是拿革命熱情在搏鬥中去經受考驗，從而產生了參加組織的要求；又在組織中經受考驗，逐漸成為組織中低層和高層的頭頭，後來成為大人物的。」運動後期，趙因表現積極而被組織相中，蔣南翔找到他說：「你人很誠實，在搏鬥中表現英勇，這說明你革命的熱情很充沛，但是革命熱情是多變的，它還需要組織的保證。」趙「明白了，他是在啟發我，要我提出參加黨的申請」。但經過認真考慮，趙認為自己受不了布爾什維克嚴格的組織性和紀律性，表示他只願意做一個馬爾托夫式的孟什維克：「我走不成布爾什維克的道路，我受不了嚴格的組織性和紀律性。我願意做一個全心全意的馬克思主義的信仰者，同時是一個自由主義者。」（《蘺槿堂自敘‧大學‧一二‧九學生運動》）抗戰前夕，「民先」派趙到山西參加犧盟會的訓練，但這位書生僅因為手頭正在翻譯一部蘇聯小說，便推遲了半年行程。到了太原後，先到一步的清華同學已經是犧盟會的各級領導了。不久，他在山西抗日前線因遭遇日軍而撤到延安。在這個革命聖地，他也「沒有『解決組織問題』的緊迫要求」，遂取道西安返回二戰區。趙的一生儘管始終圍繞著組織在轉，並在晚年還被美國同行譏為「特務」，可是他本人對組織卻似乎一直持游離之態。在回憶錄中，趙儷生數次對「左」的政治痼疾表示出反思，並認為「論它的根源來說，它來自組織性和紀律性的過分強調，惟恐出叛徒、特務、異己分子等」。

王瑤先生在「一二‧九」運動前後由運動積極參與者到埋首書齋的學者的轉變，更是現代文學史與思想史上的一個典型個案。運動中，王先生激情四溢，一九三六年先生撰短文《一二‧九周年》，提到大學生自「一二‧九」運動後「不再念死書了」，但「從考試的成績說，好學生逐漸變成了壞學生」——這自然是從學業而論。在運動中，王瑤因遊行而數次遭軍警拘捕；加入中共的他，擔任《清華週刊》第四十五卷

主編暨清華文學社刊物《新地》編委，以筆為槍大聲疾呼。有一則日記體小品《這一天》，記下了他一九三六年十一月十一日（週三）的活動與心態：「禮拜三是發言論和新聞稿的時間，同時週刊副刊的校稿也定得是這天送來。早起後急忙著預備發言論稿了，一邊拿紅筆批著『兩欄』，『四號仿宋』，一邊還計念著第二時有課，但結果不覺得又把課誤了，『詩經』也沒聽去。十一點就吃了飯，騎上車子巡視了園內一周，看有沒有甚麼特殊事件，懷著『惟恐天下無事』的心情……下午給大學出版社打電話凡四次……都是催趕快送來校稿的。下午寫了一千多字的雜文，有一點體育也沒有去，今天整天就沒上課，五點時又去催促兩位同學讓趕快交稿子。晚修書兩封，讀《世界文學史綱》一章，聽兩位同學辯論中國政府抗敵的可能性問題約半小時。」——那是一副雄視天下的革命者姿態。及至一九三七年間，當他的老師聞一多、吳晗等一向埋首書齋的學者拍案而起時，王瑤卻悄然隱逸脫黨，沒有去延安、瓦窯堡，而是關山輾轉，走進遠在昆明的西南聯大。在乾州，他與清華同窗趙儷生在乾州「合蓋一床」，不眠「暢談」：「經過幾晝夜的暢談，我們認為，進《宰輔傳》壓根沒有門；進《忠烈傳》也未必有資格；進《貨殖傳》根本沒有那本領；到頭來還是進《儒林傳》吧。這就是我們的路線……」一個在一九三七年前並不欣賞亦不理解魏晉風度的左翼理論家，到一九四二至一九四八年，竟沉潛問學，在西南聯大、清華研究院中一待就是五年，完成至今仍是典範之作的本科畢業論文《魏晉文論的發展》、《魏晉文學思想與文人生活》。王瑤先生當年曾經因清華教授勸同學靜心讀書而氣得跺腳；及至數年後，自己卻一心在學術中優遊涵泳。這種反差，令所見者驚訝。何善周說，朱自清在聯大為研究生開專題課，「曾有一門課程只昭琛（即王瑤）一人修習。朱先生如同上大班課一樣，站在講桌後面講……昭琛坐在講桌前面聽講。師徒相對，朱先生一直講解兩個小時」。很難想像先生讀本科時亦有此耐心且循規蹈矩。季鎮淮先生晚年憶起王先生復學之認真則是動情：「上朱先生的課，朱先生手拿方紙卡片寫黑板，一塊一塊地寫；他跟著抄，一塊一塊

地抄。我當時坐在後面聽沒動手……特別覺得王瑤學長這樣老實地聽課抄筆記是出乎我的意料之外的。」「一九四六年上半年,他在清華研究所繼續寫研究生論文」,「那樣胸有成竹,那樣有計劃、不急不忙、一篇一篇地去寫,我不知還有什麼人」。夏中義研究王瑤的長文《清華薪火的百年明滅——謁王瑤先生書》(載《九謁先哲書》,上海文藝出版社,二〇〇〇)一文,對此有過深入的分析,是難得的好文章。夏以為王先生由經世從政而遺世治學的轉變,是「從『革命崇拜』向『個性本位』的價值偏移」。自認為是「一二‧九」運動培育出來的代言人的王瑤,因為思想稍顯個性化的傾向,所以和清華組織關係緊張,他想到上海借黨的力量編一本雜誌,做一個文化人,而不想隨時遵命,不願去農村工作。這就犯了組織體制之大忌。夏中義的描述頗為有趣:「先生當年對組織之苛求,並非『獻身』,而近似『入股』。『獻身』是無私地把自己整個兒交出去,不圖酬報;『入股』則永遠是以個體身份參與某格局之協作,占個地盤,企盼於己於他皆有益,適則宜,不宜則撤,且抽回先前之投資。」在猶疑之中,他最終選擇了個性本位的魏晉文學。王瑤對個性的守護,直到晚年仍真誠流露,有文章曾記述他說:什麼叫知識份子?知識份子就是一要有「知識」,二是個「份子」,有獨立性。沒有獨立性的知識份子會成為姚文元式的痞子。

對待以徐高阮、蔣甹華等為代表的「轉向」人物的不同態度,也可以看出對集體的認同程度。隨著運動的發展,陣營中出現思想分歧。一九三六年十月十日,徐高阮發表《論無條件統一》一文:「我們應該提出來的口號是要求無條件的統一,我們要求全國的一切力量,各方面的政治、軍事、經濟、社會力量,在大患之前無條件的統一起來。」蔣則發表《青年思想獨立宣言》一文,提倡「切莫讓我們知道你們是一些左派或右派」,「莫再傍人門牆,好回到自己的天真,認清自己的願望,樹立自己的意見。」他們與王芸生《大公報》上提出的以國民黨為中心「團結建國」相回應並得到國民黨的支持。對此,以劉少奇為代表的北方局以《民族統一戰線的基本原則》等一系列文章對此提出了批

《籬權堂自敘》

判。在《記被〈一二・九運動史要〉説作是「右傾投降主義者」的一夥人》一文中，趙儷生對在《一二・九運動史要》一書第十章第三節「反對資產階級改良主義和右傾投降主義」中對以徐芸書（即徐高阮）為代表的「右傾投降主義」的帽子提出異議，對「半路從小站上下車」的革命者被扣上「投降主義」的帽子作出了解之同情與辯護：「加一百倍説，他們不過是革命陣營中個別的『持不同政見者』，是革命列車上在半路小站上下了車的旅客；但他們當年都是極優秀的青年，聰明絕頂，並且洞察了『左』傾關門主義之危害的人。……真如朱德元帥所説，革命如次列車，有從起點上、終點下的，有半路上、半路下的。這兩種人中間在價值上自然有很大的差別；但只要不是預先帶了炸彈上來搞破壞的之外，就總是『同路人』吧。」趙先生並進一步分析説：「除了這些『同路人』主觀方面有著這樣那樣的弱點，有的甚至是很嚴重的弱點外，在革命隊伍本身，也存在著更嚴重的弱點，那就是『左』傾關門主義與冒險主義，正如少奇所説，它長期殘留在革命隊伍之內，缺乏對它的揭發鬥爭，使它千百次地重演，損害最大。長期以來，『左』傾思想的領導者們對搞關門主義的有獎，對聯繫群眾和同盟者的給處分。在組織上，他們深深懼怕知識份子和小資產階級進入先鋒隊裏來。因此，那些已經進來的必然日子很不好過，心裏很不好受。久而久之，一些階級覺悟不夠堅強的人就有可能游離開革命的總軌道，有的堅持自己的『民主個人主義』終身，有的就不免有了『失足』的行為，事情的原過程説到底不

就是這麼一回事嗎？說到底，這是個雙方都有責任的事，不能片面怪罪這些『壞傢伙』『混進來』又『滾出去』，一塊臭肉攪渾了一鍋湯。」

這種歷史唯物主義的態度，無疑有趙先生自己的體會與寫照在內的。趙先生將這種意見告訴韋君宜，韋回信說：「以今日視五十年前，何妨若一百年後視今日？」趙在文章說韋只是「不擬深論，略打馬虎過去」。八十年代的韋君宜，畢竟還不是寫《思痛錄》時代的韋君宜，當時的她，還是無法細論這一代人。鯤西先生對此亦持贊同意見。他強調說當年青年隊伍中出現的思想分歧，一直沒有得到應有的思考。「當年清華園出現的這小小的裂痕所以沒有發展是有其社會原因的。在近代西方文人的轉向是屢見不鮮的，著名的如紀德，這本書也提到了。西方有宗教上的改宗，這是由於他們宗教史中有過激烈的衝突，有宗教迫害等等。中國沒有，儒家是太過於寬容，不具有激烈色彩，所以從澎湃的革命形勢來看，清華園中幾個少數人的聲響自然是微不足道的。然而當中國多數知識份子在以後走過漫長而曲折的路程時，人們會不會反躬自問少數人的話有沒有可供思考的地方。許多當代回憶錄所缺少的正是作者這種坦誠的反思……」（《讀同齡人書後》）對此持同情態度的，還有運動中人、後來以散文名世的黃秋耘先生。他在《風雨年華》（人民文學出版社，一九八八）「內部鬥爭」一節描寫了知識分子運動中的分歧。民先隊內部分裂成少壯派與元老派兩部分。清華民先大隊長吳之光「是一個政治上很敏感並且有點羅曼諦克色彩的人，文章寫得相當漂亮，很有演講天才，但作為一個革命組織的領導人，他是不能勝任的。他當時正沉溺在愛情的糾葛中，情緒低落，無心工作。這就引起了民先隊隊員日益增長的不滿情緒」。後來重選李昌為大隊長，於是就分裂為兩派。少壯派與元老派在政治上的分歧，「大體上是少壯派重視發動群眾（指廣大大中學生），而元老派則重視聯繫上層工人作（指對二十九路軍將領、教授和社會名流多做統戰工作）；少壯派重視實際行動，而元老派重視理論研究；更重要的是，少壯派強調在統一戰線中無產階級要保持獨立自主，元老派則傾向於一切服從統一戰線，一切通過統一戰線……等等。當然，隨著矛盾的激化，元

趙儷生

老派就越走越遠了，例如徐高阮在《國聞週報》上發表文章，批評黨的獨立自主路線，主張無條件的統一；還有個別人也寫文章宣傳取消左派與右派之分，要搞『統一的』救亡運動。後來元老派中的不少人都自動離開了黨，或都被開除了黨籍，雖然他們是清華大學最早的一批黨員。」黃秋耘在政治主張上傾向於少壯派，但他坦承，「由於我的『調和派』的天性，我總覺得讓一些有才能的人離開了革命隊伍是一件令人遺憾的事。不過，像這樣的話我並沒有公開說出來。當時在大多數民先隊員看來，元老派當中某些人是必須清洗掉的，否則就不能保持革命隊伍的純潔性和獨立性。我不是政治家，對這樣複雜的政治問題實在搞不清楚。對於『內訌』，我感到擔心，但又無能為力。」

政治與文學、個體性格與革命集體之間的衝突，一直是知識份子面臨的兩難選擇。魯迅先生《文學與政治的歧途》中所說的「每每覺到文藝和政治時進在衝突之中」，是眾所周知的論述。林賢治在《魯迅的最後十年》一書論及魯迅晚年思想時說，在二十世紀，集體與個人的內在緊張關係，是最富於現代性的問題之一。黃秋耘先生在散文《兩條道路》開首即引馬門教授所言：「應該鬥爭的時候不去鬥爭，這是比什麼都更大的罪惡！」在文章末尾他又結論式地說：「我們這一代的知識份子，應該向羅曼・羅蘭學習，向聞一多學習，在未做成功一個文人之前，先要做一個正直的人，一個戰士。少許的天才和一兩件藝術作品又算得什麼？假如對苦難的人世毫無裨益。」但他同時以了解之同情承認：「知識份子是敏感，同時也是脆弱的；是銳進的，同時也

黃秋耘《丁香花下》

是勇退的；是自尊自傲的，同時也是自怨自憐的。他一忽兒可以如醉如狂地耽溺在革命的狂飆中，為著地球遼遠的一角所發生的一椿違反正義的事情而怒噪狂吠，呼喚著暴風雨的降臨。但曾幾何時，當革命遭逢了一再挫敗，大家都碰到了一場焦頭爛額的苦難之後，他就會像彼力脫一樣，趕快在統治者面前洗淨了雙手，悄悄爬回『藝術的象牙之塔』裏蜷伏起來。幸而這個紅外線島倒是安全不過的堡壘，可以收容任何戰敗的心兵，當創傷養好的時候，仇敵早已忘卻了他，他也早已忘卻了仇敵。至多在三兩杯老酒到肚時，對人們發發牢騷，『寄沉痛於幽閒』罷了」（《兩條道路》）；在《革命的機器和革命的人》一文中，他辯證地批評了對現實麻木不仁的厭倦態度和冷酷無情的「革命」態度：「人是有血有肉的，假如絕對的放逐了感情，否定了感性生活，那就只有變成『機器』，不成其為『人』了。……總之，對於一個健全的人，理智和感情不是一個矛盾體，它們可以統一起來，不會互相衝突，可以平衡發展，不會一個遠落在一個之後。……是的，我們今天不需要悱惻纏綿的少年維特，也不需要哀傷沮喪的屈原，他們只讓熱情燒毀了自己，而不會用它來征服外界的苦難。但，另一方面，從痛苦的熱情裏面生長起來的羅曼‧羅蘭，永遠爆發著生命的火花的貝多芬，他們壯熱的精神、偉大的夢想和英雄的心願，難道不應該成為我們的肉中的肉，我們的血中的血麼？」今天讀這樣的文字，很容易讓人想起黃先生個人的歷史。革命者

瞿秋白在懺悔文本《多餘的話》中慨嘆自己參與革命，是「歷史的誤會」。這種回首自傷的言語，透露出了一個知識份子的深沉喟嘆。

四

參與歷史創造的機會，會使一代人心中自然地催生與凝聚成一種歷史情結。

韋君宜在為其亡夫、同是「一二・九」中人的楊述的舊稿《一二・九漫語》出版所寫的題記《老一代有什麼難懂的呢？》一文中說：「成書之後，重讀一遍，依然不能不被書中所寫的情景所激動，彷彿回到了我們的青春時代。……它勾起我無數的回憶。……他寫的是近事，是他的親愛的朋友和同學，因而無所顧慮，盡其所知。寫這輩青年怎麼走進革命隊伍，怎麼掀起這一場轟轟烈烈運動的真實情況。人，誰是天生的完美無缺『高大全』的人物呢？這小書告訴我們：什麼人也都有過自己青年年少的時代，也曾『常見男生追求女生，又看電影又滑冰』，而同時，它又告訴我們，年輕人如何自然而然地、英勇地走向鬥爭，拋開家庭，離開學校，捨棄生命……沒有任何人強迫他們，他們這樣做了。他們終於成為一代英雄。」但是，對於參與歷史而又因自己創造的歷史而飽經折磨的那一代人來說，當懷著一種情結重審當年時，他們畢竟多了一份反思，而不再是空洞地喊著「青春無悔」。如在反右運動中，韋君宜私下地對好友黃秋耘說：「如果在『一二・九』的時候我知道是這樣，我是不會來的。」（《思痛錄》）以至於當後來韋君宜審視比她更年輕一輩的歷史創造者知青作家時，就發出了這樣的質問：「這些胡鬧了二三年的學生們，最後結果是下鄉去，『接受貧下中農的再教育』，全體趕到北大荒、雲貴邊境、內蒙古、陝北邊區……這一群『文化大革命』新一代，後來大多數都成了沒有文化的人。有一些在農村苦讀，回來補十年的課，終歸差得多。有些人把自己的苦寫成小說。如梁曉聲、

阿城、張抗抗、史鐵生……現在已經成名。但是，他們的小說裏，都只寫了自己如何受苦，卻沒有一個老實寫出當年自己十六歲時究竟怎樣響應『文化大革命』的號召，自己的思想究竟是怎樣變成反對一切、仇恨一切，以打砸搶為光榮的？一代青年是怎樣自願變作無知的？」自己參與「一二九」與後一輩的青年參與「文革」，畢竟不是可以相同而論的事情。但對「運動」這一校園外活動本身的審視與深層思考，則多少有一些相通的地方。

一九九四年，韋君宜在《我對年輕人說》一書後記中曾感嘆：「我和我的同時代人——『一二‧九』的青年，都已經到了這輩子該劃句號的時候了。」及至今日，胡繩、王若水、韋君宜、黃秋耘、黎澍、李慎之等都已經遠行，一代個性鮮明、元氣淋漓的知識份子群像漸漸隱去，但關於「一二‧九」一代知識份子精神歷程的探索，則還剛剛開始。

同人群體・歷史溫情・
常識理性

——由《思想操練》想到

人文社科研究——尤其是知識份子問題和學術思想史研究這類帶有自我追問性質的公共話題——的活躍與進步，固然取決於大時代人文生態的清明與通達，但也和小環境的營造與熏沐、和身邊同人的相互砥礪與激蕩分不開。如果説純學術尚可以在書齋裏孤獨的考索中推進，那麼思想的萌芽卻更需要公共空間裏的交流來催生。從這個意義上説，同人或准同人性群體，往往是醞釀思想的溫床。在二十世紀九十年

《思想操練——人文對話錄》

代以來蔚為風氣的知識份子研究和學術思想史研究領域，山西學者同人的群體性成果，是一個值得讀書界關注的現象。這其中，最長者是年過七旬的高增德先生。早在八十年代他主持《晉陽學刊》時，就別具特色地開闢「中國現代社會科學家傳略」欄目，開現代學術史研究與現代學者自傳整理之先聲；而後又在這沉潛的資料積累的基礎上編纂出十卷本《中國現代社會科學家傳略》、續編同名大辭典、六卷本《世紀學人自述》，總字數逾千萬，成就了一項二十世紀中國學術思想史研究中嘉惠學林、沾溉後學的大工程。（記得前年《中華讀書報》以一則題為《誰來搶救這三百萬字》的消息，呼籲出版塵封在高先生書櫃中的另外數百名學者自述材料，最終使得這項因經濟效益而為出版界一度冷落的工程得以再次推進。）這種堅持與努力，與今天許多淪為職稱論文地盤的社科刊物相比，一眼可看出追求境界之高下分別。可以想像，這種注重現代學術檔案積累的做法與長者之風對同人們研究生涯的影響與意義，不僅在於其提供了豐富的資料支援，更在於其確立了一種純正的學術規範與人格風範——在一座學術思想資源相對稀缺的普通省會城市裏，這一點尤其重要。與高先生重在學術檔案、史料積累稍有不同，與他聲氣相通的年輕同人則更重在思想的掘進，體現出思想的活力。丁東，一直是學界與出版界的活躍人物，近年對當代民間思想問題情有獨鍾，作為一位出色的學術「二傳手」，編輯出版了顧准、遇羅克、王申酉、孫越生等諸多「思想史上的失蹤者」的文字。謝泳，則以「一個人（儲安平）、一本雜誌（《觀察》）、一所大學（西南聯大）」為中心一步一步地推進其個案研究，其對二十世紀上半葉中國自由主義知識份子思想資源和人格遺產的梳理尤為學界所嘆服。智效民，近年對胡適、陶孟和等民國人物時有研究心得。除此之外，在筆者狹窄的閱讀中，看到常常就類似問題發表看法的山西學人至少還有李國濤、馬斗全、韓石山、邢小群、趙誠、祝大同、閻晶明幾位。頗有意思的是，這些學者儘管多棲身於社科院與作協系統，但都不大喜作高頭講章，不撰寫四平八穩的所謂「學術論文」，而鍾情於更為隨意灑脫的學術隨筆，文章也多發表於《書屋》、《老照

片》、《東方文化》、《博覽群書》等不能供評職稱之用的非「學術刊物」、非「核心刊物」上。當前些年知識界在「北京後，上海新，南京舊」的浮躁中折騰不休時，自處邊緣的他們卻不溫不火地埋頭梳理著一些近現代史上的舊人舊事，文字極少時尚、花哨之氣，更不玩理論的「深沉」，也不太在意是否與以西學為準繩的規範化、形式化相「接軌」，而只是在傅斯年式的史料主張、實證方法與平和的敘述中用心地咀嚼著有意味的史實，一點一點地展示著其思考的深度。謝泳曾說自己「只是業餘時間憑興趣做研究，是真正的野狐禪」。而高增德先生則謙遜地說自己「學養先天不足，後天失調，進入學界的時間不僅很晚，而且從事中國現代學術史的研究也屬業餘愛好，並無師承可言，完全處於一種自我感覺、自我摸索之中」。在這種不太「專業」的定位中，卻體現著一種在學術體制化、功利化傾向積重難返的情境中日益難得的學術「業餘精神」。還有一點值得特別注意的是，他們早年多有從事文學研究的經歷，但後來卻集體轉向更為廣泛的思想史、學術史研究，相對蒼白的當代文學研究似乎不足以承載他們的思想言說。從這種個人興趣的游離中，我們多少可以看出當代學術思想風習轉移之一斑。他們所感興趣的話題，相對集中於一些舊人舊事（如謝泳所說，「想來想去還是過去比現在有值得回憶的東西吧。這可能是對現實的另一種評價。過去的事情總能喚起另一種情感。」），舉凡如梳理中國的近現代教育、新聞出版制度；審視中國現代知識份子尤其是自由主義知識份子的歷史命運；探索現代史的寫法，等等。與諸多思想激進者常常持有的批判姿態迥異，他們的基本立場，是抱著當代學人的溫情與敬意，向歷史深處「逝去的年代」「招魂」，習慣於溫和地聊著一些「學人今昔」的話題。但在這種溫和與平易背後，卻有著一種別樣的思想震撼力度。我們不好斷言他們已經形成了一個學術流派，但如果憑著一個局外人的閱讀感受，至少可以說因其相對較為集中的主題、相近的文風、相通的人文追求與價值取向，而形成了自身鮮明的特色，形成了一個具有同人或准同人性的學術群體。可以說，在九十年代以來風行一時的知識份子人格研究和現代學術

思想史領域，山西這幾位默默耕耘者的沉潛與努力，格外值得學界學習與敬重。

在《思想操練——人文對話錄》一書中，我們可以更為集中、清晰地看到這一同人群體的學術追求與思想特色。這是一冊由丁東、謝泳、高增德、趙誠、智效民五人參與的十次專題對話的口述實錄。十次對話依次是「日記的價值」、「重寫中國現代史」、「關於清華及清華學人」、「中國現代的教育傳統」、「自由主義傳統與重現」、「『一二・九』知識份子的歷史命運」、「尋找思想史上的失蹤者」、「九十年代以來的學人與思潮」、「拓展民間言論」、「中國現代文學的道路」。這些話題，我們大多在對話者的個人著述中閱讀過，有的甚至引發過讀書界不小的議論。但這種相互啟思的對話，卻相對更多地保留了個人文本所沒有的原生態，讀者可以在你來我往、各抒己見中看出思維延展的過程，看出思想碰撞與溝通的軌跡，因而更有其可讀性。從最基本的層面來說，喜歡「看熱鬧者」可以從中得到一些當代人文社科界的消息，如關於一些日記等文獻的出版情況，「思想史上的失蹤者」們的命運波折，九十年代以來由重要學人與思潮交織的「學界地圖」，等等。再進一步說，則可以讀到一些精彩的思想交鋒。五位對話者，包括二十世紀三十、四十、五十和六十年代生人，但年齡跨度並沒有妨礙他們的思想共鳴。在這種共鳴中，有方法論意義上的。如對日記文體的關注，他們將學人日記上升到「另一種學術史」的認識高度，認為對研究者來說，應該有一種自覺的「日記意識」，即學會將同一時期與相關人物的日記加以比較性閱讀，以最大限度地厘清當時的歷史本相。按謝泳的概括性表述，就是「傳記不如年譜，年譜不如日記，日記不如檔案」。這種學術方法，與高先生很早就重視學者自述史料整理、丁東近年注重打撈民間思想與口述史料（去年他開始主持《口述歷史》叢刊）、邢小群對知名右派的訪談記錄，以及他們在對話中對傅光明《太平湖的記憶——老舍之死》、陳徒手《人有病，天知否——一九四九後中國文壇紀實》、徐友漁《驀然回首》等口述史學著述的高度評價，

都是有其相通之處的，那就是對歷史豐富性和複雜性的充分自覺，對歷史第一手文獻、私人文本的高度重視，以及對既往的近現代史研究普遍忽略細節、感性的不滿，對突破既定的框框、回到真實的歷史情境中弄清史實並最終寫出真實歷史的渴望。更多的共鳴，則是具體的思想內容、觀點上的。如對近現代史上反帝與反專制這對核心關係的梳理，智效民與謝泳從個人獨立自由與國家獨立自由之關係切入，做出了精當的言說。這些看法從思想史的線索來說，無疑是胡適所一再提倡「爭你自己的自由，就是為國家爭自由」、「你想要有利於社會，最好的法子莫如把你自己這塊材料鑄造成器」這一「易卜生主義」和斯鐸曼「白血輪精神」的「接著說」，或者說再一次強調與敘述。關於中國現代史上是否形成了自由主義傳統，曾經引發了一場至今仍未停歇的爭論。在這一點上，上述幾位山西學人有著接近的判斷。一九四八年中央研究院院士人選推薦不拘政治成見而能做到兼收並蓄，是他們常常引以為證的重要事例。對四十年代蔣介石邀請胡適入閣及大批學者組成「好人政府」一段歷史，史家持負面評價較多。而高增德先生則認為「對此要先有了解之同情，不能因為對於蔣介石固有的評價，就先入為主，以為他所做的任何選擇都是虛假的，一點誠意都沒有」。智效民的看法則更為直接也更理性：「許多對中國現代自由主義知識份子有看法的人，總是要找出各種理由來否定掉這些知識份子身上的獨立性，以為他們那種獨立性是虛假的。對中國現代自由主義知識份子和政府之間的關係，不能一看見他們和政府合作，就以為他們是賣身投靠了，更要看他們給政府出的是什麼主張，這些主張與他們一貫的思想是否相符。」由於歷史的原因，自由主義傳統在中國一波三折，在天地玄黃間終歸中絕，而至九十年代又稍為浮出水面。對話者們對這一過程及其間的歷史得失進行了梳理。重新發現哈耶克，接續中國第一代政治學者張慰慈、社會學家陶孟和以及包括李宗恩、黃萬里、任鴻隽等在內的「科學家集團」的精神傳統，尋找遇羅克、孫越生、王申酉、陸蘭秀等五十至七十年代這一特殊時期的「學術思想史上失蹤者」，重新審視失去的學統與道統之關係，等等

話題，都是圍繞著這一中心來言說的。對以清華學人、新月文人為代表的自由主義知識份子，對話者們大多抱著一種敬意與認同，甚至不乏一種偏愛。在對胡適、王瑤、馮友蘭、錢鍾書、董時進、黃萬里等人的評說中，讀者可以看出這些舊年人物的人格風采之獨特與精神資源之豐厚。在這種史實梳理的背後，我們可以感受到對話者們對現代文化精神的一種呵護，一種追懷，和基於自身判斷而油然生出的一種歷史溫情。余英時在《錢穆與中國文化》中，曾引錢穆先生話說，「三十年代的中國學術界已經醞釀出一種客觀的標準」。所謂「客觀的標準」，可以說是以歐美現代學術主流為參照的標準。可惜旋即為戰爭所毀。張東蓀二十世紀四十年代說，中國雖然受西方文化影響不足五十年，但在思想文化界卻養成了一種「自由胸懷的陶養」，也就是治學、觀物與對人的態度或性情，也可以說是一種精神。這種懷疑的態度和批判的精神，在當時中國的思想文化界是植了一些根基的。山西同人基本贊同錢、張的判斷，這是他們對那個逝去的時代的基本評價。但對話者並不滿足於停留在鉤沉往事、就事論事的層面，而是懷著一種問題意識將求索推進一步。在「中國現代的教育傳統」的對話中，他們分析說，當年這種學人群體與人文氣象的出現，是與當時的教育獨立、教授治校、學習自由等現代大學的制度設計分不開的。「現代大學的萌芽時期，最需要有好的設計者，這是中國現代大學的幸運。制度的設計在於理念，在於對國家進步的強烈感情，在於對世界文明的誠意。中國早期大學制度的設計者們可以說都是具有這樣品格的人。有了好人，才能有好制度，才能有好大學。」當年清華校長梅貽琦告誡學生：「有人認為學文學者，就不必注意理科。習工科者就不必注意文科，所見似乎窄小一點。學問範圍務廣，不宜過狹，這樣才可以使吾們對於所謂人生觀，得到一種平衡不偏的觀念。對於世界大勢文化變遷，亦有一種相當了解。如此不但使吾們生活上增加意趣，就是在服務方面亦可以增加效率。」而在人文教育缺失、博士教育異化、學術腐敗等問題突出的今天，「教育卻只是注重『知』的灌輸，不重視『情』與『志』的培養，只給學生灌輸非人文新

知識，學生壓力太大，學校生活不利於人格修養，這就導致了『習藝愈勤去修養愈遠』的狀況，造成只會隨聲附和、人云亦云，不敢力排眾議、自作主張的局面。學校裏『每多隨波逐流之徒，而少砥柱中流之輩』（智效民）。至於現代文化政治精神的養成，「不是一朝一夕就可以做到的，現代政治精神是現代文化精神在政治上的體現。現代社會從政的人，多數是從大學裏來的，他們的現代文化精神和氣質應該是在大學裏培養的，如果大學裏都沒有了這種精神和氣質，還能指望它在政治上有所體現嗎？現代政治精神的養成是依賴於現代文化精神的，是先有了現代文化精神而後才有現代政治精神的，還要先在思想文化界訓練大家養成尊重異己的習慣，慢慢培養容忍異己的氣質，時間長了，也許這種精神就從政治上體現出來了」（謝泳）。這些看似平常的思考之言，流露出對話者內心對歷史的敬意。

山西同人對歷史的評判及其中所折射出的溫情，並不僅僅是出於一種文人常見的懷舊，而是緣於他們所持的一種普通評價標準，以平常心看歷史。我們會很容易注意到他們對話中的一個關鍵字，那就是常常提及與強調的「常識」二字。他們很少引用或新潮或慣有的理論來支持自己的論述觀點，而更多地希望在常識的層面上討論問題，在常識的層面上來立論。智效民談到中國現代化進程之艱難時說：「無論大事小事，自己不爭氣就會落後，這是常識。」關於重寫近現代史，謝泳主張「第一步，就是要先回到真實的歷史處境中，先用常識去看那些曾經被我們否定了的東西」。他們評說胡適一代的氣質和風度，多是從平常的言談來感受。對自由主義的常識性，他們更是不約而同地提到。高增德先生說：「說自由主義是一個好東西，是因為從許多歷史事實看，它第一合乎常識，第二合乎人情，沒什麼神秘的。比如它認為要容納異己，這就比不容納好；它認為要市場經濟，就比強制經濟好；它認為民主比獨裁好。還有人獨立就比依附好。」趙誠說：「一個人的民主風度，最重要的是要體現在他的日常生活中，看一個人的民主風度，最重要的有時不是看他們在大事上的表現，要看他們在平常的生活中如何待人接物。」

記得謝泳在其他文章裏也曾多次重申，自由主義不是什麼新思想，它只是一種常識；自由主義的傳統不是抽象的，而是由一點一滴的小事構成的。這些年，我們不時可以聽到知識界對「常識」的重申。被山西學人高度評價的思想家王小波的智性文字──就像他屢屢說的「常識告訴我」──說穿了只是作為一名合格的當代知識份子在用良知普及一些公認的現代常識而已。《南方週末》的記者問「人文學科到底有什麼用處？」葛兆光教授回答：「人文學科說起來就是讓人適應常情，理解常理，具備常識，現在的時新說法叫『素質教育』。素質說來很玄，其實一個人的素質是在種種日常生活和常識上表現的。」另一位山西學人韓石山，一向文風嬉笑怒罵，但在《回到常情常理》一文中他卻難得地表現出一份深沉，他說，要是對即將過去的一個世紀有什麼感慨的話，就是希望回到常情常理。回想近現代史上的知識份子開始他們對傳統中國的啟蒙之旅時，也多是從常識入手的。常識是他們那一代人判別事物合理性的標準。早在一九〇一年，杜亞泉在上海創辦《普通學報》，「普通學」這一當時的流行詞語，就是常識的意思。梁啟超常以「常識」相號召。他在《鄙人對於言論界之過去及將來》中，追記一九〇二年創辦《新民叢報》的初衷即是「稍從灌輸常識入手」。一九一〇年，梁創辦《國風報》旬刊，《申報》登出發刊廣告說：「本報以忠告政府，指導國民，灌輸世界之常識，造成健全之輿論為宗旨。」一九一一年，張元濟為「以普通政治常識灌輸國民」，與沈鈞儒、高夢旦等二十餘人發起創辦了《法政雜誌》，「上助憲政之進行，下為社會謀幸福」。至於胡適，更是一個極其重視常識的智者。留學歸國以後，辦學者向他請教，他說：「列位辦學堂，盡不必問教育部規程是甚麼，須先問這塊地方最需要的甚麼。譬如我們這裏最需要的是農家常識、蠶桑常識、商業常識、衛生常識，列位卻把修身教科書去教他們做聖賢。」（《歸國雜感》）至於方法論，他說「推理思想並非科學家在實驗室裏所專有，那只是人類常識上的法則。……事實上治學方法，東西雙方原是一致的，雙方之所以有其基本上相同之處，就是因為彼此都是從人類的常識出發

的……」（《胡適口述自傳》）一九二六年前後他給商務印書館策劃，推出了後來影響深遠的《萬有文庫》叢書，首一種的名字就叫《常識叢書》。他希望以一兩萬字的規模，以淺切的白話文、活潑有趣之文風，介紹「日本」、「銀行」、「鹽」、「法庭」等「常識」。至於在《新青年》群體中，更常常痛陳缺乏常識乃是國民之大患。可以說，在深懷啟蒙情懷的現代知識份子心中，對常識理性的尊崇，是他們與舊傳統相區別的根本特質。說起來令人感慨，在剛剛過去的問題雜出的二十世紀裏，知識份子摸索了這麼久，費了這麼大精力，也開出了不少的藥方，但更為核心與直接的，是平實地回到「常識」這個基本的原點上來，認識到從細微小處而不是從文化大詞做起、在根部留下建設性起點的重要意義，而不是追求高調的理論，這無疑是一種難得的進步。有意思的是，與山西同人對常識的重視相表裏，也反映在他們對平易的表達方式的追求中。他們在對話中屢次說到，學術著述的文風，其實是一個時代政治和文化精神的體現。現代學者中不乏留學域外者，但回到中國來，做研究時不僅重視本土化問題，寫文章也以明白、簡潔、清通為標準，他們知道文章是給人看的。「凡是對一門學問真正有了解的人，總可以把深奧的東西說明白，凡那些說不明白的人，多數是不大會的。只有會的人，才能說得少，說得好。」（趙誠）記得謝泳在《書生私見》一書的序言中說：「我自己給自己的定位是要寫得明白曉暢，有一點議論，有一點激情，還有一點人和事。」這讓人想到唐弢先生對書話品格的定義。學界對謝泳、高增德等人在知識份子問題上的諸多看法或許有不認同者，但對他們平易的文風與態度，則大多是贊許的。

對話是一種古已有之的問學方式，也是當下一種常見甚至是氾濫的方式。與當下諸多出於媒體強拉硬配的炒作性對話不同，同人之間的對話，往往更能引導出一種深度，更有利於思想操練——《思想操練》雖然沒有放開來談，但從中我們仍然可以感受到對話者的問題意識與思想深度。記得丁、高、謝三人此前曾經出版過一冊《和友人對話》，但好像未引起讀書界足夠的注意。高先生在《鴻儒遍天涯》一書序言中

說自己「周圍事實上形成了一個群體，常在一起碰撞切磋，給予了我研究寫作上的諸多啟示」。想來這對於參與其中的任何一人來說，都應該有著同樣的感覺。這也是山西同人能夠在相關問題上成一定氣候的重要原因。還有一種特別的意義在於，對話更能夠表達同人群體一種超越專業囿限而走向公共空間的態度與立場，更能看出他們參與公共空間的努力與自覺。相對於僅在專業領域發言的專業知識分子來說，山西同人似乎更明確把自己定位為公共知識份子。丁東在序言中引述其《失職的年代》一文中所說，當今的知識界從整體講失職的現象觸目可見。除了專業領域中學術嚴肅性與獨立思想的喪失，在公共領域，知識份子普遍對公共事務習慣於沉默不言，在整個社會輿論中，良知缺席。因此，除了專業領域的盡職自律，知識份子還應當向公共領域盡職努力。本書即這樣一次嘗試。記得朱學勤在《風聲・雨聲・讀書聲》一書中引述現代學者梁漱溟所言：「知識份子可分為兩種人——學術中人與問題中人。我永遠敬重前一種人，本身卻受性情局限，大概只適宜作後一種人。」上述幾位山西同人，與此立場庶幾相近乎。

書目傳統中的人文情懷

——漫説魯迅日記中的書帳

現代文人學者中，生前堅持記日記者可謂多矣，身後已經出版日記的也不在少數。「傳記不如年譜，年譜不如日記」（謝泳語），日記這種相對真實的私密性材料，為後人對撰寫者本人進行深入研究提供了極大的幫助。魯迅先生的日記，無疑是現代學者文人日記中的突出代表，也是現代文學史、學術史與思想史研究的重要文獻。與他人格外不同的一種做法就是，魯迅日記除記錄一天的主要活動外，還會特意將自己購藏圖書的情況巨細無遺地一一臚列出來，包括購買地點、書名、冊數、書價、品相和題跋等，其中書價一項，幾近錙銖必錄、毫釐無誤。每至年末，魯迅又會特意在日記後增附「書帳」一項，詳細登記統計一年所購圖書名稱、冊數、購書日期、書費幾何等情況。自一九一二年五月五日抵北京開始記日記，直到一九三六年十月一九日逝世，魯迅只有少數時日間斷過日記。但即使如特殊原因而未能將購藏圖書的情況記下，事後他也總是盡力補上。如一九三六年六月「初以後病不能作字，遂失記，此乃追補，當有遺漏矣」（一九三六年「書帳」）。這種特色鮮明的書帳記錄，想來應該稱得上是中國現代文人中獨一無二的文化細節。關於它，許多「讀書心細絲抽繭」的學人們，寫過不少隨筆文章。以我寡陋的閱讀，當代學人中就見過李國文、韓石山、王稼句、余斌等人的文字。他們論及的問題，主要是想説明魯迅購藏圖書到

底是多是少，哪段時期最多或最少，體現了魯迅讀書思想、趣味的何種變化；魯迅的經濟狀況如何，等等。在作家中難得有精深的考據功夫的韓石山先生，為了證明魯迅「買書是很仔細的，但不怎麼太方」的說法，在《也談魯迅的買書》（見人民文學二〇〇一年版《尋訪林徽因》）甚至算出了魯迅一生京、滬兩個時期購書到底花了多少錢，平均每月多少錢，占其當月總收入比例多少，與錢穆、胡適等同代學人的購書情況相比如何。最有意味的則是當代作家孫犁先生，他在《耕堂書衣文錄》一書中，幾次表述過「余購置舊籍，最初按照魯迅日記中之書帳，按圖索驥，頗為謹慎」之類的意思，這就有一點鄭樵《求書之道有八論》中所說的即類求書或因人以求的意思了。

作為一個魯迅先生文字的愛好者，我也常常流覽先生的日記與書帳。但在研究界已經基本認同魯迅「毫無疑義地成為我國第一代市民化職業化作家的傑出代表和典範」（《魯迅在上海的收支與日常生活——兼論職業作家市民化》，刊《書屋》二〇〇一年第五期），是第一個真正意義上的以賣文獲得經濟獨立的中國現代文人這一結論的今天，我無意於統計先生購藏圖書的情形到底體現了他是在一種怎麼樣的經濟狀況中度過一生的；以自己讀書的浮淺與時下舊書業的凋零衰落，我也不可能按照先生的書帳來搜集舊書故籍。但每次在靜夜的燈下翻開先生的日記，檢視著一行行整齊排列的書帳，我就總是不由得地發出這樣的疑問：到底是一種什麼力量，出於一種什麼樣的心緒，使先生一次次如此仔細、樂此不疲地記錄自己的書帳。每天一筆一畫地詳細記下自己購書的花費，數

《魯迅日記》

目毫爽不差，巨細無遺；年末再做一總帳，然後按時間順序一一列出，這種瑣屑細活，肯定是要費去不少工夫的。以先生一生之匆忙、緊張與勞累，竟絲毫沒有忽視這種小小的人生細節，我想肯定有一種來自內心深處的聲音，在時刻地提醒著他，催促著他，使他於此投入了如此之大的人生熱情。

中國文人自古就有「囚首垢面談詩書」的說法。當年批判魯迅的「紳士」們，也常常將其醜化詆毀為一個黑面黃牙、煙酒無度、衣衫不整的落魄舊文人形象。但實際上，對生活極不講究的魯迅，對書事卻極為認真。少年時為了一本新買的《毛詩品物圖考》上有一點點墨痕與裝訂歪斜，他不辭麻煩地跑來跑去書店換了幾遍，直到書店夥計厭煩了，對他戲說這比姐姐的臉還白呢——從此他再也不去那家書店；成為文壇中心人物後，他為圍繞於周邊的文學青年的書稿做編輯校對工作的認真程度，至今仍值得每一個編輯後來者引為學習的榜樣；對自己著述或所編輯圖書雜誌的裝幀設計、編校質量，他用心之考究，幾近吹毛求疵的程度，這些都是眾所周知的事情。生性放達的郁達夫先生常去魯迅家中，就對他整齊有序、一塵不染的書房很是驚訝。以郁達夫的名士氣揣測，魯迅的書房無論如何雜亂，也是不過分的。曹聚仁先生在《魯迅評傳》一書中，就以這些日常生活的小事為例說，魯迅不獨有文學天才，而且有藝術天才的。拉扯起魯迅對書事的認真，是因為我常常揣想，一絲不苟地記錄書帳，以便整理一下自己紛亂的購藏圖書經歷與讀書生活，大概多少也印證了魯迅對讀書著述生活的認真不苟吧。但要說魯迅記書帳的做法，完全就是他對書事認真這一個人生活習慣或性格所致，又恐怕未必儘是如此。一部中國近現代史，儘管風沙撲面天地玄黃，但生活講究紳士風範，維持著傳統士大夫式體面尊嚴，甚至於夢想從十字街頭躲進象牙塔中披一襲潔淨長衫品茗喝茶的文人仍是不絕如縷，而逐年在日記中不厭其煩地記錄書帳者，則僅見魯迅一人而已。

稍微作些揣摩，有一點我認為值得注意者，就是魯迅記書帳這種表面上看來純粹是舊式文人個人情趣的做法，也許與他學術思想中重視

圖書書目，深具目錄學意識大有關係。中國古代學人一向承襲著久遠的目錄學傳統。學人普遍認為圖書目錄不僅有一般的導讀與通檢功能，還有通過對文獻著述、流傳、存佚的考察，進而「辨章學術，考鏡源流」以窺見學術文化盛衰的學術價值。王鳴盛在《十七史商榷》中就說：「目錄之學，學中第一緊要事，必從此問途，方能得其門而入。」「目錄明，方可讀書；不明，終是亂讀。」說起來魯迅無疑是中國現代學術史、思想史上對傳統最激烈最深刻的批判者，是思想掘進最深入、最銳利的啟蒙者，他甚至因說「我以為要少──或者竟不──看中國書」而引起了一場不小的文化風波。但就如他自己所說，「憎人卻不過是愛人者的敗亡的逃路」（《集外集拾遺・〈絳洞花主〉小引》），與以理性為品格的時代思想啟蒙一直處於微妙矛盾關係的是，終其一生，就感情而論魯迅先生實際上是對中國傳統典籍文化最深情的依戀者之一。就像滬上學者吳俊在列入「國學大師叢書」的《魯迅評傳》中所論，我們不能不說魯迅是中國現代知識份子在國學研究中的一個光輝典範。他抄過《北堂書鈔》之類的舊書和大量的佛經古碑，整理過《古小說鉤沉》、《小說舊聞鈔》之類的逸籍，校訂過《嵇康集》之類的個人文集，輯錄過《唐宋傳奇集》、《會稽郡故書雜集》一類的專題集子，寫過《中國小說史略》之類的學術著作，長期保持著在書肆冷攤中尋尋覓覓的習慣……終生浸淫於古籍舊典的經歷，使魯迅將自己塑造成了一位出眾的藏書家、古籍整理者與版本目錄學家。審視他廣泛而漫長的購藏圖書、古籍閱讀與整理活動，我們可以發現有一個一以貫之的基點，就是對書目功能與意義的重視。於書目收藏而論，魯迅在日記中就曾記載不少自己購買書目的情形，如一九一二年書帳中記有《宋元本書目》三種四冊，購於四月二十九日，推算起來應是在離故鄉紹興北行至天津時所得；一九一三年，日記記載他三月二十六日與十一月二十二日到琉璃廠分別購得莫友芝《郘亭知見傳本書目》一部十本、晁公武《郡齋讀書志》一部十冊；一九一五年日記記載他二月六日、三月十一日到琉璃廠分別購得《朱氏彙刻書目》一部二十本、《續彙刻書目》一部十冊，

等等；在平時他還頗為注意收藏一些出版機構的書目，如據日記，即有「得相摸屋書店葉書並審美書院出版書目一冊」（一九一二年十二月二十三日）、「西泠印社書目一冊」（一九一三年三月十二日）、「蟫隱廬寄來書目一本」（一九一五年十二月二日）、「得丸善書店信片並書目四冊」（一九一八年一月七日）、「下午收蟫隱廬書目一冊」（一九一八年九月三十日）等等。現存的首則日記（一九一二年五月五日）記載當日從山邑會館許銘伯先生處得《越中先賢祠目》一冊；一九一三年一月二十六日日記記載得到周作人寄來的《山越工作所標本目錄》，等等，這些也是書目一類性質的東西。許廣平在《魯迅回憶錄（續）·魯迅的故居與藏書》中回憶說：「在他消閒的時間，就時常看見他把書目看得津津有味，我卻從不愛沾手的。有時魯迅先生也解釋給我聽：『這是治學之道，有人偷偷捧《書目答問》死啃一下就向人誇耀博學的了，其實不過如此而已。』我想魯迅先生的披覽，未必志在誇耀，而是他確實是藏書無多，有時為了研究史學之類，或某種著作，只得借書目作參考之一罷了。因此他的藏書裏隨時遇到許多出版年代不同和地域不同的書目。」至於書目的應用，可以從魯迅校訂《嵇康集》的過程中看出。自一九一三年十月十五日魯迅在苦悶中於日記寫下「夜以叢書堂本《嵇康集》校《全三國文》，摘出佳字，當於暇日寫之」開始，至一九三五年九月二十日復信臺靜農談及後者所寄《嵇中散集》「舊校卻劣，往往據刻本抹殺舊鈔」，魯迅一生斷斷續續地校勘《嵇康集》達十餘次，時間則長達二十餘年。而披覽其所著《〈嵇康集〉考》、《〈嵇康集〉著錄考》等相關文章，我們可知魯迅在此過程中參考與運用的書目至少有《隋書·經籍志》、《唐書·經籍志》、《新唐書·藝文志》、鄭樵《通志·藝文略》、《崇文總目》、晁公武《郡齋讀書志》、尤袤《遂初堂書目》、陳振孫《直齋書錄解題》、《宋史·藝文志》、馬端臨《文獻通考·經籍考》、楊士奇《文淵閣書目》、葉盛《菉竹堂書目》、焦竑《國史·經籍志》、高儒《百川書志》、祁承㸁《澹生堂書目》、錢謙益《絳雲樓書目》、錢曾《述古堂藏書目》、洪頤煊《讀書

叢錄》、朱學勤《結一廬書目》、陸心源《皕宋樓藏書志》、趙琦美《脈望館書目》、江標《豐順丁氏持靜齋書目》、繆荃孫《清學部圖書館善本書目》、紀昀等《四庫全書總目》、永熔等《四庫全書簡明目錄》等二十餘種。至於經典之作《中國小說史略》的撰著，對書目的運用則更是廣泛。不僅自己的學術研究重視書目，魯迅給年輕人談讀書經驗，也說：「我以為倘要弄舊的呢，倒不如姑且靠著張之洞的《書目答問》去摸門徑。」（《而已集・讀書雜談》）一九三〇年，魯迅為摯友許壽裳的兒子、清華大學中國文學系的學生許世瑛開列了一紙共十二種圖書的書目，其中就有《四庫全書簡明目錄》、吳榮光《歷代名人年譜》兩種書目，於前者注明為「其實是現有的較好的書籍之批評」，於後者則注明為「可知名人一生中之社會大事，因其書為表格之式也」，由此足以看出魯迅對循目錄學為治學入門的傳統途徑的看重。更重要的是，在長期的薰染沉潛中，書目對於魯迅而言，不僅是一種自覺的購藏圖書的工具、治學門徑以及進行學術活動與知識吸納的導引，甚至可以說是已經內化成了他精神活動與文化蘊積中的一種個體習慣。有著這種文化修養的人一旦成為購藏圖書的主體，我有理由揣測，魯迅自然會把記錄

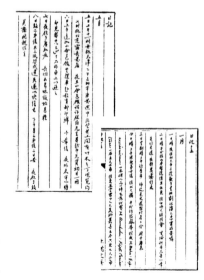

魯迅日記手跡

書帳看成是一種登記、著錄私家藏書性質的書目工作。中國目錄學史、藏書史認為，傳統的書目大體有三類基本形態，其一是分類記錄書名，大小各類有序，每書有提要解題，如《四庫總目》；其二是分類記錄書名，大小各類有序，但每書無提要解題，如《漢書·藝文志》；另一類則是只簡略記錄書名的簡目，近於登錄性帳簿。魯迅的書帳，大體更近於最後一種。他的記錄書帳，從表面看只是一種稟承古代傳統藏書家做法的個人化的小情趣，但卻折射出了長期浸淫於目錄學傳統中的中國學者心中一種揮之不去的書目情結。

與魯迅既量多且質高的著述文字而言，書帳在很多人看來自然是「小道」，但它何嘗沒有荷載著一種深沉的人文資訊?!在魯迅生活的時代，隨著從傳統藏書樓到新式圖書館的轉變，現代出版業的發展，以及學術發展形態普遍由個體性向體制化的轉型，圖書館、出版社、書店、報館、學會等文化學術機構、社團群體編寫聯合書目、大型書目的活動大為增加；個人編制私藏書目，可謂流風餘韻，依舊盛行，其中較著名者，比魯迅稍早一些時候，有繆荃蓀續了三次的《藝風堂藏書記》；民國藏書大家中並稱為「北傅南葉」的傅增湘與葉德輝，分別編有煌煌數冊的《藏園群書經眼錄》與《觀古堂藏書目》等；琉璃廠的販書人孫殿起，編了厚厚一冊的《販書偶記》……但總體而論，個體編制私藏書目的數量及其文化影響，較此前鼎盛至極的明清時代竟是呈大有下降之勢。而順應時代風習因而能在現代讀書界大行其道的，則多是綿延迭出的導讀書目（又稱推薦書目、舉要書目、選讀書目等），如梁啟超《最低限度之必讀書目》（一九二三）、胡適《中國國故叢書目錄》（一九二〇）、胡適《一個最低限度的國學書目》與《實在的最低限度的書目》與《國學入門書要目及其讀法》（一九二三）、吳虞《中國文學選讀書目》（一九二三）、章太炎《中學國文書目》（一九二四）、湯濟滄《治國學門徑書》（一九二五）、顧頡剛《有志研究中國史的青年可備閱覽書目》（一九二五）、林語堂《國學書十種》（一九二五）、汪辟疆《讀書舉要》與《國學基本書》（一九二六）、李笠《國學用書概

要》（一九二七）等。被研究者論定起源於唐代以後書院與科舉教育，而隨後在現代的讀書舞臺上才得以發揚光大的導讀書目，與中國歷史上源遠流長、於明清為盛的私家藏書書目，體現出了一種幾近對立的精神分野：前者毫不掩飾的啟蒙性與指導性，與後者所注重的自娛性、總結性大異其趣（古人私藏書目常常是秘不示人，如朱彝尊為一睹錢曾《讀書敏求記》，竟至於花重金買通錢的書僮，這早已是藏書史上的趣話；而現代導讀書目，則常常由學者名流以「導師」身份，將其公諸報端等大眾傳媒，甚至由此引發成紛紛擾擾的「文化事件」）。就像他通常不願意在革命宣言之類的「公眾化」文件上從眾、媚俗地簽名一樣，對於通常有助於抬升「明星學者」文化資本的導讀性書目，魯迅顯然並不太熱衷——他甚至從根本上否認它的意義與價值。一九二五年一月四日，北方的報刊重鎮《京報副刊》頭版頭條刊出了「一九二五新年本刊之二大徵求」：「青年愛讀書十部」、「青年必讀書十部」。後者「是由本刊備券投寄海內外名流學者，詢問他們究竟今日的青年有哪十部書是非讀不可的」。前者收到了三百多份答卷的社會調查，但反應平靜；後者僅收到答卷七十八份，但其引起的反響直到今天仍是餘波蕩漾。七十八份答案幾乎全出自於當時的文化名人如梁啟超、胡適之、周作人等之手，他們開列出了形形色色、各不相同的答案。民俗學家、北京大學講師江紹原在表上劃了一個大大的叉，交了「白卷」。理由正如他在「附注」中所言：「我不信現在有哪十部左右的書能給中國青年『最低限度的必需知識』，你們所能徵求到的，不過是一些『海內外名流碩彥及中學大學教員』愛讀書的書目而已。」俞平伯也交了白卷，他的意見與江相似：「青年即非只一個人，亦非合用一個脾胃，故可讀的，應讀的書雖多，卻絕未發見任何書是大家必讀的。」也許是因為江、俞二位年輕學人相對人微言輕，讀者只是將其「白卷」視作聊備一說而已。而同樣是交「白卷」，魯迅的「白卷」卻引發了一場巨大的「文化地震」。在徵求表上。魯迅的應答很是乾脆：「從來沒有留心過，所以現在說不出。」同時他在附注裏寫下了那段著名的表白：「但我要趁這機會，略說自己的經驗，以供若

干讀者的參考——看中國書時，總覺得就沉靜下去，與實人生離開；讀外國書——但除了印度——時，往往就與人生接觸，想做點事。中國書雖有勸人入世的話，也多是僵屍的樂觀；外國書即使是頹唐和厭世的，但卻是活人的頹唐與厭世。我以為要少——或者竟不——看中國書，多看外國書。少看中國書，其結果不過不能作文而已。但現在的青年最要緊的是「行」，不是「言」。只要是活人，不能作文算什麼大不了的事。」（《華蓋集‧青年必讀書——應〈京報副刊〉的徵求》）一石激起千層浪。魯迅的應答在二月二十一日一發表，馬上就在文化界引起軒然大波。在此後的魯研史上，魯迅的這一做法被賦予了眾說不一的闡釋。概而言之，一種是將其看做是全盤否定傳統的「激進行為」說；另一種是為他辯護的「策略」說，這種觀點並不否認魯迅的偏激，但把這種偏激解釋為在復古主義猖狂的時代背景下不得已而為之的做法，體現出了一種「片面的深刻」；還有一種為魯迅辯護的說法，是「特定對象」說，認為魯迅所說有其特定的對象與內容，而不能抽象地把它視為泛指。眾說紛紜，了不勝了。到今天我們知道，也許即使經過長時期的論辯，如此對立的理解也不會達成任何向度上的統一。或許我們原本就不必強求得到某種口徑統一、泯合眾異的闡釋，值得我們大注其意的倒是魯迅對「青年必讀書」這樣的「命題作文」或者說導讀書目這種形式的態度。

《書目答問》

他在「青年必讀書」徵求表上的措辭是令人深思的。「從來沒有留心過」，就其內在的深意來說，清楚地表明瞭先生對開具各式各樣的導讀書目——無論是神聖的國學書目還是時髦的西學書目——的合理性與可信性心存疑慮與警覺。眾所周知的是，魯迅曾經一再對別人稱他為「青年的導師」、「思想界的權威領袖」、「思想界先驅者」這些「頭銜」——他的敵人常常拿這些「紙糊的假冠」來進行嘲諷——表示出不滿與拒絕：對於自己，因為名氣或年紀，就好為人師、貌似權威地對青年的行為與生活指指點點，實在是一樁好笑、可疑的事情；對於被指導的青年，接受他人的「指導」何嘗又不是讓自己的思想與頭腦自甘束縛的表現？這對自主、自立、自強意識的形成是毫無作用的。在「青年必讀書」的「附注」中說那些「偏激」的話語時，魯迅的用詞可謂是意味深長：「略說」、「若干」、「我以為」、「或者」、「參考」，這些猶疑甚至支吾囁嚅的詞語，正是他無意於指導青年、不以「青年導師」、「思想界的權威領袖」、「思想界先驅者」自居的表現。尤其是在二十年代中期這樣一個新舊文化拉鋸式反覆回還的時代，一個新文化運動吶喊剛過而很快就「潮打空城寂寞回」的時代，一個相對穩固的傳統知識世界早已「王綱解紐」而新的知識圖景仍是「百家爭鳴」、「眾語喧嘩」的時代，要拿出一份作為「公共知識清單」的書目——尤其是為思想不穩定的青年群體開具出一份代表、指導其讀書生活、「最大公約數」式的書目，是一樁極為艱難且冒險的事情。比如青年才子梁遇春當時就對開列導讀書目的行為評論質疑說：「在我們的青年旁邊想用快刀闊斧利取我們的頭者大有人在。思想界的權威無往而不用其權威來做他的文力統一。」況且，在二十年代復古風潮盛行而思想啟蒙實踐遭遇挫折的具體語境中，給一代青年開具國學書目，誰又能說不會產生誘導青年躲進故紙堆的客觀效果呢?!——概言之，對於導讀書目一類，魯迅從內心保持著一種深刻的懷疑。

相反，對於私藏書目這種凝聚著個人感情色彩的形態，魯迅則表現出更大的親和與趨近，甚至可以說是樂在其中——他逐日逐年地記錄

統計書帳，在某種意義上可以說就是一種以別樣的方式編排個人私藏書目的做法。如果在晚年將歷年的書帳合併一下，不就是一份魯迅私人藏書的書目麼?!魯迅並沒有想到自己會在五十多歲的盛年齎志以沒——即使在逝世的前幾年，他一直頻繁購書——但很可惜，他所生活的殘酷的時代剝奪了他太多的東西，包括像古代學者那樣在優容閒適之中編制私藏書目這種寄託個人情趣的純書齋式活動。從藏書史的角度看，我們完全可以稱魯迅是一位藏書家，但他不是一位純粹為追求藏書特色的賞鑒型藏書家，更不是一位賤買貴賣以求暴利的掠販家，而主要是一位為服務於著述、校勘整理圖書為目的的實用型藏書家。因此他從不特意標榜自己的秘本與珍籍，而只是在書帳中簡要如實地一一記錄下自己的所有藏本。但在這種簡明精要的行為背後，依然可以看出書帳作為一份別致的個人私藏書目對於魯迅的意義。章學誠在《校讎通義》中說過：「古人著錄，不徒為甲乙部次計。若徒為甲乙次計，則一掌故令足矣……」自新文化運動以來，以精確化、形式化、邏輯化為取向的西式目錄學思想在近代東傳，書目控制論之類理論在很大程度上遮掩了中國古典目錄學中「辨章學術，考鏡源流」及「會通」等思想。置身於烈烈西潮中的中國學人們，普遍地以形式主義、科學主義的西方目錄學為追求，而相對忽略了書目所蘊涵的人文主義思想。周積明著《文化視野下的〈四庫全書總目〉》（中國青年出版社，二〇〇一）一書的導論「文化魂靈的追尋」中有「中國古典目錄的文化品性」一節說得極好：「把目錄學作為『辨章學術，考鏡源流』的指南及『讀書之門徑』並不能窮盡中國古典目錄的本質。作為一種觀念形態的精神文化產品，中國古典目錄先天就蘊涵著固有的文化品性。」中國古典目錄學，說到底不僅僅是一種「一掌故令足矣」的技術性目錄學，而更重要的是一種在文獻解釋中體現出「人的尺度」的人文性活動；它不僅僅滿足於精確、機械地論定文獻的類別位置，還追求在整序文獻時表達人之個體的體驗與感受，揭示人生意味、歷史意識等主體性的內容。魯迅固然不像他的好友郁達夫，總喜歡在日記中大談特談自己購藏圖書的讀後感，而只是習慣於簡單地記下

購書的一些基本情況——與性情外鑠的郁達夫相比，從個人性情上講魯迅是一個情感更為內斂的學人。但我想，每到年關深處，當魯迅一個人在燈下獨坐，面對那些排列整齊的書目，透過那些簡單的圖書目錄編織成的一行行文字，以及它們所留下的縷縷縫隙，「無情歲月增中減」，他一定不由得暗自敏感驚心於歲月的飛速流逝，「我的生命的一部分，就這樣地用去了，也就是做了這樣的工作。然而我至今終於不明白我一向是在做什麼……總之：逝去，逝去，一切一切，和光陰一同早逝去，在逝去，要逝去了」（《寫在墳後面》）。每年年關獨自閉戶記書帳，這與辛亥後他煢然一人在會館中埋首抄古碑的鬱悶心情，大體是差不多吧。無論是抄古碑，整理古籍，記書帳，或者是終生持之以恆地做國學研究，對於魯迅而言，這些也許並不是僅僅出於求證學理的純學術動機，而更多的是在獨自咀嚼之中求證自身的存在：為自己「無日不在憂患中」（一九一三年十月日記）的靈魂，求得一種個性化的心理滿足與精神歸屬。「一個人處在沉悶的朝代，是容易喜歡看古書的」（一九三四年十一月二十八日致劉煒明），「我感到未嘗經歷的無聊……只是我自己的寂寞是不可驅除的，因為這於我太痛苦。我於是用了種種法，來麻醉自己的靈魂，使我沉入於國民中，使我回到古代去……」（《吶喊·自序》）在這些表面上看來極為冷峻與沉寂的活動中，深藏著一份人生的熱烈與渴望；在看上去枯澀無味的書目形式中，凝聚著先生內心深處一種別樣的人間情懷。一九一二年魯迅在整理好書帳後不由自主地感慨道：「審自五月至年莫（暮），凡八月間而購書百六十餘元，然無善本。京師視古籍為骨董，唯大力者能致之耳。今人處世不必讀書，而我輩復無購書之力，尚復月擲二十餘金，收拾破書數冊以自怡悅，亦可笑嘆人也。」一九一三年三月十六日，魯迅對到北京後近一年所購書籍進行了一次整理，隨後就在日記中記：「下午整理書籍，已滿兩架，置此何事，殊自笑嘆也。」七十年代初，孫犁先生「身雖『解放』，意識仍被禁錮。不能為文章，亦無意為之也。曾於很長時間，利用所得廢紙，包裝發還舊書，消磨時日，排遣積鬱。然後，題書名、作者、卷數於書

衣之上。偶有感觸，慮其不傷大雅者，亦附記之。此蓋文字積習，初無深意存焉。」而後又「略加整理，以書為目，彙集發表，借作談助。蟬鳴寒樹，蟲吟秋草，足音為空谷之響，蚯蚓作泥土之歌。當日身處非時，凋殘未已，一息尚存，而內心有不得不抒發者乎？路之聞者，當哀其遭際，原其用心，不以其短促零亂，散漫無章而廢之，則幸其甚矣（《耕堂書衣文錄‧序》）。這位比照著魯迅書帳來購藏書籍的當代文人作家的這種行為，與他的前輩魯迅當年「收拾破書數冊以自愉悅」的做法，不是有著一種作風與神髓極其相似，甚至可以說是一脈相承的地方麼？悲哀苦悶的人生中始終深蘊著一種生命的硬朗與剛健，枯澀艱辛的歲月中堅強保留著一份人性的豐腴與舒展，所謂「寒士精神故紙中」，說的大概就是這樣的東西吧。藏書書目表面雖然苛簡至極，但在它的背後，卻深沉地寄寓了豐富的內涵，無異於是中國文人個體的一種生命寄託。由魯迅的書帳閒扯出這樣的感覺，真是欲說還休，如此，則何妨到此即休。

孫犁《書林秋草》

夜讀魯迅札記三題

1.魯迅與現代知識份子的生存空間

像任何一個偉岸的身影都是以寥廓的時代底色為其背景一樣，魯迅先生也來自一個偉大的時代。

從身份上講，魯迅較同時代的其他知識份子無疑有著前所未有的複雜性與豐富性：他曾經沉迷於抄寫古碑、輯錄古籍多年，奉獻出了純粹的學術專著《中國小說史略》等，是一介典型的書齋型學者；他曾經創作出純美的散文《朝花夕拾》與《野草》，將中國現代散文提升到了一個空前的高度，誰能否定他不是一個真正意義上的文學家呢？但更重要的和更豐富的內涵是，魯迅的意義很大程度上在於他作為一個中國現代知識份子，在個人與社會之間建立了密切的聯繫，以他所特有而廣泛的文化批評與社會批評對社會發言，深刻地影響了現代大眾的思想與認識。按照時下學術界引用葛蘭西的話來說，就是在他的身上，充分地體現出了一個現代「有機知識份子」的鮮明特徵。分析魯迅這個「有機知識份子」的生存空間，可以清楚地窺見中國一代知識份子的特性和命運。

像那個時代的諸多新派人物的腦後依然拖著一條古舊的辮子一樣，魯迅初始的生存空間是在傳統的官場。一九二六年論敵陳西瀅曾經譏諷魯迅說：「他從民國元年便做了教育部的官，從沒脫離過。所以袁世凱稱帝，他在教育部，曹錕賄選，他在教育部，『代表無恥的彭允彝』做

總長，他也在教育部，甚而至於『代表無恥的章士釗』免了他的職後，他還大嚷『僉事這一個官兒倒也並不算怎樣的區區』……其實一個人做官也不大要緊，做了官再裝出這樣的面孔來可就叫人有些噁心吧了。」（西瀅《致志摩》）一向對陳西瀅的反駁根本不費氣力的魯迅，這一回卻落到了少有的辯誣的境地，他只是支吾無力地解釋說，自己在張勳復辟和章士釗主持教育部時都曾脫離過。說不清是什麼原因，使得魯迅沒有像同時代的許多人一樣從早已喪失了政治合法性的北洋政府中撤離——在初期的「《新青年》同人」中，除魯迅外沒有一個在政府與議會中任職；在一九一八年蔡元培發起的「進德會」中，第二等會員的「五戒」之二就是「不作官吏」、「不當議員」。——在「《新青年》同人」與「《新潮》同人」中，除魯迅以外的全部人物，都入了會。魯迅曾經自剖過自己「太不像官」，也曾無數次在日記中記下了獨坐辦公室的枯索無聊和應付差事時的悖違心性，他甚至一度在幾個大學裏兼職，試圖體驗著別樣的生活滋味，但他最終沒有辭去「僉事這一個官兒」。是歷史的慣性？也許吧——中國文人群體一向不就是官僚的後備軍嗎。是為了一份養家糊口的薪水？也許吧——魯迅自己就寫過，娜拉出走以後，沒有錢，就會陷於再次無路可走的困境。更何況，自己從小就嘗盡了困頓的滋味，深知「經濟權」的要緊。

　　總而言之，無可諱言的是，從一九一二年民國成立時進入教育部，魯迅先生還一直遵循著舊時代的軌跡，一直做了十多年民國的官。——如果沒有意外，也許魯迅先生也會像他的前輩舊文人一樣，將自己的生命蜷縮枯萎在閒散無聊的官署之中，碌碌老死於數不清的文書案牘之間。

　　但畢竟，時代已經改變了許多。自晚清以來的近代社會，中國的知識份子無疑來到了一片空前地寬闊自由的生存地帶：封建王朝宮牆終於在革命的炮聲中轟毀坍塌，使傳統文人的視野開始有機會從狹窄逼仄的廟堂轉向開闊得多的社會江湖。朝廷與帝王不再是知識份子單一的合法使用者與購買者，而發育日漸成熟的現代社會，為他們提供了更好地施展自身才華的公共空間。他們逐漸從擁擠的仕途上游離出來，興辦新

學、創立報館書局、翻譯西籍、發展實業……這樣一個王綱解紐政權鬆散的時代，對於平民百姓來說是生活的亂世，但對於一向被禁錮在窒息沉悶的封建牢籠中的知識份子群體來說，卻可能意味著是一個風雲際會鳶飛魚躍的百家爭鳴式的時代。這個偉大的時代所煥發出的激情與創造力，為一代知識份子提供了許多呼吸視聽的新通道，推動著他們的人生偏離了既往的軌跡。

魯迅先生把握住了這個時代。當傳統中國在世紀之交走向新的地平線時，最明顯的文化特徵之一，就是具有現代品格的學院高校與報刊傳媒以雙峰對峙但又互動相連的姿態激動潮流，為古老的中國注入了新鮮的活力，奠定了現代中國文化的基本內核。以蔡元培領導的北京大學為代表的大學文化力量和以胡適、陳獨秀等主持的《新青年》為代表的傳媒文化力量，創造了一個風起雲湧的「文化公共空間」，啟動了慣常的千年死寂。魯迅這個閒差小官，正是逐漸通過現代大學與傳媒這兩個新興的時代舞臺，使自己與社會建立緊密的有機聯繫，將個人融入時代與社會。在北京的幾所大學裏，他與青年學生們共呼吸，從學生們活潑的臉上感受著年輕的活力和時代的新生氣息；一走入以《新青年》為代表的現代傳媒所建立起的「思想場」中，他就一掃在古槐樹下靜坐苦讀的止水心情，而是在這些同仁刊物上像拋出一把把投槍匕首一樣發表了大量的文化批評與社會批評，尋求著一種以文化思想解決社會問題的可能性。一個不甘於在灰暗的時代中泯滅自由知識份子氣質的官員，終於開始走上了擺脫舊束縛的求索之路。

不像傳統文人一樣做官很難生存，走向作為現代文化力量的教育與傳媒又何嘗容易？在民國的時空中，大學與傳媒實際上也不會是淨土一塊。它們畢竟還是在形形色色的政府控制之下。由於軍閥統治的本性，社會越來越呈現出武力化的傾向，風沙撲面之中的大學高校學院在曇花一現般的五四高潮之後日益被邊緣化。欠薪、隨意逮捕師生、強令尊孔讀經等事件不斷發生，從女師大風潮中楊蔭榆引領反動軍警粗暴地進入學校，到劉和珍等學生死於「三·一八」兇殘的槍口，學院文化顯得風

雨飄搖脆弱不堪；激動一時的現代傳媒力量，也並沒有保持它們前進中的恆久與理性。──《新青年》的轉型與分化，寓示著一個短暫的風雲際會時代的收場。到了二十年代中期、三十年代初，隨著啟蒙主義思潮的消退、《新青年》與五四同仁的解體，知識份子經歷著一次歷史的反復與迴旋，在灰暗的時代底色與嚴峻的現實考驗下「有的高升，有的隱退，有的前進」（《南腔北調集·〈自選集自序〉》）。傳媒的力量在無形之中被大大削弱。

　　但魯迅在這一時代考驗之下並沒有退卻。在一陣猶疑之後，他果斷地從思想專制高壓的中心北京撤離，南下到廈門，輾轉於廣州，以邊緣為陣地，謀求在中心之外呼吸新鮮的空氣。在這一過程中，他一直沒有割斷與大學、傳媒的聯繫：在廈門大學與中山大學，他保持自己的獨立緊張的思考，影響著青年學生們的思想發展，努力地守護著現代學院文化的生命力；在《新青年》解體後，他努力集結新創起《語絲》、《莽原》、《奔流》等同人刊物，開拓著自己傳達批判之聲的渠道。與吳宓、陳寅恪、梁啟超等遁入水木清華的學術之塔不同，與胡適等昔日同人高喊「整理國故」誘使青年躲進故紙堆不同，也與陳獨秀等以書生之身投身於革命實踐不同，魯迅一直堅持在知識份子安身立命的重要之所──大學與傳媒這一互動的生存空間：在大學裏形成自己獨立沉潛的批判性思考，而借助傳媒將思考的結果傳播到社會上，以此發揮一個現代知識份子的作用。

──
魯迅

　　隨著軍閥混戰局面的結束，國民黨逐漸建立起一黨專政的政治。成立於一九二七年的國民政府在國家能力上大大強於割據紛爭的北洋政府。出於統治的需要，它對教育與傳媒施加起日益峻急的高壓。以教育界的狀況來說，在北伐勝利之前，政府逐漸借用在廣東成立的中山大學的模式相繼由南向北建立了四所「中山大學」，即後來的中山、武漢、浙江、中央大學。這一模式的共同點，就是大學受國家的控制，為國家直接服務。對於有著五四傳統的學校，政府也開始加以改造。如清華，一九二八年九月政府任命羅家倫為清華校長。純粹的書生吳宓敏感地在日記中記下了他參加校長就職典禮的印象，說是「一切如黨國新儀」。——此後的事實就是羅家倫推行的軍事化管理。再以魯迅本人的遭遇為例：一九二七年「清黨」之時，中山大學的十幾名學生被抓走。擔任國文系主任兼教務長的魯迅，主張積極營救，並召開教授會討論辦法。——很顯然，他是想像當年在北京大學與女師大一樣，在學潮中對政府表現出有力的制衡與抗議。但在由朱家驊、戴季陶主持的中大，畢竟不是當年的北大，而是由國民政府主辦的大學。校務委員會最終否定了魯迅的要求，理由很簡單：因為學校是政府的大學，就必須服從它的領導，政府抓走學生，學校理應配合。一句話，知識份子在高校的空間越來越小。而在另一方面，在亂世縫隙中生長起來的民族工商業卻越來越顯出了它的力量（在一九三一年日本侵華之前，中國的「自由資本主義」一直長時間處於高速增長的態勢），社會呈現出大面積的市場化、商業化傾向，知識份子從學院走出，轉向投身到社會大市場逐漸有了可能性。在這種內外作用之下，魯迅最終宿命性地選擇了流亡：這不是指當日寇犯境時，魯迅多次被迫離家別所外出避難，在動盪的時局中度過了一些真正的肉體流亡歲月，而是指他堅定地走入了上海這個現代中國最為廣闊無邊的市場汪洋大海，在真正意義上獲得了自由之身。以一九三二年一月國民黨教育部革去魯迅的「特約撰述員」職務為標誌，魯迅完全脫離了與政府的一切干係；自離開中山大學後，除偶爾外出演講，魯迅不

再去大學兼課。晚年一直生活在上海的魯迅，純粹過著「賣文為生」也就是自由撰稿人的生活，完全依靠稿酬、版稅與編輯費為生。也就是在上海，魯迅不再像當年在北京時在年關日暮時苦苦地等待欠薪的發放，而是拿起了法律武器與書商們打起了版稅官司，義正詞嚴地以經濟權利的形式維護了個人的尊嚴。市場經濟是現代社會天生的平等派。魯迅的聲譽和寫作能力，使他在無所憑依的狀態下也能保持自己的「韌性戰鬥」。在他的身上充分地說明：對於一個真正的現代知識份子而言，有形的生存空間的失去，可能意味著獲得更大的無形的生存空間。

從魯迅先生所居留的城市來分析他的生存空間，也是一個有意味的視角。在世紀之初的中國，由於在現代化道路上的速度與方向不一，不同地域的城市體現出了不同的特徵。從雖經新文化浪潮洗禮但仍是暮氣沉沉、官僚氣息濃厚的北京撤出，到「革命的策源地」廣州，再到現代市民社會發育最為充分健全的上海，魯迅的生活軌跡在數種不同的情境下創造出了耐人尋味的生存空間。這種人與城市間的選擇看似偶然，實質有著它內在的必然性。對於保守的北京，魯迅內心深處多次流露出他對這所古都的留戀——在三十年代初他還考慮過重新回歸到她的懷抱之中，但魯迅最終沒有：他峻急的個人生活態度與這所城市大氣之中的庸

魯迅一九三五年在上海

碌閒適太大不相適應了；對於陌生而革命的廣州，魯迅曾經抱著美好的願望而來，但結果卻是讓他失望地離開了；對於上海，魯迅先生屢次掩飾不住自己對這座彌漫著商業氣息的暴發戶城市的厭惡，但他卻在此終老。魯迅實在不是一個隨遇而安的人。近官者留戀古城，想在革命中撈資本的青年興沖沖地南下，想發財的才子流氓投向了上海這個大染缸，而魯迅，卻一次次地與自己過不去，一次次地尋覓著生命與心靈的棲留之所──他永遠不願離開中國這片土地，但在這片土地上卻似乎一直沒有他的存身之地。沒有哪座城市讓他滿心歡喜，先生一生似乎都沒有學會與現狀和解：也許他永遠在追尋的路上。與此形成鮮明對比的，是曾經與他在五四時期一起並肩作戰的弟弟周作人──自從一九一七年魯迅將周作人介紹到北京，周作人就終生沒有主動離開過這座古都──在那裏，這個喜歡靠著玻璃窗，烘著白炭火，與朋友們喝苦茶說閒話的人，有著自己愜意的生存空間。

　　從體制內的公務員到大學裏的教書匠與傳媒的參與者，再到最終成為自由流亡者，魯迅的一生輾轉於官氣籠罩的北京、革命的南方、商業化的上海，經歷了傳統體制、大學與傳媒、流亡這幾種多樣化的生存空間，將自己的生命氣血發揮得淋漓盡致，個體的尊嚴與時代的可能性得到了最大限度的契合──這就是為什麼說在他的身上最大限度地凝結了中國知識份子命運的複雜性。這個過程，是一個知識份子在社會從傳統向現代過渡的時代裏從中心走向邊緣的過程。而在魯迅自己，卻是他不懈地追求個人自由的過程。在隨後的歷史進程中學院與傳媒這兩種新興力量都在社會動盪中經受了挫折、磨損，文化革命被革命文化所取代，商業氣息鋪天蓋地而來。但不管在任何一種個人情境中，魯迅終生都沒有放棄自己作為一個現代知識份子的立場與姿勢：在官場他與反動官僚保持著距離，最終走到了與之對抗的一邊；在學院與傳媒中，他酣暢淋漓地傾瀉著自己的思想認識，利用傳媒將學院文化擴散到社會之上，使象牙塔與社會保持著溝通；在流亡的生存狀態下，他依靠自己的經濟能力，超越了官的威脅與商的羈絆，保持著自己的獨立人格與自由思考

——甚至於拒絕了來自集體的召喚，與左聯等發生衝突，驕傲地保持著自己的尊嚴。與創造社、新月派為代表的知識份子對中國社會存有程度不一的隔膜不同，也與民族主義學者、復古派學者等和傳統的國家力量有著本能的合流趨勢不同，先生的生存空間使他尋找到了一條恰當的接近、理解這個多難的民族、國家與大眾的途徑。

在今天，中國知識份子生存的空間從總體上說當然是大大地開闊了：以被強化地存在了半個多世紀的單位制度為典型特徵的體制化生存空間逐漸有所鬆動，自由職業從各個角度浮出地表。但知識份子的生存方式似乎並沒有變得自由輕鬆，反而是日益艱難：市場經濟的發展使我們面臨著一個與上一世紀之初相似的環境。來自社會市場化等方面的力量，對知識份子產生著不可忽略的異化作用。在喧囂時代裏知識份子的選擇，往往顯得惶惑不安把持不定。知識份子的立身之所到底在何處，還是（永遠？）一個有待追索的問題。真正的自由不僅是擁有外在的消極自由，還需要內在的積極自由為支撐。在這個意義上說，魯迅先生的生存方式，仍然在為我們這代人提供著最好的參照，以及歷史深處最為深沉的警醒。

2.選本視野中的魯迅先生

在我居住的這座城裏，讀書人要淘到一些舊年好書，實在是一件很不容易的事情。但是有一類讀物例外，那就是魯迅先生的著作。——自然，這是當代中國人讀書史上的一段特殊經歷的結果：在那些荒謬的日子裏，魯迅先生的文字是唯一可以公開大量閱讀的非領袖全集。我就在令人尋尋覓覓的舊書攤上，幾乎補齊了人民文學出版社一九七三、一九七六、一九八〇年版三種魯迅作品的單行本。但讓我注意到的是，更為常見的還要算是那些形形色色的與魯迅相關的「碎片」式選本：《魯迅批孔反儒文輯》、《魯迅艱苦奮鬥生活片斷》、《魯迅談傳統文化》、《魯迅對古典文學的看法》、《魯迅文摘》、《魯迅談民間文

藝》、《魯迅言論選錄》等。在那些日子裏，這些讀物以其無可辯駁的合法性與神聖性，大面積地覆蓋著中國人的頭腦與心靈。它們的影子幾乎出現在社會的每一個角落，襲擊著每一位大眾的眼睛。但時過境遷，往昔滿天飛舞的小冊子，轉眼就成了明日黃花，落寂地流散在各個書攤與角落裏，只有對這段歷史感興趣的少數人，才會有心來抖落歲月變幻中的塵封了。至於有多少這類讀物早已重新化為了紙漿，恐怕誰也不清楚。説起來這些讀物的命運真是令人感喟不已：在魯迅研究的學院派看來，與一直是顯學熱門的魯迅研究界所產生的疊床架屋的高頭論著相比，這些選本顯得過於輕薄無物，不值得讓人再次提起——儘管這些讀物實際上有很多就是出自於時下一些早已名聲赫赫的學者之手，但他們彷彿都深悔少作，巴不得與這些讀物完全脫離干係，就像魯迅先生在《准風月談·查舊帳》裏説的韋莊那樣，窮困的時候做過激昂慷慨、文字通俗的《秦婦吟》，「直弄得大家傳頌，待到他顯達之後」，卻不肯認帳了；而在大眾的閱讀史與心靈記憶史上，這些讀物又糾纏了太多的、不堪回首的特殊歷史場景與印跡，在寬容與健忘盛行的今天，人們對魯迅這根「老骨頭」，酷評家與罵派學者們早就是「輕薄為文哂未休」，唯恐棄之不及以便更加輕鬆地狂歡前行，有誰還會再去搗鼓那些與今天的流行讀物風馬牛不相及的舊年「流行讀物」呢？

作為一個對魯迅先生的文字保持著一種內心的偏愛的年輕人，不可否認的是我對這些讀物有些陌生——我很慶幸當自己懂得用眼睛來觀察、用頭腦來思想的時候，這些讀物的流行時代已經結束了。但偏偏是這份陌生感，讓我產生了探究這份陌生的敏感與好奇。甚至我常常隱隱約約地感覺到，在這一類與魯迅相關的碎片式選本讀物的背後，隱藏著一段我們至今都還沒有理清的歷史。在這種碎片式的閱讀與理解中，蘊涵著中國人意味深長的記憶。

這類選本式讀物最明顯的特點之一，就是它們的「匿名式寫作」。與今天的著述封面上堆滿了過多的「作者」以便大夥在評獎求職稱時都可分一杯羹的情況相反，在那些選本式讀物如今早已泛黃甚至漫漶不清

的封面上，大多沒有編著者姓名。即使有，也是一個與集體相關的名字：某大專院校、工礦廠房、街道辦居委會——甚至是出自於農村田間地頭的某小組、生產隊。在這些集體中，彷彿一下子就湧現出了許多對魯迅「有話要説」的群體——諸如紅衛兵，他們以「寫作組」的名義，或者乾脆就是「石一歌」之類的符號代名詞，開始了對魯迅的讀解。在這裏，個人的一切都悄然地退場了。而在這種退場中，閱讀與理解最大的歧路便發生了：對於一個以知識份子個體啟蒙意識為立身之本的偉人的作品，在那個一切都被公共的「共名」所侵襲的特殊時代，人們偏偏採取了一種最為集體化的喧鬧甚至是粗暴的接受方式。在這種集體式的狂歡中，誰能真正保持自己個人化、獨立的理解呢？事實上我們今天回頭去看看就知道，當年對魯迅真正的認識與理解，往往不在這種鬧哄哄的選本式閱讀中，反而更多地在於那些淪落於偏僻的草莽江湖之中的孤寂的心靈裏。

　　與特殊時代語境的明顯關聯是魯迅選本式讀物的又一個特徵。在這些讀物的正文前面，幾乎毫無例外地以毛主席論述魯迅先生的名言開宗明義：「偉大領袖毛主席教導我們：魯迅是中國文化革命的主將，他不但是偉大的文學家，而且是偉大的思想家和偉大的革命家。」「一切共產黨員，一切革命家，一切革命的文藝工作者，都應該學魯迅的榜

《魯迅批孔反儒文輯》

樣。」……或者乾脆就是以大號黑體字將主席語錄特意標出。毛澤東與魯迅這兩個稱得上是最懂得中國而終生沒有機會見過一面的偉人，在這種奇異的歷史場景中「邂逅」了。想想當時幾乎人手一冊的《毛澤東語錄》與這樣的魯迅選本齊飛共舞的情景，再看看在魯迅選本中主席語錄與魯迅文本之間這種「互文共生」式的安排，誰都會感覺到其間的耐人尋味。在今天，人們對「毛澤東與魯迅」這樣的題目，早已寫出了不止一本專著了。在魯迅選本式讀物所構成的這個特殊的文化空間裏，學者們理應對「毛澤東與魯迅」這樣的問題獲得別樣的思考與啟示。

為我所用、實用主義的閱讀邏輯，是這類魯迅選本讀物的普遍性特徵。從接受學的角度講，「改寫」一個人的最好方式，就是將他的整體分解為斷章取義式的選本。魯迅先生作品的遭遇充分地體現了這一點。甚至可以說，在那種接受邏輯的支配下，人們出於種種為我所用的目的，對魯迅文字的拆解，到了無所顧忌的地步。為了適合「革命要求」等等不同目的，人們對魯迅的完整文字或掐頭去尾，將與環境不協調的文字隱去；或移花接木，抽去具體的文字語境，將片斷徑直騰挪安放到另一處風馬牛不相及的標題名目下。就以我手邊的一冊《魯迅批孔反儒文輯》為例，從魯迅那篇著名的演講《無聲的中國》中摘錄了一段相關的話：「我們要活過來，首先就須由青年們不再說孔子孟子……們的話。」對照魯迅原文就知道，省略號是編者所加，所省略的是「韓愈、柳宗元」——韓愈、柳宗元是歸於法家的「改革派」之列的，在「批儒評法」的時代氛圍中，《文輯》就只好對其略去不提了。在另一篇演講《老調子已經唱完》中，魯迅曾經舉了一個例子：非洲土人開始反對西洋人來修鐵路，而後聽說要修的鐵路「簡直就和古聖人的用意一樣」，就很高興，鐵路很快就修起來了。先生舉這個例子是為了說明上面所說的觀點：「現在聽說又有很多別國人在尊重中國的舊文化了，哪裡是真在尊重呢，不過是在利用！」然而可能是因為非洲與中國一樣，同屬第三世界，以她為例有醜化之嫌疑，《文輯》摘錄這段文字時也以省略號將其省略了，只留下了上下文乾巴巴的論說。至於將魯迅寫於二十年代

初的「吶喊」中的「聽將令」的那段著名的文字，安放在論述魯迅與無產階級革命關係的標題、類目下，則更是在多種選本中屢見不鮮──實際上我們都知道魯迅強調說過「那時革命者前驅的命令，也是我自己所願意遵奉的命令」（《南腔北調集・〈自選集〉自序》），我們也知道當時代表無產階級革命者的李大釗、陳獨秀沒有給魯迅下過任何的「將令」。記得魯迅先生在《集外集・選本》一文中論述過自己對於中國源遠流長的「選本」傳統的意見：「選本可以借古人的文章，寓自己的意見。博覽群籍，采其合於自己的意見中一集」，或者「擇取一書，刪其不合於自己的意見為一新書」，「如此，則讀者雖讀古人書，卻得了選取者之意，意見也就逐漸和選者接近，終於『就範』了。讀者的讀選本，自以為是由此得了古人文筆的精華，殊不知卻被選者縮小了眼界⋯⋯選本既經選者所濾過，就總只能吃他所給予的糟或醨。況且有時還加以批評，提醒他之所以然，而默殺了他之以為不然處。」一年後他在《且介亭雜文二編・「題未定」草（六）》中又寫下了近似的意思：「選本所顯示的，往往並非作者的特色，倒是選者的眼光。眼光愈銳利，見識愈深廣，選本固然愈準確，但可惜的是大抵眼光如豆，抹殺了作者真相的居多，這才是一個『文人浩劫。』」他舉了陶潛為例，說他除了「悠然見南山」外，「也還有『精衛銜微木，將以填滄海，刑天舞干戚，猛志固常在』之類『金剛怒目』式。」不幸的是，魯迅先生沒有想到，他用心血澆鑄而成的文字，會在日後的歲月中遭遇到一場比任何時代都要更加面目全非的「文人浩劫」。在這場鋪天蓋地的碎片式「選本」運動中，魯迅先生的形象變得前所未有地支離破碎模糊不清。

魯迅先生說過，《詩》排得那麼齊整，「至少總也費過樂師的手腳，是中國現存最古的詩選」（《集外集・選本》）。從《詩》之被刪選到著名的《昭明文選》，「選本」真可謂是中國源遠流長的傳統之一。「文革」中魯迅的選本讀物，只不過是被荒謬的歷史遴選拼湊得最為荒謬至極的一種奇景而已：作為當代中國人精神史、閱讀史上的一段特殊記憶，它像鏡子一樣折射出了個人在歷史中的境遇，以及歷史本身的複

雜與真實。到了今天，恐怕再也不會有那樣的選本浪潮了。但像以「魯迅談××」、「魯迅××文選」之類的名目拼湊的冊子，在經典文本的閱讀與接受中還是層出不窮。對這樣的東西，不知道為什麼，在平常的閱讀中我常常下意識地保持著自己的警覺與質疑。

3.都和我有關

每次讀到這一段文字，我總是抑制不住一個後學者的感動與悲傷：

> 有了轉機之後四五天的夜裏，我醒來了，喊醒了廣平。
>
> 「給我一點水。並且去開開電燈，給我看來看去的看一下。」
>
> 「為什麼？……」她的聲音有些驚慌，大約以為我在講昏話。
>
> 「因為我要過活。你懂得麼？這也是生活呀。我要看來看去的看一下。」
>
> 「哦……」她走過來，給我喝了幾口茶，徘徊了一下，又輕輕的躺下了，不去開電燈。
>
> 我知道她沒有懂我的話。街燈的光穿窗而入，屋子裏顯出微明，我大略一看，熟識的牆壁，壁端的棱線，熟識的書堆，堆邊的未訂的畫集，外面的進行著的夜，無窮的遠方，無數的人們，都和我有關。我存在著，我在生活，我將生活下去，我開始覺得自己更切實了，我有動作的慾望——但不久我又墮入了睡眠。

這是魯迅先生在《「這也是生活」……》中描寫的一個片斷，寫于先生逝世前兩個月差四天。對生活切的留戀與熱愛之情，在這位戰鬥了一輩子而今疲倦至極的知識份子的筆下，赫然可見。即使分明「感覺到在死亡到來之前那致命的疲勞」，但他依然在喊叫：我想生活下去。

更讓我感受到一種力量的，是這位垂死人所再一次聲明的人生態度：「都和我有關。」儘管我們知道，二十年前，當中國現代知識份子

啟蒙的晨曦已經漸漸撩起窗外的黑暗時，先生一度將自己隔絕在鐵屋中與古槐樹下寂靜無聲的拓碑與古籍世界中，拒絕朋友們的邀請長達八個月之久。即使在定格為歷史特殊日子的五四這一天，他仍然一如既往地在日記枯燥簡單地記道：「曇。星期休息。」此外就是某某來，給書某某。——彷彿窗外世界的一切都與他無涉；

儘管我們也知道，二十年後，在風沙撲面的世界中顛躓了半生而傷痕累累的先生也曾經哀鳴：「我的確什麼慾望也沒有了，似乎一切都和我不相干，所有舉動都是多事，我沒有想到死，但也沒有覺得生；這就是所謂『無慾望狀態』，是死亡的第一步」。（《「這也是生活」……》）

儘管我們更知道，先生所生活的世界，常常對他表現出難以想像的絕情，讓他陷於無窮盡的絕望。

但終其一生，先生都在用自己「抉心自食」的心力闡釋著這一人生態度：「都和我有關。」

寫文章，他說：「以前的文藝，好像寫別一個社會，我們只要鑒賞；現在的文藝，就在寫我們自己的社會，連我們自己也寫進去；在小說裏可以發見社會，也可以發見我們自己；以前的文藝，如隔岸觀火，沒有什麼切身關係；現在的文藝，連自己也燒在這裏面，自己一定深深感覺到；一到自己感覺到，一定要參加社會去。」（《集外集·文藝與政治的歧途》）弄翻譯，他說是「從別國裏竊得火來，本意卻在煮自

一九三六年魯迅殯儀

己的肉的」，「打著我的傷處了的時候我就忍疼，卻決不肯有所增減」（《二心集‧「硬譯」與「文學的階級性」》）。

三十年代，當周作人上溯晚明的性靈文學、林語堂移植西方的個人主義，在喧鬧的時代十字街頭建起象牙之塔，以便「得體地生活著」時，先生卻不遺餘力地批判起了許多文人對時代與社會的冷漠——對這種風氣的批判，是先生持久的論戰生涯中僅有的主動進攻並且不依不饒的一次——堅定地選擇了一種「心事浩茫連廣宇」的人生態度。他清楚地知道，自己所處的世界不可能與自己無關，而自己也不可能超脫這個世界。這就如他所說：「象牙塔里的文藝，將來決不會出現於中國。因為環境不相同，這裏是連擺這『象牙之塔』的處所也已經沒有了；不久可以出現的，恐怕至多只有幾個『蝸牛居』。……光光的伏在那裏面，少出，少動，無衣，無食，無言。因為那時是軍閥混戰，任意殺掠的時候，心裏不以為然的人，只有這樣才可以苟延他的殘喘。」（《二心集‧序言》）所以他寧願「站在沙漠上，看看飛沙走石，樂則大笑，悲則大叫，憤則大罵，即使被沙礫打得遍身粗糙，頭破血流，而時時撫摸自己的凝血」（《華蓋集‧題記》）。

在中國現代史上，如過江之鯽的隱士與紳士們曾經虛幻地宣佈「擠在市民中間，有點不舒服，也有點危險……最好還是坐在閣樓上，喝過兩斤黃酒，望著馬路上吆喝幾聲，以出胸中悶聲，不高興時便關上樓窗……」（周作人《雨天的書‧十字街頭的塔》）。他們幼稚地自信在個性主義中可以獨善其身。

而先生的氣質註定了他不可能像紳士們那樣超然社會之外，像隱士們一樣不聞世事。不要説是自己所追尋了一輩子的文學，自己沉浸了一輩子的書籍，就是「外面的進行著的夜，無窮的遠方，無數的人們，都和我有關」。因為如此，隱士紳士們僅僅止於成就了自身的個性主義，而也是個性主義者的先生卻走向了更遠，在與社會與世界的廣泛聯繫與深沉觸摸中把握到了中國最為內在的命脈，感應到了他所處的時代最為本質的躍動。這種差距，不僅僅是個人探索心路歷程之遠近的差距，而

是方向性的差距：奉行獨善其身的人「不高興時便關上樓窗」，只是沉浸於一己的超脫與遊戲；而信仰「都和我有關」的人，始終保持著自己對生活的熱度。他們所各自迷戀的以自言自語為特徵的小品文和以向社會發言為特徵的雜文，絕不僅僅是一種個人對不同文體的好惡，實際上深刻地蘊涵了一種最為本質的精神分野。

也是在魯迅先生寫下「都和我有關」這段文字的一九三六年，西班牙內戰暴發。幾年後，對這場內戰頗為關注的美國作家海明威為此寫下了著名的《喪鐘為誰而鳴》一書。在這本書的扉頁上海明威抄錄了一段十六世紀英國玄學詩人約翰・堂恩的佈道語：

> 誰都不是一座島嶼，自成一體；每個人都是廣袤大陸的一部分。如果海浪沖刷掉一個土塊，歐洲就少了一點；如果一個海岬，如果你朋友或你自己的莊園被沖掉，也是如此。任何人的死亡都使我受到缺損，因為我與這個世界難解難分。所以別去打聽喪鐘為誰而鳴，它就為你敲響。

如果不是我的理解過於牽強，那麼我想說海明威所引用的話與魯迅先生的表達，二者實在有著驚人的一致之處。「我與這個世界難解難分」與「都和我有關」，說的不是同一個意思麼?!海明威的用意，是在反思經歷過戰爭摧殘的歐洲的命運；而魯迅先生的感受，更多地是來自於一個中國人亂世生活的貼身感受。兩位真正的現代知識份子，在關注世界與社會的命運這一點上，不約而同地達到了二者的相通，都在悲憫之中表現出了他們所服膺的人道主義的力量。

中國古代文人一向有著在入世與出世、仕與隱之間尋找心靈平衡的傳統。在中國的近代，從維新變法到五四運動，每一次努力，都在激越與希望中迴蕩起一番捨我其誰的曠世豪情，又很快在屢起屢仆的失敗與絕望中造就了一些「神州袖手人」。輪迴般的大喜大悲、大起大落之中，近代文人的心靈一時間變得乖戾無常起來。自殺、逃禪、遁佛、

伴狂、自棄，種種厭世的身影一次次掠過這個時代灰暗的天幕。在這種傳統影響之下的中國知識份子的心靈，常常在傷心之中對身外的社會側過臉去。直到今天，我們還可以在甚囂塵上的「私人化寫作」、向內轉等個人化思潮中窺見這種情緒的秘密。無可否認的是，我們必須學會與生活保持著一定的距離；在一個多元化的現代社會裏，每一個不同的個體也有著選擇不同生存方式的權利，但更加無可否認的是：知識份子絕不應該對社會轉過頭去，因為任何時候，一切「都和我有關」，這是身為知識份子的宿命性選擇，也是得以身為知識份子的根本性依憑。這一點，是魯迅先生對於今天的知識份子的重要意義之一。

「兩個丁玲」的衝突

——讀《丁玲與文學研究所的興衰》隨札

存在僅七年（一九五〇——一九五七）時間的中央文學研究（講習）所，被視為魯迅文學院的前身。但即使對今天的當代文學專業研究者來說，這也是一個被忽略了其意義的機構。實際上，作為當代中國意識形態建構之初的產物，她對今天的作家協會等文學體制產生了重大的影響，以至於有人把她稱為文學界的「文藝黨校」或「黃埔軍校」。女學者邢小群在對文研所進行解剖麻雀式個案研究的專著《丁玲與文學研究所的興衰》（山東畫報出版社，二〇〇三）中，轉引了一組意味深長的數字：據一九八四年的一次統計，文研所四期二百六十四名學員中，在中國作協、文聯工作的幹部有十八人，約占總人數的百分之七；擔任省級文聯、作協主席或副主席的六十人，約占百分之二十三；任國家級

《丁玲與文學研究所的興衰》

刊物、出版社正副總編的十九人，占百分之七；任省級刊物正副主編的三十八人，約占百四之十四；專業創作人員三十六人，約占百分之十一；教授、研究員十一人，約占百分之四。學員中成為著名作家的較少，文藝幹部較多。

不知道當時仍然在世的丁玲是否看到了這組數字。這種成果，對一手創辦起文研所，甚至想將其辦成「研究院」的她來説，並非其初衷或所期望的。長期在文研所工作的王景山在接受邢小群的訪談時説：「丁玲好像不僅要把中央文學研究所辦成培養作家的所謂的『文藝黨校』，還準備提供條件有計劃地組織一些作家和評論人員，從事創作和理論批評工作，形成教學、創作、研究三者互補互促的局面。」但即使如此與體制運行相一致的秩序建設，還是給丁玲這位革命者的後半生帶來了意想不到的麻煩。與此前延安時代性質相似的魯藝命運迥異，丁玲主持的文研所似乎未能得到來自體制的足夠支持，而是屢遭非議。丁玲時而傷心學員沒有生活，拿不出作品，時而擔心跟不上「運動」，「一方面讓大家多看書，寫出作品來；一方面又覺得這是個改造思想的場所」，三年後就辭去所長職務；隨後文學所縮小規模，更名為文學講習所；七年後終於無疾而終。更令人無法逆料的是，「丁玲的小集團勢力」，「在學員中間散佈一種腐朽的資產階級思想，離開文學的黨性原則」，「只知有丁玲，不知有黨」、「獨立王國」、「個人崇拜」、「提倡驕傲」、「一本書主義」等無端罪名，始料未及地炮製出了名動天下的「丁陳反黨集團」，將早年激進革命、晚年一度被文壇士林目為「左派」的丁玲打成大右派，流放入獄近二十年。到今天，歷史早已證明這些罪名的虛妄。——如果一定説有「個人主義」之類，那至多如李輝在《往事已然蒼老》一文中所精當概括的，是丁玲喜歡因文學而產生的「明星意識」而已；或者如王蒙在《我心目中的丁玲》所説：「她與一些藝術大星大角兒一樣，很在乎誰掛頭牌。」對於文學服務於新時代，丁玲沒有絲毫的懷疑，而且投入了自己的激情。據作家徐光耀回憶，解放不久，毛澤東找丁玲去談話，問她是願意做官呢還是願意繼續當一個

作家。丁回答説「願意為培養新的文藝青年盡些力量」。毛聽了連聲説「很好很好」，很是鼓勵了她一番。周良沛《丁玲傳》記載，劉少奇找丁玲談話説：「我們應該有一所培養自己的作家的學校吧！」丁玲是一百個贊成。應該説，丁玲的選擇，是由衷的。來自國統區與解放區兩大陣營的文化人合流後，舊年自由的、個體性的文人生存方式面臨著統一納入新政權的要求，建立機構培養自己的作家，就成了一種時代性的籲請。丁玲主持的文學研究所，應和了這種新的政治需要。成名極早，坐過國民黨監獄而後又有過延安革命經歷，還獲得過社會主義國家史達林獎金的丁玲，應該説是這一位置的最好人選。儘管丁玲明知自己從性格上説「不適宜辦學校，又怕做行政工作」，但出於參與新政權建設的熱情，她還是表現出了一種服務大局的責任感。與丁玲相濡以沫數十年的陳明説：「丁玲有一種感覺：這些同志，在戰爭年代就開始寫東西，但是戰爭環境中讀書的機會很少，看作品的機會很少。如果在和平、安定的環境下給這些同志們創造一個學習的機會就好了。……丁玲也覺得對他們有一種責任，就決定搞一個一邊學習一邊創作的環境。並向組織反映了這些想法。」

在這裏，彷彿有著一種歷史的悖論：出於服務體制初衷而建立的機構，卻最終成為體制否認與批判的對象。在邢著中，作者試圖追索文研所何以成為丁玲的「滑鐵盧」這一問題，特意探討了「兩個丁玲」這一令人深思的現象：「從丁玲在文學研究所獲得的聲譽看，丁玲是一個很有個性魅力的作家。她本來執行《講話》精神很堅定，文學實踐成果也很突出。為什麼她會給人造成『一本書主義』這類『個人主義』、『藝術至上』的印象呢？」作者的解答是：「丁玲現象給我們的感覺，她首先是一個作家，其次才是她努力爭取做的共產黨員革命者。她的遭遇告訴我們，在她身上始終有著自由主義作家與共產黨員作家角色矛盾著的困惑。……從丁玲的作品和她的一些言論，從丁玲的遭遇、經歷來看，我確信有『兩個丁玲』的存在。一個是革命作家的丁玲，一個是自由主義作家的丁玲。她始終在兩種作家的角色中矛盾著，甚至無意識地經常

轉換著，以致構成了『兩個丁玲』的無處不在。這『兩個丁玲』矛盾而又統一地體現在她身上。她自身的矛盾性，也在為黨內鬥爭所利用。」這種結論，應該說是極精闢的。（有意思的是，丁玲批判蕭軍時，也是將其定位為「個人主義」。《蕭軍批鬥》一書收錄有丁玲的文章說：「蕭軍的個人英雄主義在群眾面前已經徹底垮臺了，紙老虎已經拆穿，人們看到他不是什麼了不起的人物，而是一肚子腐化的、墮落的、反動的東西。那麼，今後他是否有前途呢？我說只要他有決心改正錯誤，向工農兵學習，跟著共產黨走，他就有出路。否則就沒有前途。」這些話和一九五七年批判丁陳反黨集團時周揚他們勸丁玲的話基本一樣。）丁玲內心深處的個體性思想，與這種體制的建構有著一種隱幽的內在衝突。自從三十年代投奔延安而成為「今日武將軍」後，丁玲逐漸成為左翼革命文學樹立的代表。但是，從本質上說，寫過《莎菲女士的日記》等作品的丁玲並非是一個地道的政治人，而是一個本色的作家與文化人；儘管她義無反顧地奔向了延安，但她與典型的延安知識份子，還是有著一絲細微的差異；在為革命犧牲的同時，她一直試圖保持著一份自我。從延安時期的《「三八節」有感》事件，到暮年雄心操持起《中國》雜誌卻頻遭非議，都是這一性格衝突的結果。就像有人玩笑說，丁玲失敗在缺少一個政治高參，常常讓自己「左」、「右」得不合時宜。

一九五一年三月八日丁玲與中央文學研究所女學員合影

當然，說丁玲是「自由主義作家」，並不表現在她在當時的環境中，需要像蕭乾等典型的自由主義作家一樣，寫了《自由主義者的信念》一類的社論，而是體現在一些與具體情境稍有不協的細微現象以及這給他人造成的一些不和諧感覺上。邢著體例別致，在自己的論述後附有與論述篇幅相近的、對文研所參與者如徐剛、邢野、徐光耀、朱靖華等人的訪談筆錄。這種「立此存照」，為作者的立論提供了一種更加全方位的參考，也使讀者可以在一種「互文」的立體方式中窺見歷史複雜而真實的本相。從這些鮮活的訪談中，可以捕捉到丁玲的性格與大環境之間的一絲絲衝突。比如就「個人崇拜」而言，丁玲的秘書張鳳珠談到文講所學員對丁的愛戴時就說：「這是基於她創作上的成就，和她在為人處事上有一種吸引人的魅力。她很大氣，無論她的聲望、地位有多高，她始終是一個作家。她真正懂文學，又會講話，聽她談創作，分析作品，是一種愉快的享受。」丁玲被學員或作家崇拜，並非出於她本人的號召，而只是她自己有著「明星意識」魅力而已。從丁玲得知學員自發將自己照片與魯迅等掛在一起而意識到事態嚴重，要求馬上取掉這一事情看，她甚至是有意識地淡化自己的形象。但在剛性的政治現實中，作為一個服務於文學體制建構、政治一體化話語建設性質機構的主持者，不僅需要丁玲暫時放棄自己的創作而為甚至錯別字連篇的學生奉獻自己，更重要的是，它要求她無限可能地收斂自身的人格光芒，將自己無限降低到一顆螺絲釘的位置——在這樣一個空前政治化的時代，如果說容許個人魅力的張揚，那也並不屬於文人，更不屬於有過「自由主義」歷史的丁玲。就像她早在一九四二年所說：「改造，首先是繳納一切武裝的問題。……即使有等身的著作，也要視為無物，要拔去這些自尊心自傲心……不要要求別人看重你了解你。」張鳳珠同時說丁玲給人以驕傲的印象——這在今天頂多算是文人個性的評語，但在當時所有的文人處於被改造地位，文講所「有一個知識份子不吃窩頭，工農們就大不以為然」（王景山記丁玲語）的氣氛裏，這已經足夠將她打上「個人主義」的罪名了。丁玲的對手周揚後來在《文藝戰線上的一場大辯論》中

說「個人主義是萬惡之源」，應該說代表了這個時代的一種普遍看法。丁玲試圖堅持自己，這自然是不為人容忍的了。

作者在著作中用了一專章，試圖解答到底是「誰整丁玲？」這一「丁玲挨整之謎」。作者認為：「一九五五年的丁玲事件，是包括周揚在內的作協與中宣部掌權人，利用毛澤東搞高饒、潘揚、胡風的經驗方式，主動出擊，把丁玲推上了審判台。」這不知是否能說服對周、丁之間「宗派主義」這一公案一直迷惑不解的當代讀者。也許這樣的問題本身就沒有確解。重要的是，在新世紀的今天，我們應該反思，為什麼僅僅是一點點文人式的個性，就會上升為莫須有的政治問題？丁玲性格中自身的矛盾性，為什麼會被宗派主義扭曲成彌天大罪？在中國的文人史上，這樣的問題並非丁玲一人的特例。

就像當年魯迅說胡風「鯁直，易於招怨」一樣，同樣具有文人稟賦的革命家瞿秋白在二十年代曾說友人丁玲是「飛蛾撲火，非死不止」。今天看來，這確實是氣質相近者以己推人的知心之言，也都有著一語成讖的悲劇意味。在二十世紀的中國女性知識份子中，要論一生的傳奇性及其所荷載的文化內涵與思想分量，恐怕無出丁玲之右者。其中最深刻的一點就是，通過丁玲這位革命者、文人的坎坷命運，我們可以看出政治／文學這一老問題在二十世紀中國這一特定情境中前所未有的劇烈衝突。

欲說「左」右好困惑

自從陸健東《陳寅恪的最後二十年》一書在一九九三年出版並風行海內外以來，現當代知識份子的晚年日益成為當下學界關注的熱點之一。吳宓、陳獨秀、魯迅、郭沫若、胡適、茅盾等近現代學人的晚年，都被寫成長文宏論甚至是專書。就像秋天寧靜的田野蘊涵著過往季節裏的深沉氣息一樣，知識份子的晚年，往往有著豐富的精神內涵與可供深度闡釋的思想空間。尤其是因為中國近現代史上運動無休的情勢，身處其中的知識份子在晚年往往體現出反思一類的人文色彩，以及他們與時代之間的緊張衝突，從中更易折射出時代與知識份子精神史的一個側面，這正如顧驤先生在《晚年周揚》（文匯出版社，二〇〇三）一書的跋中說：「中國近現代歷史是一個急劇變動的轉型期，置身於這個歷史潮流中的人物，往往顯出前期後期的差異，分為早年晚年的不同。」楊金榮在剖析研究胡適晚年的價值時也作類似說：「至於胡適晚年的命運，不僅因其早年難以預料，而且，更具有某種悲劇性。在戲劇舞臺上，悲劇是把最有價值的東西撕破給人看：在社會生活中，研究悲劇性的命運，也無疑能揭示命運主體『最有價值的東西』。如果能夠借助於角色理論，揭示特定的時代、特定的環境下，胡適這一特定的人所作出的角色選擇、角色扮演與角色主體的命運之間的內在關係，對整個胡適研究將不無裨益。」（楊金榮《角色與命運——胡適晚年的自由主義困境》，三聯書店，二〇〇三）應該說，這些說法，是很有概括性的。靜夜裏將《晚年周揚》與《無奈的涅槃——丁玲最後的日子》（王增如著，

上海書店出版社，二〇〇三）這兩冊關於知識份子晚年的著作對讀，更是印證了這一點。

　　有意思的是，《周揚》與《無奈》兩書有著太多的相似性。兩書的作者都是與傳主關係極為密切的人士，都是書中所記歷史事件的當事者。顧驤是知名的文學評論家、文藝理論家，曾襄助周揚甚至是代筆捉刀撰寫《開展健全的文藝評論》、《文藝八條》等文章；更因一起起草著名的《關於馬克思主義的幾個理論問題的探討》一文，而與晚年周揚過從甚密。王增如則是丁玲晚年的女秘書，曾在丁身邊工作五年，直至丁玲逝世。由他們來寫周、丁這兩位現代史上的複雜人物，可謂是最佳的人選。兩書都是作者思考多年的結果而非一時隨意之作。《周揚》一書的主要內容，在作者二〇〇二年接受學者徐慶全的訪談中已經基本闡明（見徐著《知情者眼中的周揚》，經濟日報出版社，二〇〇三）。《無奈》一書，則是在作者的同名文章基礎上修訂而成，主要內容早已收入汪洪編《左右說丁玲》（中國工人出版社，二〇〇三，「現時代面影叢書」之一）。兩書都是依據十多年前的個人筆記來寫，既有著局外人所無的可信度，又體現出一定的可讀性。其寫作的出發點，也大體相近，旨在於為歷史存真，予後世啟示，就如顧驤在書前所言：「我有責任以親身經歷，將我所知的那場文壇公案的種種，公之於世，供人辨析。」或如

顧驤《晚年周揚》

王增如開首所説:「丁玲去世已經十五年了。作為十五年一些事件的當事人,我把親眼所見親耳所聞親身所歷寫在這裏,依據筆記把當年發生的事情如實記錄在這裏,藉以表達我對死者的悼念之情,或許也能給生者以遐想和某種啟迪。」

　　而不知是否更屬巧合的是,周揚與丁玲都是來自湖湘的文人,性格上都稟承了湖湘文化中經世致用的傳統和倔強不阿的個性,表現出來即堅定的政治性。他們兩人的命運,都與對另一個湖南同鄉毛澤東的崇拜緊密聯繫在一起:他們都一度為這位領袖所激賞,也曾一度為他所批判;三十年代,他們在一起鬥爭,一個攻理論,一個搞創作,被視為左翼文學的旗手,都深懷著為新時代的文化創造而奉獻自己這一理想忠誠堅定的信念。在延安時期,他們都是延安文化的創造者。但令人深思的是,這兩位最有可能成為知心朋友的同鄉文人(他們的家鄉益陽與常德相鄰),卻在後來成了兩種若有若無的對立與抗衡力量的中心(一九七九年,周揚接受記者趙浩生採訪,自認分為主張歌頌光明的魯藝一派與主張暴露黑暗的「文協」一派),至死都抱持著無法彌合的隔閡(關於丁玲一九八一年訪美時是否說過對周揚「我不饒恕,我永遠都不饒恕,直到我死去那一天」這樣的話,還在文壇引起了一場不小的筆墨官司,徐慶全《知情者眼中的周揚》所收《我寧肯相信黃秋耘》一文對此有詳述)。丁玲的老伴陳明説,一九七八年,周揚解放出來後,丁玲女兒蔣祖慧去找他説起丁玲的問題,周説:「你媽媽歷史問題的疑點可以排除,但污點仍然存在。」他拒絕在中組部《關於為丁玲同志恢復名譽的通知》徵求意見稿上簽字。一九七九年丁玲參加第四次文代會,向作協、中組部等打報告要求恢復黨籍,在作協黨組進行討論時,周揚第一個表示反對。一九八四年中組部下發給丁玲恢復名譽的文件,周揚説,「這件事情為什麼不先和我商量一下。」陳明認為,老帳不算,就説一九七九年丁玲從山西返回北京後,在給丁平反、恢復黨籍等問題上,周態度始終消極。因此在確定丁的治喪委員會名單時,陳明堅持反對有周揚出現,因為「這次再也不能讓周揚給人以假像,似乎他對丁玲很好」,「政治影響是要考慮,但如

王增如著《無奈的涅槃——丁玲最後的日子》

果治喪委員會中有周揚，許多老同志都會寒心的」。《無奈》一書對喪事頗費周折、跌宕起伏的安排與爭執，譬如是否搞追悼會、悼詞的寫法、遺體是否覆蓋黨旗等等，都有著詳細的記述，這真是就應了丁玲生前的說法：「死，是這樣痛苦啊」，讀來令人感慨萬千。作者的意見是，「陳明對周揚的意見，主要並不在於五十年代他在將丁玲打成『反黨小集團』和『右派』問題上所起的主將作用，更在於三中全會之後他對這一錯誤行為從來沒有明確地表示過道歉。丁玲期望於周揚的只有三個字：我錯了。但她至死也未聽到。」（六四頁）但「文革」前後擔任周揚秘書多年的露菲在接受李輝的訪談時說：「我的印象中，他（周揚）從來沒有說過他們（丁玲與馮雪峰）的壞話。……『文革』後丁玲從山西回北京，也是周揚給胡耀邦寫信要求的。」（李輝編著《搖盪的秋千——是是非非說周揚》二〇一頁，海天出版社，一九九八）歷史是如此地複雜，存在著各異的面相，讓後人欲說還休。

　　歷史面相為什麼如此複雜？到底是什麼使心結總也解不開？如果一定要在紛紜的歷史中追索一個答案，我們只能說是由於「左」和右的交織。丁玲二次平反後，賀敬之上門看望並對自己在批判「丁陳」運動中的做法表示歉意。丁玲對賀說：「我覺得這不是我個人的問題，那時候我是右派集團的頭子，現在反『左』又把我說成『左』派集團的頭

子。其實我丁玲沒有變，整我的主要還是那些人，是他們在來回轉。我看，這件事倒是值得我們黨注意的。」（引自貫漫《關於丁玲平反》，《左右說丁玲》九八頁）一九八三年九月，包括丁玲在內的作協作家支部進行了兩次學習《鄧選》座談會，並將包括擁護鄧小平關於「堅持四項基本原則」的講話精神等談話內容整理成簡報交中國作協機關黨委及鄧小平辦公室。恰好幾乎同時，周揚在紀念馬克思逝世一百周年學術上的報告《關於馬克思主義的幾個理論問題的探討》引發風波，逐漸升級為一場「清除精神污染」運動。由此丁玲的發言被傳成誣告周揚、落井下石的「誣告信」，丁玲遂被又戴上「左」的大帽子。一九八五年六月三十日，丁玲寫信給她在文研所的學生陳登科：「你自然還是會知道我的情況的，我又有一點落在一九五七年的情況之中了。不過帽子是換了一頂，右的還沒有完全摘掉左的又來了。過去是大張旗鼓，現在又改變了手法，是竊竊私語，謠言滿天飛……」她還對王增如說：「一九五七年打我右派，還知道是誰打的；現在封我為左派，我連封我的人都找不到。……我不管它左還是右，我也不曉得什麼叫左和右，我只曉得現在罵我『左』的人，都是當年打我右的人。」（引自《無奈》一三七頁）這讓人想起周揚對其女兒周密說的話：「他一輩子先後被打倒過三次，每一次都是為自己信任的人、尊敬的人所誤解。人生最大的痛苦，莫過於被自己信任的人所懷疑，被自己尊敬的人打擊。」「左」和右，對於周揚來說，同樣亦是一個難以參透的謎。周揚一向被人視為「左」，而晚年卻被人批為「右」。他在寫成於一九八一年而後因會議打斷而未能宣講的報告《文藝界黨員領導骨幹學習討論會小結》中明確地說：自五十年代後，「二十多年，文藝戰線『左』和右的錯誤都有，但就主體和主導思想而言，是『左』的錯誤。」他甚至分四個方面來剖析「文藝戰線指導思想上『左』的表現」。周揚晚年想做的三件大事之一，就是制定出一個「新的文藝條例，八條或十條」。按他的設想，其中要談的問題之一，即「左」和右的問題。「左」和右很容易成為一頂大的政治帽子。顧驤在書中記錄了周揚在一九八三年四月三十日至五月三日舉行的

中宣部部務擴大會議上的發言。周屢次強調，對「左」或右的估計，要「慎重一點，謹慎一點」，「不要下這個結論，說現在主要危險是右的，還是『左』的」，「在定性問題上要慎重」。深受「左」風之苦的周揚，這時表現出了極大的反思性。但他最終並未能走出「左」與右交織的迷宮。說起來，周揚與丁玲兩位在晚年被他人目為「轉向」的文人，都是在「無奈的涅槃」中度過他們最後的人生的。「左」和「右」這個圈，讓他們一代人鑽得太過苦太過累了。

　　林賢治在《左右說丁玲》一文中說：「總之，襲用左和右這樣的大口袋去套丁玲，是明顯不合適的，過分狹窄的，含混的，甚至是荒謬的。」對於周揚與丁玲來說，任何簡單化的定性與戴帽子，都是無法令人信服的。解讀新中國文藝界的風風雨雨，周揚是一種繞不過去的存在。但作為一個重要人物，周揚在現代文學史、思想史上的複雜性，也是眾多史家所公認的。這種複雜性，甚至讓許多史家望而卻步，以致在時下疊床架屋的現當代文學史研究著述中，至今都還沒有出現一本說得過去的《周揚傳》。三十年代因參與革命而身陷國民黨囹圄的丁玲，此後一直招致來自本陣營的責難，使其一生充滿了精神的衝突與身心的折磨。她出眾的才華、傳奇的人生以及所荷載的文化內涵與思想分量，在二十世紀的女性知識份子中，恐怕無出其右者。因為這一點，丁玲一直是二十世紀文學史及思想史研究中的重要個案。而周揚與丁玲命運的複雜性相通之處，就在於通過他們的人生滄桑，後人可以看出政治與文學在二十世紀中國這一特定情境中的劇烈衝突，以及環境的嚴峻與人性的複雜。

「低頭不見抬頭見」的歷史

隨意翻書的時候，常常從內心生出一些無法抑制的感慨來。這回要從幾個著名的現代文人說起。

一九六四年，在周總理的批示和齊燕銘的推薦下，不再從事寫作的沈從文開始參加中國歷史博物館的集體項目，系統編選關於中國古代服飾工藝的圖書。時任中國科學院院長，又是歷史學、考古學權威的郭沫若早早地就為期待中的成果題簽了書名《中國古代服飾資料選輯》，還為之作了序言。八十年代初，已經調到中國社科院歷史所任研究員的沈從文在同事的幫助下，最終將工程完成，只是成果出版時書名改成了《中國古代服飾研究》。郭沫若的題簽自然無法再用了，就由古文字學家商承祚重題，但郭的序言還是照舊用上了。沈從文的書由郭沫若來寫序言，稍稍熟悉現代文學史的人，都會覺得這當然是一個很讓人感慨世事無常的歷史細節。沈從文的嫡傳弟子汪曾祺就在《沈從文轉業之謎》中寫道：「事隔三十年，沈先生的《中國古代服飾研究》卻由前科學院院長郭沫若寫了序。人事變幻，雲水悠悠，逝者如斯，誰能逆料？這也是歷史。」早在四十年代末，新政權即將建立，受命於斯時的左翼文人就開始以「革命」的名義對自由主義文人群體進行批判。一九四八年，作為左翼文化界領袖的郭沫若在香港的《大眾文藝叢刊》上發表《斥反動文藝》一文，將「反動文藝」分為紅、黃、藍、白、黑五種，列名於首位的就是「桃紅色的代表」沈從文，郭說沈「一直是有意識的作為反動派而活動著」，「作文字上的裸體畫，甚至寫文字上的春宮」。有過

這樣的歷史性「過節」的兩個人，卻通過序言的方式在這個時候「邂逅」了——歷史的通道竟是如此之狹窄！汪曾祺的「這也是歷史」一語蘊涵了多少的意味！——是說歷史弄人？還是說人有負於歷史？要說明的是，郭沫若當年寫序，他根本沒想到會用在沈從文的著作上——否則真不知道他會抱著怎樣的心情寫出怎樣的文字來，或者是乾脆避開不寫。那時的沈從文仍然身份未明，郭以為這是為國家集體項目而寫——以他的身份，當然是題鑒、寫序的合適人選了。但此後的歷史是當事雙方都無法預料的。還可以揣測的是，敏感的沈從文對郭沫若的序言，在內心恐怕多少是難以接受的，理由是他在這本專著的引言與後記中對此序隻字不提。

　　現代文學史上與上述情形相類似的一例，還有魯迅與周揚。

　　周揚作為一個重要人物在現代文學史、思想史上的複雜性，是研究者與史家公認的事情。理解與剖析這種複雜性的難度之大，以至於偌大的現代文學史研究界至今都還沒有拿出一本過得去的《周揚傳》。周揚思想複雜性的內容之一，就是他與魯迅思想譜系中人的衝突與糾葛。三十年代魯迅與包括周揚在內的「四條漢子」等，就「民族革命戰爭的大眾文學」與「國防文學」兩個口號發生思想上的論戰。這場在今天看來並沒有太大的原則性分歧甚至有著互補性的「兩個口號」之爭，最終沒有按照理想的預期走向和解與協同，而是在令人遺憾的特定情緒與意氣支配下衍變成了大是大非的衝突，結果之一就是魯迅與周揚的格格不入。魯迅在《答徐懋庸並關於抗日統一戰線問題》等雄文和書信中對

周揚（左一）與郭沫若（右一）、茅盾在一九四九年第一次全國文代會中的合影。

周揚等人有力地進行了批判，表達了公開的厭惡，將周揚說成是「奴隸總管」、「手執皮鞭」的「工頭」，「任意誣人的青年」，「將敗落家庭的婦姑勃谿，叔嫂鬥法的手段，移到文壇上。喊喊嚓嚓，招是生非，搬弄口舌，決不在大處著眼」。解散「左聯」也被認定為周揚的一大罪過。在此情境下的周揚明顯處於被動的局面，心理上背負了一個沉重的包袱。周揚的好友于伶在與李輝的談話中說，周揚去延安時負擔很重，認為魯迅相信胡風的話，使他與魯迅之間的隔閡越來越大。但歷史偏偏有其自我運行的軌跡。在上海很難存身的周揚選擇去了延安後，他與已經辭世的魯迅的關係卻發生了令後人感嘆歷史奇巧之至的變化。一九三八年，延安成立了魯迅藝術學院（後改名為魯迅藝術文學學院）。一九三九年十一月周揚被任命為魯迅藝術學院副院長（院長為吳玉章），實際上由他主持工作，在推動魯藝的文藝由正規化、專業化向大眾化、實用化方向轉變的過程中起了重要作用。這所「不僅是為了紀念我們這位偉大的導師（魯迅），並且表示我們要向著他所開闢的道路大踏步前進」的院校，卻由魯迅生前所斥責的周揚來主持，這是一種怎樣地巧得出奇！而這時，為魯迅生前所信任的馮雪峰卻與黨失去組織聯繫多年，遠在老家浙江義烏的鄉間孤獨地寫著他的長篇小說。被魯迅讚賞說「鯁直」的胡風這時流亡在香港。此後的周揚由於對延安文藝座談會上講話等有關文藝政策思想的大力推動，使他很快成為毛澤東文藝思想的權威闡釋者，逐漸奠定了他作為黨在文藝界的重要領導人地位之一的基礎。順便可以說一下的是，五十年代興起對胡風、馮雪峰等魯迅傳人的批判案，不好說就是周揚的罪過，但周揚在此中起了推波助瀾的促成作用，則大體可以肯定的。而到了後來，極「左」路線又報應了周揚：「後起之秀」姚文元將周揚打成「反革命兩面派」。讓人感嘆的是，這一次「四人幫」竟是以魯迅的名義舞起大棒：「四條漢子。」八十年代初周揚曾經在毛澤東誕辰九十周年學術討論會上說過，與毛澤東一樣，魯迅是「天才」。與毛澤東稍有不一樣的是，因為他在五十六歲時死了，沒有犯下錯誤，因此還算是「完人」。後來周揚對異化問題

等作出沉痛的反思，從思想理路上講也可以說是體現了魯迅思想的內在影響與傳承。

我們在平常生活中勸人和解時常說，算了吧，低頭不見抬頭見。其實在史書上一向顯得寥廓寬廣的歷史大道上，人們何嘗又不是如此地「低頭不見抬頭見」呢？一旦到了心裏感慨起「低頭不見抬頭見」的情境，當事人無疑就有著一份脫不開的尷尬了，而歷史也在這種戲劇性中顯出了它的一絲豐富性來。作為對歷史有心的後來人，我無法輕鬆地沉迷於對這種戲劇性與豐富性的回眸與體味之中，我也不認為當事人可以輕易地「相逢一笑泯恩仇」──更何況，這種複雜的情景，又豈是簡單的「恩仇」兩字可以概括。我想說的是，我們最需要琢磨，是什麼力量使得人們在寬闊的歷史大道上常常遭遇如此「冤家路窄」的尷尬。「人事變幻，雲水悠悠，逝者如斯，誰能逆料？這也是歷史。」汪曾祺先生說得固然深沉，但將歷史簡單地歸於人事，未免顯得輕巧──在這一種無常甚至荒謬的人事之下，難道不是深深地蘊藏著一種歷史本身的秘密與邏輯?!

身份的尊嚴

閒　時隨意閱讀一些中國近現代學人的傳記年譜之類，總是讓我產生像看舊年電影一樣的感覺。他們那一代人鮮明的知識份子形象，常常在浮躁無定、目迷五色的我們面前，立起一面促人警醒自鑒的鏡子。

　　近年來逐漸廣為人知的吳宓先生，早年留學域外時與陳寅恪、湯用彤兩才俊被譽為「哈佛三傑」，回國後在風雲際會的近現代學術史、文學史上成為出名的詩人、學者、翻譯家、教育家和中國比較文學的先驅人物。二三十年代鼎盛一時的中國現代學術聖殿──清華大學國學研究院，就是由吳宓先生擔任主任用心擘劃、勵精圖治後達到學術頂峰的，名聲卓著的「四大導師」陳寅恪、趙元任、梁啟超與王國維在那裏開創了清華學派的黃金時代。此後吳宓先生輾轉任教於西南聯大、燕京大學、西南師範學院等地，桃李滿園，培養出了如錢鍾書、季羨林、王力、賀麟、曹禺、李賦寧等眾多學貫中西、卓有建樹的大學者。但是，

吳宓

就是這樣的一位「教授之教授」，晚年的境遇卻可謂悲慘至極。「文革」之中吳宓先生遭批鬥致殘，從四川被遣回避遠的故鄉陝西涇陽，住在他年老的妹妹吳須曼家中。一九七八年一月他含冤逝世，去世前雙目失明，神智昏迷，卻仍是問學不倦，期待再展當年風華之才情。他最後的話是：「給我水喝，我是吳宓教授！」「我要吃飯，我是吳宓教授！」

還是「文革」中的事。一九六六年夏天，山雨欲來風滿樓，「文革」的風暴開始刮起。當時在中國科學院哲學社會科學部的歷史學家顧頡剛先生，是首批被揪出的「牛鬼蛇神」之一，常常被押到批鬥大會上接受「革命群眾」的批鬥。按照通例，在批鬥前，被屈辱地剃成了「陰陽頭」等形象的被批判者出場時，台下的群眾總會怒吼：「揪出某某分子某某某。」被批判者要照此大聲自報家門：「我是某某分子某某某」，常見的如：「反動學術權威」、「階級異己分子」、「黑幫分子」……。而有一次等到顧先生上臺時，他卻不甘屈辱反而自豪地宣稱：「我是歷史研究所一級研究員顧頡剛。」在短暫的驚愕之後，台下洪水般的批判之聲又很快將顧先生嚴正的抗議淹沒了。

說起這樣的陳年舊事，彷彿是在講述發生於隔世前塵中的神話了。在今天，日益瀟灑活絡的學人們會覺得，像吳宓、顧頡剛這類舊書生嚴正申明自己身份的老做派，真是不合時宜迂不可及。眼下我們看到的是，知識份子群體中教授、研究員多如過江之鯽，以致有人說：前些年是街上隨意遇見一個就是老闆，現在隨意遇見一個就是教授、研究員了。教授、研究員就像印多了的鈔票一樣，有點通貨膨脹起來，最終「泯然眾人矣」。社會上的民謠說：「教授教授，越教越瘦」；「遠看像要飯的，近看是社科院的。」學人身份的被模糊化與邊緣化當然有其社會原因，但學人群體自己不把自己的身份當回事，可以說是更為重要的緣由。學界抄襲成風，學術泡沫化傾向嚴重，為迎合量化的著述指標只顧層出不窮地炮製學術垃圾而毫無學術新創，異常功利地把學術等同於獲取待遇、物質條件的途徑，學術規範底線大面積的崩潰……這些近

年來暴露出來的令人憂嘆甚至是積重難返的現象，常常讓社會對學人人格的文化建設與道德擔當能力喪失了信任與尊重之心，也使社會越來越看穿整個學界的「把戲」而有理由一改往日的神聖感並且學會了對其嗤之以鼻。在今天，恐怕沒有人會像吳宓、顧頡剛先生那樣驕傲地宣稱自己是教授、一級研究員了。甚至當學人的身份和學術遭到某種形式的嘲謔或貶低時，今天的學人們也常常無法為自己的尊嚴說出些有力的辯護與抗議。像吳宓、顧頡剛先生那樣底氣十足地在乎自己身份的尊嚴，是要知識份子個人乃至整個知識份子群體的潔身自好、律己自重作為前提和力量支撐的。

記得西方的哲學家維特根斯坦說過：「最好的事物即，A即是A。」這話無疑是哲學味太重了些，但意思我們大體都明白。中國古代也有著源遠流長的「正名」的傳統。事情就是這樣：當一個群體自己對自己的身份毫不在乎時，她的尊嚴也就可有可無了，怪不得社會的。這話說起來簡單，但要做到這一點、達到這個境界，實在不容易。

更難消幾番風雨

——讀《風雨故舊錄》

作為一個出版中人，我一向喜歡讀出版家在編餘之際寫下的東西。
其緣由，除了那種文字大多沒有純粹的學院派學人筆下高頭講章
所難免的方正呆板之氣，還因為這類隨筆普遍有著諸多與現當代出版史
相關聯的內容，比如出版人物、出版事件、出版個案等，流傳著不少舊
年的人文消息，往往令我等後輩不由得產生出一種「歷史的想像」。在
今年購讀的新書中，許覺民先生的《風雨故舊錄》（上海教育出版社，
二〇〇二），就是這樣一冊讓我心動的文字。秋涼漸盡而冬意乍起的夜
裏，風雨敲窗，信手翻書，許先生筆下的風雨也頻頻入我夢中。

在當代文學史上，許覺民先生以筆名為「潔泯」所寫的文學評論
名世，但他的本行是出版，曾任三聯書店副經理、人民文學出版社副

許覺民《風雨故舊錄》

社長兼副總編輯、中國社科院文學所所長等職務。編著雙棲的出版人在學界往往容易獲得好人緣，廣於交遊的許先生與許多現當代作家、學者保持著長久而友好的交往。一望書名可知，《風雨故舊錄》就是他所寫人物追憶文章的結集。故舊之中，包括葉聖陶、俞平伯、黎澍、陳翰伯、鄭振鐸、聶紺弩、姜椿芳、傅雷、馮雪峰、巴金、柳青、陳企霞、荒煤、馮牧、何其芳、李季、郭小川、呂熒、孟超、邵荃麟、周揚、張光年、嚴文井、王瑤、韋君宜、巴人、唐弢等。文章原是報刊上連載的專欄，每篇只是兩三千字。因其短，所以能在尺幅之間，盡見其剪影與摹神的文字功夫，多是一些片斷的勾勒與寫真，或一件小事，或一個瞬間印象，不求立全傳，而只求以生動之筆，傳瞬間神情、述獨特感受而已。回憶文章一向被認為是年老長者的文體，因為記憶之外，還有著一份經歷與見識的淬厲。許先生筆墨的老到，就在於其看似平淡閒筆之中，卻寄寓著一份別樣的深情與滄桑之感。如他在《蕭軍風貌》中寫蕭軍：「五十年代的某日，我的辦公室忽有一人推門而入，他身材魁梧，約五十左右年紀，戴一頂約摸一尺半寬的大草帽，身繫一條足有三寸闊的皮帶，皮帶的繫口一塊大銅牌，閃閃發亮。這打扮頗像是北京天橋的賣藝人。我正想問他找誰，他搶先開口說：『我是蕭軍，來結算稿費的。』……我很欣賞他這身打扮，他說這打扮在北京可稱獨一無二。他問我稿費的計算法是怎麼來的，我和他解釋，他說少了，他是專業寫作者，拿稿費糊口，靠它養家活口很難。他建議稿費應採用魯迅時代的版稅制，比現在的要多。……他又問，為什麼他的稿費支取標準要比茅盾的低？我說何以見得，他告訴我剛才在會計桌上一疊單子裏看到的。又說茅盾的資格固然比他老，但是他寫的小說不比茅盾差，何以如此懸殊？你們這是論資排輩！我說，倘若魯迅至今在世，你是否也覺得你的稿酬和魯迅一樣？他說，魯迅的文章當然比我高。我說那麼還有別的作家比你高的麼？他自信地說，高不到哪裡去，都差不多。我想，他很有點像《水滸》裏的幾位好漢，讓的只是宋公明一人，其他都不在眼裏。」蕭軍的「野氣」與純真，以及他作為魯迅精神嫡傳的形象，栩栩

如生，彷彿眼前。再如俞平伯的寧靜，巴金的深情，馮牧的好客，呂熒的書生意氣，王瑤的煙斗，韋君宜的抑鬱，周揚的悲苦……都如一幀幀素描寫真，讓人過目難忘。

《風雨故舊錄》與以往所常見的文人剪影大有不同之處，在於它並不僅停留於勾勒文人形象與舊習，鋪演文人逸事與情趣，而更追求從他們身上見證與折射出時代的風雨。許覺民先生所在的三聯書店、人民文學出版社、社科院文學所等，是文壇運動相對集中的地方（順便可以說及的是，對這些當代文學樞紐之地所發生的運動史的梳理，還多停留在個人回憶錄的階段，而系統的研究則仍是一個空白）。所見所聞，自然多是入得現當代史書的內容。熟悉現當代文壇運動史與思想史的讀者，都能從其所記故舊名單中看出，在這些文壇中心人物的身上，荷載著一縷意味深長的歷史負重與記憶。中國大半個二十世紀特殊的政治語境，主宰著每個知識份子的悲喜沉浮。總體而言，一部現當代文人命運史，就是一部以不懈的求索開始而屢屢墜入悲情苦難的歷史，就如作者在《前記》中所說：「所寫那些人物的遭際，大抵都與『文革』有瓜葛，因此文章就難免墜入悲愴與痛楚的情境裏去。」至於個人命運與時代風雨的密切關係，端的非簡單的三言兩語可以理清。在《心曲萬千憶周揚》一文中，作者剖析了周揚身上的悲劇性後在末尾寫道：「二十世紀是多難的世紀，大抵懷瑾握瑜之士多半在不得已中死去，這是足以令人感慨而感慨不盡的。語雲蓋棺論定，無奈世情度量之乖舛，蓋棺而不能論定者比比皆是，這只能有待於歷史去作公正的論斷。」這實在是歷經風雨後的沉痛之語。

「莫放春秋佳日過，最難風雨故人來」，這是中國文人時時嚮往的一種人生境界。但「中夜雞鳴風雨集，起燃煙捲覺新涼」（魯迅《秋夜有感》），風雨如晦雞鳴不已的二十世紀，並沒有許諾給理想化的知識份子多少春秋佳日，而更多的是頻繁無端的文壇與思想「運動」所裹挾而來的急風暴雨。等到風消雨歇，則唯剩下面對滿地落花而生出的愴然追懷與傷感憶舊。早在二十世紀三十年代周作人編《風雨談》，就由

衷地說「這題目的三個字我很有點喜歡」，還說「風雨淒淒以至如晦，這個意境我都喜歡」。「更難消幾番風雨」，對於中國文人而言，這種「風雨心緒」，也許是一種宿命性的承受。

另外值得特別說明的是，書中收錄的另幾篇長文如《孤島前後期上海書界散記》、《夜未央，更著風和雨——解放前上海生活書店的活動紀實》、《四十年話舊說新》、《想起了名編輯》等，是難得的現當代出版史史料，值得今天的編輯與出版史研究者一讀。

那個時代的書生為什麼還有幸福感？

──讀何兆武《上學記》

在很多讀書人的書架上，都陳列著盧梭《社會契約論》、巴斯卡《思想錄》、羅素《西方哲學史》等聲名赫赫的西方經典。這些嘉惠士林的文字，讓多少軟骨的讀書人添了幾許鈣質！飲水思源，其譯者，就是已經八十五歲的清華大學教授何兆武老先生。

最近，何先生口述自傳的前半部《上學記》，讓嗜讀現代文史的讀者愛不釋手，欣然會心。素以譯書傳經為大業的人，其思想與情感多曲折寄寓於譯著中，而視自身的寫作為餘事。能看到何先生的自傳──而且是本色鮮活的口述體，當然是今天讀書人的一大快事。像許多

何兆武《上學記》

學人自傳一樣,《上學記》記有先生讀書的經歷,記有聞一多、吳晗、馮友蘭、金岳霖等舊年師友,也記有他對史學專業的理解。但稍有不同而大有異趣的是,在這本學人自傳中,「幸福」成了一個屢次提及的關鍵字。何先生多次談及一介書生對幸福的理解,談及他上學的時代「雖然物質生活非常之苦,可是覺得非常的幸福」。他曾經與後來成為數理邏輯世界權威的同學王浩正兒八經地討論「什麼是幸福」,乃至「成為彼此交流中的一種癖好」,他們以為「簡單的信仰不能等同於幸福」,「幸福是聖潔,是日高日遠的覺悟,是不斷的拷問與揚棄,而不是簡單的信仰」;他甚至想寫一本《幸福論》,闡述一下「人的願望是幸福,而不僅僅是物質或慾望的滿足」。有時,何先生對幸福的琢磨甚至到了讓人笑其迂哉的地步。抗戰中,他從岳陽老家去長沙,坐火車只需兩小時,結果上不了車,只能逆水行舟。深秋時節,坐著古老的帆船,欣賞一路風景,何先生不禁聯想到「一個有點哲學或者歷史學意味的問題」:「怎麼就算是進步?要説坐火車的話,我們兩個小時就到了,可是坐船坐了五天,從這個角度講,必須承認火車的優越性。可是從另外一個角度説,坐船不僅欣賞了景色的美,而且心情也極好,比坐火車美好得多,如果要我選擇,我寧願這麼慢慢地走……到底應該怎麼樣衡量一個人的幸福或者一個社會的進步呢?」幸福,這一平民百姓念茲在茲的東西,多次出現在何先生的口中,讓習慣了聽學院派史學者談玄説理的讀者備感親切溫潤。著名學者葛兆光為這位前輩的自傳寫序,就精當地概括為「那一代中國知識份子的自由與幸福」。自傳的整理者文靖,在後記中也説:「何先生那輩人是不幸的,然而戰亂、混亂、錯亂之下,他卻可以活得很釋然,愁苦中撿起的是希望,無奈中發現的是有趣。」

在由衷地感嘆何先生筆下那些近於「上古三代」舊事的同時,我常常想:何先生那一代人所經歷的大半生,萬方多難,生民多艱,而那個時代的書生內心為什麼還有如此豐盈的幸福感?

幸福的基石恐怕是自由。對於讀書人來説非常簡單,首要就是讀書與問學的自由。何先生小時候就習慣「無故亂翻書」。到晚年,他更

是感悟到：「讀書不一定非要有個目的，而且最後是沒有任何目的，讀書本身就是目的。」何先生說自己國學根底非常差，但他中小學所讀，除了四大名著一類，文學有《莎氏樂府本事》、《格列佛遊記》，譯書有梁啟超的書、嚴譯《天演論》、林紓《說部叢書》，野史如《清稗類鈔》，藝術如豐子愷《孩子們的音樂》、《近世西洋十大音樂家故事》、《西洋建築講話》，朱光潛《給青年的十二封信》，還有「開闊眼界與思路」的科學著作《神秘的宇宙》、《物理世界真詮》；入大學，他更是無所不窺，如《國史大綱》、《金瓶梅》，勃朗寧與濟慈的詩、《共產黨宣言》、《國家與革命》、《自然辯證法》、《西方的沒落》、《新理學》、《中國哲學史》、金岳霖《邏輯》、烏拉穆諾《人生之悲劇的意義》、莫羅阿《戀愛與犧牲》、《獨立宣言》、《法國獨立憲章》、《羅斯福論自由》、《政治科學與政府》、《經濟學概論》、《歐洲近代政治文化史》、《聖經》等等。有一陣子想學音樂，他甚至借抄過《世界名歌選粹》等。有過這種五穀雜糧墊底的人，體質還會差到哪裡去！何先生讀的大學，是迄今為止仍屬中國歷史上最好的大學——西南聯大。「八十多歲了，回想這一生最美好的時候，還是聯大那七年，四年本科、三年研究生。當然，那也是物質生活非常艱苦的一段時期，可是幸福不等於物質生活，尤其不等於錢多，那美好又在哪裡呢？」就因為那幾年生活的自由，「無論幹什麼都憑著自己的興趣，看什麼、聽什麼、怎麼想，都沒有人干涉，更沒有思想教育」。教師講課絕對自由，講什麼、怎麼講全由自己掌握；學生呢，「喜歡的課可以隨便去聽，不喜歡的可以不去」，因此有了蹺課、湊學分和趴到窗外聆聽的美好記憶。學生「沒有任何組織紀律，沒有點名，沒有排隊唱歌，也不用呼口號，早睡晚睡沒人管，不上課沒人管，甚至人不見了也沒有人過問，個人行為絕對自由。我們那時候什麼立場的同學都有，不過私人之間是很隨便的，沒有太大的思想上和政治上的隔膜」。在這所今天已經幾乎被傳奇化了的大學裏，何先生讀過土木、歷史、中文、外文四系。自由轉系的制度，讓他來去自由。在那個時代，真正為學術而學

術，讓人毫不覺得矯情，而有一種純粹感。有一次，何先生路遇物理學才子楊振寧與黃昆，聽見黃問楊有沒有看過愛因斯坦最近的一篇論文。楊說看了。黃問他感覺如何，楊把手一擺，很不屑地說：「毫無originality（創新），是老糊塗了吧。」有人問出身聯大的鄒承魯院士：「為什麼當時條件這麼差，卻培養出了那麼多人才？」鄒先生回只有兩個字：自由。正是這種自由散漫的學術氛圍，才培養了聯大學生的獨立之精神，鑄就了那些群星閃耀的名字。何先生感慨道：「『江山代有人才出』，每個時代、每個國家不會差太多，問題是給不給他以自由發展的條件。我以為，一個所謂好的體制應該是最大限度地允許人的自由。沒有求知的自由，沒有思想的自由，沒有個性的發展，就沒有個人的創造力，而個人的獨創能力實際上才是真正的第一生產力。」

　　自民國訖於現代，時代的底色無疑是灰暗的。但風雨倉黃中的書生，其精神狀態似乎一直沒有泯卻其樂觀、昂揚與亮色。何先生說，抗戰時期，「生活是艱苦的，可是精神卻是振奮，許多人寧願選擇顛沛流離的生活而不願意在日本的統治下做亡國奴」。「那時候也挺有意思，日本飛機經常來轟炸，生活非常之艱苦，可是士氣卻沒有受影響，並沒有失敗主義的情緒流行，總是樂觀的、天真的認為戰爭一定會勝利，而且勝利以後會是一個美好的世界，一個民主的、和平的、自由的世界，這是我們那個時代的青年最幸福之所在。」人總是靠著希望生活的，對未來葆有希望，賦予了他們內心的幸福感。按何先生的理解，「幸福的條件有兩個，一個是你必須覺得個人前途是光明的、美好的，可是這又非常模糊，非常朦朧，並不一定是什麼明確的目標。另一方面，整個社會的前景，也必須是一天比一天更加美好，如果社會整體在腐敗下去，個人是不可能真正幸福的。這兩個條件在我上學的時候恰好同時都有，當時正是戰爭年代，但正因為打仗，所以好像直覺地、模糊地，可是又非常肯定地認為，戰爭一定會勝利，勝利以後一定會是一個非常美好的世界，一定能過上非常美好的生活。那時候不只我一個人，我相信絕大多數青年都有這種模糊的感覺」。的確，八年抗戰，除了汪精衛、周作

人那些糊塗蟲，中國的知識份子，大多始終堅信中國有貞下起元、民族復興的希望。他們執著於永恆的理想，追求普遍的真理，自覺地把個人的志業與國家社會的進步聯繫起來。這樣才出現了毛澤東所說的，抗戰以來，全國一片欣欣向榮的氣象，過去的愁眉苦臉都為之一掃而空。記得哲學家賀麟先生一九四六年為其《文化與人生》作序時也曾說，八年抗戰，是中華民族歷史上一個偉大神聖的時代。這期間，不但高揚了民族的優點，而且也孕育了建國和復興的種子；不單是革舊，而且也是徙新；不單是抵抗外侮，也復啟發了內蘊的潛力。每個人無論生活上感受到了多少艱苦困頓或災難，然而精神上總感到「提高和興奮」。何先生在自傳中就深深地咀嚼過這種大時代裏的個人幸福感受。士為國魂，對於真正的知識份子來說，只有對這個民族的未來沒有失卻希望，他們才有真正的幸福感可言。這個民族，也才有生存的底氣與生機。

　　有意思的是，當我從書店購回《上學記》時，書店的小姐在裏面夾了一張書簽，上著俄羅斯詩人茨維塔耶娃的詩：「我比你們幸福／它們比我幸福／在湖水中游的魚／甚至沒有衣服。」我不懂詩，但卻覺得這詩寫得真好。知識份子的幸福與自由，大概就是那種感覺吧。

從余英時先生寫長序說起

余英時先生新近在大陸出版的著作《重尋胡適歷程——胡適生平與思想再認識》（廣西師大出版社，二○○四），除了《〈中國哲學史大綱〉與史學革命》等三篇短文，重點收錄了作者關於胡適的三篇長篇序言：《從〈日記〉看胡適的一生》、《論學談詩二十年——序〈胡適楊聯陞往來書札〉》、《中國近代思想史上的胡適——〈胡適之先生年譜長編初稿〉序》。三篇序言近十五萬字，占了全書的五分之四有餘。完全可以說，這是一冊關於胡適的序言集。後面兩序是舊文。《論學談詩二十年》，為臺灣聯經出版公司一九九八年版《胡適楊聯陞往來書札》序言，大陸則有安徽教育二○○一年版；至於余先生一九八三年為胡頌平《胡適之先生年譜長編初稿》一書所作序言《中國近代思想史上的胡適》，早已成了現代學術史上的一則佳話。該序長達四萬餘字，儘管起初它附在《年譜》之前，但幾年後還是鬧了「獨立」——作者把它整理成單行本出版。由此人們多會聯想起現代學術史上兩椿類似的先例：一九一○年代，軍事家蔣百里寫成《歐洲文藝復興時代史》，向誼兼師友的梁啟超索序，梁下筆「不能自休。遂成數萬言，篇幅幾與原書埒」。序成後在《改造》雜誌連載了三期方完，這連梁自己也覺得不太合適：「天下古今，固無此等序文。脫稿後，只得對於蔣書宣告獨立矣。」這就是至今仍為學界推重的《清代學術概論》一書。七十年代，唐德剛遵《傳記文學》雜誌社劉紹唐之囑，為老師胡適的《口述自傳》中譯本寫序，「誰知一寫就陰差陽錯，糊裏糊塗地寫了十餘萬字

言」，「只好」成了《胡適雜憶》一書。而「他自己實在不能再為自己的『序』作序了」，只得「拉夫」，請周策縱、夏志清來寫序。因為有「前車之鑒」，周先生在作序時還擔心如果再提出一些與胡適有關的問題來討論，自己的序言一不小心就「可能也要變成專書」。只是沒想到的是，還是有余英時「重蹈覆轍」，多次出手寫出令人訝異的長序。這次新出的《從〈日記〉看胡適的一生》，是他為臺灣聯經版《胡適日記全集》所寫的序言，更是長達八萬餘字。它以胡適一生為線索，階段性地剖析了關於胡適的一些問題與疑點及其與中國現代史的關聯，舉凡如胡適的博士學位問題、西洋哲學修養問題、對毛澤東的影響、對蘇聯社會主義的看法、改革北大、在「一二．九」運動中的表現、抗戰中從主和到主戰的轉變、「赫貞江上第二回之相思」、與蔣介石的關係、晚年在臺灣的影響與作為，等等。每一小節，多發前人未發之覆。如果説《中國近代思想史上的胡適》是從思想史的角度對胡適所作的宏觀評價，那麼《從〈日記〉看胡適的一生》則可謂是對胡適相對微觀的考證析疑。

由余英時先生的長序，讓筆者再次想到的一個問題是，為什麼這些學人動輒就將序言寫這麼長？序言固然不好簡單地以篇幅長短論優劣，比如說錢鍾書先生的《談藝錄》自序與陳寅恪先生為《王靜安先生

[美] 余英时 著
重寻胡适历程
胡适生平与思想再认识

余英時《重尋胡適歷程——胡適生平與思想再認識》

遺書》所寫的序言，兩者都不過二三百字，但剖析學術，感慨人文，寄託遙深，是學術史上當之無愧的名文。而對於普通讀者如我來說，恐怕更多的還是喜歡閱讀長序罷——長序總含有較多的資訊、較充實的內容，可作更深入的參考。這就譬如去參觀一處重簷深廡的博大風景區，遊客總希望導遊圖越詳細越好。現代史上的著名長序，當數顧頡剛先生為《古史辨》第一冊寫的自序，是一篇典型的長篇學術自述。這篇作者埋頭在書房裏足足寫了兩個月的序言，引得妻子也笑他：「你這篇文字不成為序文了！一篇《古史辨》的序，如何海闊天空，說得這樣的遠？」再如一九二〇年代胡適為亞東圖書館整理出版的古典小說《三國志演義》、《紅樓夢》、《官場現形記》等所作的長序，則更是其小說考證的代表作，是他「整理國故」的具體踐行。當今的學界長者所作的長篇序言，印象中則有季羨林先生為安徽教育版《胡適全集》所寫的序言《還胡適以本來面目》和王元化先生為《杜亞泉文選》所作序《杜亞泉與東西文化問題論戰》。值得留意的是，學術史上的長序，是多少可以折射出一絲學術風氣來的。梁任公們長序迭出，直接原因當然是這些人都是寫作的好手。梁啟超、胡適、顧頡剛等都是近現代學術史上的樞紐式人物，治學領域廣博，創作汪洋豐沛，生平著述逾千萬字。唐德剛與余英時，則是當今海外漢學界公認之翹楚。但是能寫是一回事，會寫、願寫長序則又是另一回事。寫序者的泱泱才華固然是長序迭出的一個原因，但更重要的是作序人對作序這種「小事」要用心，要有股認真勁兒；對評述的著作，他是真正用了心研讀並產生了發自內心的共鳴與感應，因而才能激發起內在的寫作興趣和言說激情。梁啟超在為《歐洲文藝復興時代史》作序前就考慮再三：「泛泛為之一序，無以益其善美，計不如取吾史中類似之時代相印證焉，庶可以校彼我之短長而自勵也。」（《清代學術概論·自序》）寫成後梁又採用友人之建議，「增加三節，改正數十處」。季羨林先生曾是胡適的舊年同事，自信「對他的為人，待人接物，應對進退，有充足的感性認識」，但他動筆為《胡適全集》寫序，還是自省「答應得過於輕率了」。「我覺得，要想寫好這

一篇序，必須熟讀今賢書，從他們的書中吸取營養，擴大自己的視界，開拓自己的思路。」於是他就「多方搜求，得到了十幾種胡適的書和關於胡適的書，整整齊齊，羅列案頭，準備一一閱讀」。但閱讀下來，他感覺這如同讓他人在自己的腦袋裏跑馬，於是季先生決定「讓自己跑幾趟馬」，如是，他才「彷彿成為菩提樹下的如來佛，塵障全逝，本性固融，丟掉了桎梏，獲得了大自在」。據《杜亞泉文集》編者許紀霖在代跋《杜亞泉與多元的五四啟蒙》中介紹，為了照顧王元化先生的身體，許只請他寫一個短序。但治學嚴謹的王先生依然囑咐將有關杜的資料儘量找全，他要在動筆以前大致閱讀一遍。過了一段時間，他興奮地打電話給許：「這個杜亞泉不得了啊！我讀了他的文章，我們現在思考的很多問題，他在八十年前就注意到了，而且，思考的深度要遠遠超過我們當今一般人呵！」當時王的思想重心，正在反思中國五四以來的激進主義傳統，杜當年許多敏銳的看法和觀點，在其內心引起了深深的共鳴。整整一個酷暑假期，王先生待在家裏苦讀杜亞泉，直到秋天來臨才寫完那篇一萬多字的長序。文章刊出後，在海內外學術界引起了不小的轟動。由梁、季、王諸先生寫長序的經歷來看，寫長序實非一樁輕易之事。令人稍感欣喜的是，近年在年輕學者當中，亦有上佳長序者。北大學者歐陽哲生，主編《傅斯年全集》（湖南教育出版社），為其所作序言《傅斯年一生的志業及其理想》，長逾四萬餘言，對傅斯年進行了全方位的介紹與評價。復旦的博士周筱贇，建議舒蕪先生將其婦女研究文章編成《哀婦人》一冊。近過八旬的舒蕪不以周乃未及而立的無名後生，執意請周作序。周也不負所望，所作導言《哀婦人而為之代言》近四萬言。據舒蕪在該書後記中說，周博士「在沒有空調設備的宿舍裏，將夜作晝，廢寢忘餐地寫作。文末附記云：『二〇〇三年七月二十四日至八月二十六日初稿，酷暑中於復旦北區斗室；八月三十一日至九月四日二稿，秋熱中；九月七日至九日三稿』，總計四十餘天。其間還多次奔波於圖書館、書店，查閱資料，核對引文，一文一字，嚴格要求，毫不放鬆，有的還復印見寄。他這樣謹嚴的治學態度和精神，於我亦是很大的

教育。」更為難得的是，在序言中，周不因後輩身份而掩飾其與舒蕪在女性問題上的分歧，序中不僅有揄揚，更有嚴厲的批評；認為舒蕪儘管對中國女性命運多有關注，對中國傳統文化的男權意識多有振聾發聵的反省，但對女性問題的現代化建設卻是力不從心，其女性觀仍帶有並不必要的性別本質主義思想。序言中有近三分之一的篇幅對舒蕪提出直率批評。而舒蕪雖在後記中明確表示不同意周之觀點，但卻不以為忤，仍慨然將序言置於卷首。這種序言，其費時費力的工夫，值得今天的學人學習；其堅持己見而不一味頌揚的學術良心，更應向作序者倡揚。與我在同一所城市的梁洪生教授，是近年區域社會史研究群體中的突出者。日前正主持編譯《海外江西研究叢書》，為叢書所寫的序言近三萬言之多，是一篇考量賅博而又自有裁斷的研究綜述。在電話中談及這篇長序，他說自己還沒有可以為叢書綴以寥寥數語就交卷了事的資格，要寫序，就得認真地將其作為一篇論文來寫。這可謂是寫序者的警語。

看來，要寫出又好又長的序言，要讓自己的序與他人的著作雙美兼勝、輝映互補而流傳後世，無非是寫序者與著作要兩不相負。首先是著作要有一定分量，使得作序者有言說的慾望。如果著作浮淺而冠以長序，難免頭重腳輕，喧賓奪主；再者是作序者要認真，否則，頗有分量的著作，如果冠以蜻蜓點水、不足為觀的序言，還不如乾脆素面朝天為好。

亦真亦假的追憶

作為舊年北大的同事和受其知遇之恩的後輩，季羨林先生近年曾經寫過不少關於胡適之先生的文章，表達自己對這位自由主義的靈魂性人物與「我的朋友」的追憶與理解。其中最讓我喜歡的，是季先生一九九九年訪問臺灣參加學術會議時參拜胡適之先生陵墓後寫下的《站在胡適之先生墓前》一文，印象中該文還被《散文選刊》雜誌排在當年的散文排行榜之首，想來是名副其實的。週末裏借著讀胡適的機會，又重讀了一遍這篇深情宏文。正文開頭，描述了一九四八年十二月中旬胡適在北大子民堂參加北大建校五十周年紀念日的事情。當時正處在解放軍圍城的氣氛中，季先生寫道：「記得作為校長的適之先生，滿面含笑，做了簡短的講話，只有喜慶的內容，沒有愁苦的調子。」令人稍感意外的是，在文章末了，季先生又加了一則後記，坦承自己對紀念日的事情「腦袋裏終究還是有點疑惑。我對自己的記憶能力頗有一點自信的；但說它是『鐵證如山』，我還沒有這個膽量」。他託學生查當時的報紙，知道胡適已經於十二月十五日離開北平南下至南京了，並於十七日在南京舉行了北大五十周年慶祝典禮，發言時「泣不成聲」。季先生說「可見我的回憶是錯了」。「怎麼辦呢？一個是改寫，一個是保留不變。」經過考慮，季先生採用了後者，理由是「我認為，已經發生過的事情是一個現實，我腦筋裏的回憶也是一個現實，一個存在形式不同的現實。既然我有這樣一段回憶，必然是因為我認為，如果胡適之先生當

一九四八年六月十五日，季羨林在北大與出席泰戈爾畫展的來賓在子民堂前留影。前排右五徐悲鴻，右六胡適，左一季羨林，左二黎錦熙，左三朱光潛；第二排左三饒毓泰，左七鄭天挺，左八馮友蘭，左九廖靜文；第三排左五鄧廣銘

時在北平，一定會有我回憶的那種情況，因此我才決定保留原文，不加更動。但那畢竟不是事實，所以寫了這一段『後記』，以正視聽」。

　　曾經讀過不少學界長者的回憶性文章，在文章後面加補正、補遺或正誤之類也不在少數，但附加如此「知錯不改」的後記「以正視聽」的，印象中只有季先生這一篇。這裏，我想對季先生這樣處理自己追憶文章的做法無論表示贊同與否，都並無太大的意義；令我感興趣的是，這裏涉及讀者該如何對待與閱讀學者的回憶性文章的問題。世紀之交前後，隨著一代世紀學人的花果飄零，後輩學人懷念舊人舊事的追憶性隨筆一時蔚為壯觀，大行其道，凸顯為隨筆大軍中的重要一支。這些文章以其歷經滄桑的豐富資訊與「庾信文章老更成」的筆法，給一個世紀的學術文化總結提供了重要的史料參照與塵埃漸定後的歷史讀解。令人驚訝的是，隨著學術研究的全方位深入與史料鉤沉方面的「撥亂反正」，許多回憶錄都被證實為存有一定程度的誤記或臆想。小到對錢鍾書先生在牛津留學時是否獲得過文學副博士這一類小細節引發的持久爭論，大到朱正先生的《魯迅回憶錄正誤》這一魯迅研究舊作在九十年代末的重版新出，都說明了這一現象的存在。「修辭立其誠」，想來這些學識積厚的回憶者不會不懂這樣的道理，但為什麼還會出現回憶錄失真的現象？這是一個值得深思的問題。楊正潤先生在《回憶的缺陷》（刊《文匯讀書週報》二〇〇二年三月八日）中從外國文人學者的回憶錄入手說到這

個問題，他認為：「回憶錄大多是人到中年以後對過去的回憶，這時，人們的思維活動已經形成一個『意義結構』，人們不但依據一種價值標準進行思考和判斷，也在無意識中依據這種標準進行記憶和回憶。」他援引心理學家的理論說：「回憶的故事化常伴隨著理想化。一些心理學家認為，通過一種理想化的自我意像，心理可以得到安全感。」以盧梭的《懺悔錄》為例，盧梭自己說過：「我十分驚異自己竟然編造了這麼多的謊話。我記得當時是把它們當作真話來講的。」楊先生文章還說：「當代一些盧梭研究者則認為，盧梭有兩個自我，一個是自然賦予他的自我，一個是他自己創造的自我。兩者在《懺悔錄》中同時出現。盧梭寫作是為了懺悔，也是為了自我歌頌，為了達到這雙重目的，他把自己的過去故事化和理想化了，真真假假，自己也搞不清了。」

類似精當的剖析，還記得有許錫強先生在《「人是一切中最複雜的」——唐弢〈瑣憶〉的文體性質和社會影響新論》（刊《書屋》二〇〇一年第五期）一文。作者通過對史實深入全面的鉤沉與索隱，認為現代學者唐弢先生在魯迅研究上卓有成效，對魯迅其人其文的了解可以用「滾瓜爛熟」來形容。因此，「難免的，他的記憶就會將他和魯迅的接觸和對魯迅的閱讀混淆起來，在記憶上產生某些疑似之處」，作為回憶魯迅的名篇，《瑣憶》「所『憶』的內容相當部分來自他對魯迅的閱讀，而不是來自他和魯迅的接觸。……它其實不是一篇回憶性文章，而是一篇回憶兼研究且有虛構的文章；它的內容固然不少是來自和魯迅的接觸，但相當部分是來自對魯迅歷史和著作的研讀；唐弢本人則為此而在《瑣憶》中實現了自我超越，即創造了一個迥異於三十年代初期他的真實狀況的、能夠和魯迅平等對話甚至動輒俯視魯迅並大發議論的敘述人——『我』」。

產生於上世紀八十年代之前的諸多回憶錄，由於承受著外在無處不在的政治壓力，回憶者往往左顧右盼隱約其辭，甚至無意或有意地改寫歷史事實，以迎合隨時可能變幻莫測的外在標準。而在今天，我們仍然不無遺憾地看到，不少學界長者的回憶性文章存有一定程度上的失真。

客觀地說，到了常人所理解的「從心所欲不逾矩」的年齡，出現這種情況，倒不完全是由於屈服於外在壓力而主觀故意地說謊或改寫，而更多是牽涉到上面所說的心理記憶機制的問題。而一旦產生這種心理傾向，在此後的資訊吸納與人生回憶中，回憶者則會不斷地認同、強化這種近乎無中生有的「舊事」。季羨林先生的智慧之處，就在於他清醒地認識到真假兩種「回憶」，一類是「已經發生過的事情」，另一類是「我腦筋裏的回憶，一個存在形式不同的現實」，並且不回避後者對前者可能出現的覆蓋與干擾，但又不因無視後者的意義而對其進行徹底的清除，認識到「既然我有這樣一段回憶，必然是因為我認為，如果胡適之先生當時在北平，一定會有我回憶的那種情況」──胡適之藹然仁者的形象給人的印象太深了，在季先生的記憶中，即使大兵臨城，一向有著「我的朋友」式的笑容的胡適之，也是「滿面含笑」，「只有喜慶的內容，沒有愁苦的調子」。梁啟超先生在《中國歷史研究法》中論史料，其中論偽事之一種，就是「本意並不在述史，不過借古人以寄其理想：故書中所記，乃著者理想中人物之言論行事，並非歷史上人物之言論行事」。這說的大概與此有相通的地方吧。這種認定「一定會有我回憶的那種情況」的心理，折射出了回憶者對回憶對象的一種特殊的感情聯繫。同理，我們閱讀與使用這種回憶性史料的時候，也不妨借用季先生的處理辦法做出區分：一類作為學術史的史料來讀，另一類則作為學者的情感記憶來讀。前一類可以看出被記憶者的歷史，後者則可以看出回憶者的情感史。我們儘管無法引用這一「回憶」作為確鑿的史料，但由此可以看出回憶者與回憶對象之間的隱幽關係以及荷載在他們這一關係身上的學術思想傳承與接受關係。這就好比是歷史上常見的偽書：偽書固然沒有史料價值，但由偽書可以見出偽書作者所處時代的思想情況和他個人的心理狀態。只不過，偽書多是有意而偽，而回憶錄則多是出於心理安全的需要無意而偽，只是在不自覺之中受了前定「意義結構」的蠱惑，是「理想化的自我意像」。

魂兮歸來，札記體

梁啟超在《清代學術概論》一書中論及清代「學者社會之狀況」時寫道：「大抵當時好學之士，每人必置一『札記冊子』，每讀書有心得則記焉！」他認為這種讀書問學風氣是繼承清初大家顧炎武之嚴謹學風而來的。顧炎武著《日知錄》一書，「別來一載，早夜誦讀，反復尋覓，僅得十餘條」，嘔心瀝血三十餘年方編次成三十餘卷，「平生之志與業皆在其中」。梁啟超以此為例感嘆說：「推原札記之性質，本非著書，不過儲著書之資料，然清儒最戒輕率著書，非得極滿意之資料，不肯勒為定本，故往往有終其身在預備資料中者。又當時第一流學者所著書，恒不欲有一字余於己所心得之外。著專書或專篇，其範圍必較廣泛，則不免於所心得外摭拾冗詞以相湊附，此非諸師所樂，故寧以札記體存之而已。……訓詁學之模範的名著，共推王引之《經傳釋詞》、俞樾《古書疑義舉例》。苟一察其內容，即可知其實先有數千條之札記，後乃組織而成書。又不惟專書為然耳，即在札記本身中，其精到者，亦必先之以初稿之札記……由是觀之，則札記實為治此學者所最必要，而欲知清儒治學次第及其得力處，固當於此求之。」梁先生列出有清一代此類札記「最可觀者」，有閻若璩《潛邱札記》、錢大昕《十駕齋養新錄》、盧文弨《鍾山札記》與《龍城札記》、臧林《經義雜記》、王念孫《讀書雜誌》、王引之《經義述聞》、孫志祖《讀書脞錄》、趙翼《陔餘叢考》、梁玉繩《瞥記》、俞正燮《癸巳類稿》、陳澧《東塾讀書記》、王鳴盛《蛾術編》、何焯《義門讀書記》、汪中

《知新記》等。以筆者讀書的寡陋淺見，印象中除梁先生所臚列的之外，還有沈曾植《海日樓叢札》及版本學者黃丕烈的大量藏書題跋等，也都是這類札記體的珠璣文字，凝聚著學者一生的見識與心血。清代乾嘉一代有三大考史著述——趙翼《廿二史札記》、王鳴盛《十七史商榷》、錢大昕《廿二史考異》，都是這種札記體的突出代表。梁先生還特意指出：「各家札記，精粗之程度不同，即同一書中，每條價值亦有差別。有純屬原材料性質者，有漸成為粗製品者，有已成為精製品者，而原料與粗製品，皆足為後人精製所取資，此其所以可貴也。要之，當時學者喜用札記，實一種困知勉行工夫，此其所以能綿密深入而有所創獲者，頗恃此。」在後世學人的印象中，梁先生大體是個以經術文飾政論，寫文章洋洋灑灑天馬行空，筆端飽含激情的才子式人物，而不知道他對札記體這種樸素的「瑣屑」文字如此心儀認同、推崇備至。

對於這種札記體的推重，清代劃時代的史學大師章學誠在《文史通義》一書中數次提及：「文章學問之事，即景多所會心，筆墨既便隨處札錄……札記之功，必不可少；如不札記，即無窮妙緒皆如雨珠落入大海矣。……使日逐以所讀之書與文，作何領會，札而記之，則不至於漫不經心。且其所記，雖甚平常，畢竟要從義理討論一番，則文字必易於長進，何憚而不為乎？札記之功，日逐可以自省此心，如活水泉源，愈汲愈新，置而不用，則如山徑之茅塞矣。」（《家書一》）「文章者，隨時表其學問所見之具也；札記者，讀書練識以自進於道之所有事也。」（《與林秀才書》）

近來閱讀滬上學人夏中義先生的專著《九謁先哲書》（上海文化出版社，二〇〇〇），在該書首章《學統的分娩及其人格載體——謁梁啟超書》中，夏先生精到地認為，由梁啟超開創的現代學統大體可分為「學術本位」、「思想獨立」、「科學歸納」、「樸學文體」四個相輔相成的層次，而「樸學文體」則是「學統之相，人文學術成果之品位、分量或魅力，最終得借文體來凝聚並呈示」。夏先生接過梁先生的話題，將學術札記文體提高到此種認識高度，在今天這個文字垃圾疊床架屋、氾

濫成災的時代，真可謂空谷足音、拔俗超群。梁啟超在上述文中曾情不自禁地嘆息說札記「而今亡矣！」到了上距梁先生著書八十餘年後的今天，札記這種乾貨式的文字，更是被鋪天蓋地的文字飄浮物堆積、覆蓋得無處存身難覓影蹤，要真正盤點起來，只是在一些老輩學人——如饒宗頤先生的個別著述中，我們才依稀可以窺見這種優良學術傳統的不朽魅力。而置身於好大求全的學術時風中，學者教授們大多是為時風所裹挾，與流俗共進退，趨之若鶩、翻新出奇地「創建」出林林總總的理論體系，發明成千上萬的概念名詞。在這類文字中可能什麼都有，卻就是沒有真知灼見與理論創獲。

就這點來說，舊年老輩學人對札記體文字的喜愛與呵護，實在可以作為今天學界時尚流風的某種對比性參照。海內通儒碩彥錢鍾書先生，學問海涵地負，超拔古今，「然而，說也奇怪，這樣一位博學深思的學者竟沒有寫出一部有系統的理論著作，而只是發表此類札記、隨筆性質的書和單篇論文，惹得淺見的人認為『這些雞零狗碎的小東西不成氣候』」（鄭朝宗《但開風氣不為師》）。從通觀宋元明清至十九世紀末詩人詩話的《談藝錄》，到縱論鉤沉上古至唐典籍的《管錐編》，採用的都是「錐指管窺」、左右逢源的札記體，以數千則繁雜而具體的札記在汪洋的文化大海中沿波討源、披沙揀金。在《管錐編》的序言中，他甚至謙遜地認為自己的文字「敝帚之享，野芹之獻，其資於用也，能如豕苓桔梗乎哉？或庶比木屑竹頭爾」；在論述嚴可均所輯《全上古三代秦漢三國六朝文》時，錢先生希望：「拾穗靡遺，掃葉都盡，網羅理董，俾求全征獻名實相符，猶有待於不恥支離事業之學士焉。」——「不恥支離」、貼近現象而力戒空疏，正是錢先生一生學術文化活動的基本原則。他所奉行的，正是「以實涵虛」而不是以虛奪實、「寓一貫於萬殊」而不是重名輕實、以具體蘊涵共相而不是託諸空言的批評方法，他曾深刻地批評說：「哲人之高論玄微、大言汗漫，往往可驚四筵而不能踐一步，言其行之所不能而行其言之所不許。」（《管錐編·老子「法自然」》）因此他終生對聲稱可以窮極現象界的理論保持著一種深刻的

懷疑：「我想探討的，只是歷史上具體的文藝鑒賞和評判。」（《七綴集·中國畫與中國詩》）近年來，在酷評之風的影響下，諸多心高氣傲的年輕學人對錢先生多有指責，其中一種突出的觀點就是認為，錢先生才質出眾超群，一生孜孜問學，卻只留下一大堆「半成品」，只是「停留在中國傳統的學術方式上」，而沒有開一代風氣、創立一種新的「學術範式」，沒有成為出類拔萃的思想家，而這實是中國學者的「悲哀」。其實年輕學人們不知道的是，這些「雞零狗碎的小東西」，在某種意義上可謂是「偉大的半成品」，這正是錢先生對中國「博徵其材，約守其例」的札記體傳統的延續與發揚。對錢先生這種深沉的追求無所深知而強作聒噪之音，大喊大叫著要凌空蹈虛地「超越錢鍾書」，這才真正是時下浮躁學界的莫大悲哀。作為錢先生老朋友的鄭朝宗先生在上引文章中曾說：「他們不知道不輕易寫『有系統的理論書』是錢鍾書先生早在幾十年前就已決定了的。那時有一位好心的同學勸他寫一本文學概論之類的書，結果遭到了拒絕。他說過，那種書『好多是陳言加空話』，即使寫得較好的也『經不起歷史的推排消蝕』，只有『一些個別見解還為後世所採取而流傳』。」他在《七綴集》中說：「許多嚴密周全的思想和哲學系統經不起時間的推排銷蝕，在整體上都塌垮了，但是他們的一些個別見解還為後世所採取而未失去時效。好比龐大的建築物已遭破壞，住不得人，也唬不得人了，而構成它的一些木石磚瓦仍然不失為可資利用的好材料。往往整個理論系統剩下來的一些有價值的東西只是一些片斷思想。脫離了系統而遺留的片斷思想和萌發而未構成系統的片斷思想，兩者同樣是零碎的。眼裏只有長篇大論，瞧不起片言隻語，甚至陶醉於數量，重視廢話一噸，輕視微言一克，那是淺薄庸俗的看法——假使不是懶惰粗浮的藉口。」我還記得錢學研究者李洪岩先生在《如何評價錢鍾書》一文中表達過類似的意思，他說，錢先生的「管錐」意指以管窺天，以微觀察宏觀，體現出從眼角眉梢看情感、從麥浪麥梢察風向的方法學意義。錢先生的體系是長蛇陣法，以具體的材料和理論互為支撐。即使體系垮掉了，形象、具體的材料、事物仍然存在，仍然有生

錢鍾書《管錐編》

命力，而不像黑格爾的「體系」那樣會整體垮掉。同樣是錢先生老朋友的柯靈先生在流傳甚廣的《促膝閒話鍾書君》一文中，對札記文體剖析得更是精到：「錢氏以最經濟曼妙的文字，凝取長年累月的心得，將浩浩如長江的古籍經典，點化評析、萃於一編，正是量體裁衣、稱身愜意的形式，便於流傳久遠，嘉惠後人。」

　　像錢鍾書先生那樣對札記體情有獨鍾，在他所處的文化生態中並不是個特例。與錢鍾書一起被吳宓並推為「人中之龍」的另一位學者陳寅恪先生，其為學的做風也體現出這種「筆記體」精神──儘管他的著述表面上看起來並沒有多少筆記體文字。思想史學者余英時先生在《陳寅恪的學術精神與晚年心境》一文中，就曾感嘆說：「陳先生一生從不寫通論性的文字（《與劉叔雅教授國文試題書》和《馮友蘭中國哲學史審查報告》不能算是正式論文），所以他可以說完全沒有世俗的聲名，不像梁啟超、胡適、馮友蘭、郭沫若那樣在中國變成了幾乎是家喻戶曉的姓名。」而即使是胡適，他在史學考據上，也是對所謂「系統性」保持著一種清醒的懷疑。一九三六年六月二十九日他給他的學生羅爾綱寫信說：「凡治史學，一切太整齊的系統都是形跡可疑的，因為人事從來不會如此容易被裝進一個太整齊的系統裏去。」一九五九年，史學家嚴耕

望致信胡適，還對這一說法表示嘆服。我還記得在八十年代中期，學貫中西的金克木先生以「辛竹」為筆名在《讀書》等雜誌上寫「補白」，長不足千字，短不足數百字，讀者讀後深有所得。成書時金先生自謙地名之曰《燕口拾泥》，凡四十六篇，方五萬餘字。在後記中金先生說，這是七十歲以後專門「學寫短文章」，自己的切身體會是「同樣的內容，寫短比寫長更難。所謂要言不煩，實在不易。」

札記體文字雖然表面看上去似屬不起眼的末技小道，但它的命運卻與學術文脈之大有關係。見微知著，從札記體身上我們能夠曲折地窺察出一個時期的學界風氣與人文消息。一九五二年，中國學術界的「思想改造運動」如火如荼，史學家顧頡剛先生將他積年所得的讀書隨筆《浪口村隨筆》一編交給領導小組，而「檢討者斥之曰：『此落後至於三百年前之物也。』彼蓋以《日知錄》體裁如此，今不當效之耳。予惟民族形式，此世所尚，亭林之書豈伊自為，亦承夢溪、容齋之緒也。是固我國文體之一種，證據欲豐而辭句欲簡，脫不廢整理古史、古籍之業者，其體實終古而長存。予之書苟能步武亭林，於願足矣，即千萬人斥我以落後亦甘受之矣」（顧頡剛《法華讀書記（一）序》，轉引自顧潮《歷劫終教志不灰》）。札記體在二十世紀五十年代遭遇這種被鄙薄、擯棄的命運，我們並不難理解。札記這種在顧頡剛先生這一介書生看來是定會「終古而長存」，「即千萬人斥我以落後亦甘受之」的文體，與那個時代粗暴反智、瘋狂躍進的氣氛，太不和諧協調了，人們——包括諸多懂得與時代的「升降轉移」和光同塵的學人，多以「超越」古人的「氣魄」目之為「落後」之封建舊物，唯欲對其大加批判討伐、完全「超越」之而後快。世易時移，在新潮學風大行其道、以學術論著字數定「英雄」的今天，學人們則是大面積地趨新趕潮、好大喜功，視札記體文字為不屑、不值。身處學術圈中的人們都越來越強烈地感受到，本質上屬於個體性創造勞動的人文社會科學時下越來越受到體制化病症的嚴重困擾，學術價值的評估越來越取決於形式上的合拍與順應潮流。在評職稱、評獎、申報課題等諸多場合，札記體文字壓根不算是嚴格意義上

的學術成果，而被拒斥在「學術」的大門之外。許多地方明確規定，少於一定數量（如兩千字）的文字，不算是科研成果。在像工業化流水生產線一樣生產出來的碩士、博士群體中，沒有誰會如此不合時宜地採取札記體來作早已淪為敲門磚的畢業論文──包括最宜於以札記體來撰寫論文的古漢語專業的碩士、博士們，那樣會顯得自己太沒學問、太缺乏理論、太不懂體系化，入不得答辯委員會專家們的法眼，拿不到自己苦熬修煉多年即將到手的學位證書，誰肯冒這個風險呢?!回眸近現代學術史我們會發現，在近代西學東漸的大潮流中，倏忽間轉型的中國學人們很快就無情拋棄了稔熟的傳統表達方式，接受並且適應了以言簡意賅的主題詞、嚴格方正的索引、來龍去脈一清二楚的注釋與層層推進的論證為典型特徵的西方學術論文方式。這種行文體例的改變絕不僅僅是形式上的表面變化，它同時也意味著內在性學術精神的重大變革。王國維先生完成典型的札記體著作《人間詞話》的時間（一九〇八）距《紅樓夢評論》的完成時間（一九〇四）不遠，但大多的學術史著作與學人評傳，都選擇了以《紅樓夢評論》的完成作為確立他學術史地位的依據。從相對不拘一格、自由隨意的傳統筆記行文體例向有著嚴格的形式要求的西方式論文體例過渡，近現代的中國學人們迅速地改變了自己，一個重要的信念就是認為西方邏輯性強的、層次清楚的論證比東方含糊、感受性的表達有其優秀之處；西方式的分析優於東方式的綜合。直到近年學術界仍有人強烈呼籲：必須以西方式的論文行文方式來與世界接軌──焦慮的中國知識份子在這個問題再一次表現出了他們的焦慮與功利，而對這樣一種決絕的「跨越」所可能帶來的弊端與僵化沒有絲毫的反思與警惕。在這種大背景與大趨勢下，札記體更不可能贏得學人們的一絲溫情與敬意了。按照一種時髦的說法就是，札記註定了只是一種寂寞、另類的存在。但是，寂寞之中，札記體文字卻有著它頑強的生命力在；另類的身份，依然無法妨礙它嶄露出真正的學術風骨。前些日子《中華讀書報》發表消息說，代表當今學界最高水準的數十位學者在《文史知識》雜誌創刊二十周年座談會上聚集一堂，呼籲學界要端正文

風，大學者要敢於寫小文章，寫好小文章。如歷史學家龔書鐸先生說：「現在大家都知道，寫書比寫論文容易，寫論文又比寫小文章容易。別以為小文章是小兒科，它要求深入淺出。三兩千字的短文，往往是數十萬字著作的凝煉，是數十年學術造詣與嚴謹學風的體現。」──這裏所說的，不正是札記體文字的內在精髓麼?!

時下，學術著述的「注水」、泡沫化傾向突出，凸顯為中國學術界積重難返的問題之一，嚴重影響了中國學術的水準提升與理論創新。學界對此多有議論與警醒，報刊與網路上的批評文章層出不窮，但似乎都不見從制度或體制上採取一些有效的措施，沒有取得多少根本性的療效。這種情形看起來目前不僅沒有得到有效的遏止，還呈現出進一步惡化的趨勢。在這個時候呼籲消亡了的札記體復活於世，呼籲「札記體精神」魂兮歸來，想來也並不是沒有一點現實意義的。

學人乎？文人乎？

隨意讀書，近年常常看到人們將學人與文人相提並論的文字，且往往又是褒揚學人而貶抑文人。這種時風性的「價值觀」，好像與李澤厚先生所說自二十世紀九十年代以來「學術凸顯，思想淡出」的知識界風貌是相一致的。知識份子對時風的歸納與品評，有些說法往往猶如孔夫子修《春秋》，寥寥數字而深意玄遠，褒貶之情寓焉——「學人」與「文人」兩個概念的使用及對身份的認可，就給我等讀書人這樣的感覺。兩者區別究竟何在，看似並無明確界限，但真要深究細品起來，我想大概就是學人以研究為業，治學偏於嚴謹，必欲積累有年將冷板凳坐熱後才下筆為文，最忌流於空論無據。著述呢，不以發行量論英雄（有時甚至是越陽春白雪，則越是可能被稱譽為「絕學」），為人風格不事張揚而習慣於蟄居書齋沉潛問學。文人則相反：他們的看家本領是才情辭章，讀書常常拿陶淵明的「不求甚解」做藉口，而偏偏心高膽大，敢於痛快淋漓地輕薄為文放言高論，動輒會作替一個世紀的文學「寫份悼詞」之類的文字。而且以高產為榮，產品一旦洛陽紙貴，就會立即名利雙收聲動天下。

如果再進一步追究就會發現，知識份子嚴於學人／文人之別，並非今日的新視點，而可以說是歷史性形成的一種「身份論」。在談及這一話題時，學者們常常引用來批判文人的一句話，就是明末清初思想家顧炎武《日知錄》裏的說法：「一號為文人，無足觀矣。」以樸實學風稱譽後世、作則垂範的顧炎武，深自鄙薄明末以來袖手談心性而無濟於時

世，因此以深刻的反思精神倡揚修己治人之實學。但要順便指出的是，今天的學人們未必有著學人所必需的嚴謹性。如「一號為文人，無足觀矣」一句，就並非如引用者常常所說的是出自顧炎武之口，而是他借用宋代劉摯之言。顧炎武在《日知錄·文人之多》中寫道：「唐宋以下，何文人之多也！固有不識經術，不通古今，而自命為文人者矣。……而宋劉摯之訓子孫，每曰：『士當以氣識為先，一號為文人，無足觀矣。』然則以文人名於世，焉足重哉。此揚子雲所謂『摭我華，而不食我實』者也。」由引文這一小事情，也可以見出要做到一個真正意義上的學人實在不易——最起碼，引文這種基本功就得過關，字句出處不可不講，更不可亂講。唐宋以來，讀書人以辭章時文而非考據學問為進身之階，所以顧炎武感嘆「唐宋以下，何文人之多也！」經學家王先謙在《葵園》中的一封信裏說：「近日士大夫多不讀書，乃至奏牘陳詞，亦皆肆口亂道。……平生願為讀書人，不敢貌襲名士；願為正人，不敢貌襲道學；……獨立孤行，不求聞譽。」守舊的王先謙出於對晚清學風的不滿，把「讀書人」與「名士」、「正人」與「道學」對舉，大概也是今天的學者／文人之分的意思。在他的心目中，「讀書人」應該是真正有興趣踏實地做傳統考據學問的學人，而不是大耍花架子名士氣炫弄辭章的文人。及至民國前後，隨著科舉制度這一「指揮棒」的崩潰，傳統的學術開始向現代轉變，中國的讀書人一時有點恓恓惶惶六神無主，社會身份與心理感覺都發生著巨大的跌宕變化。當時流傳較多的一句話，便是對知識界的慨嘆：「近世詩人多而文人少，文人多而學人少。」這種說法，仍是一脈相承地延續著學人高於文人的「價值等級論」。

記得在一篇隨筆中曾經讀到，精於唐律之學的當代學者楊廷福先生，八十年代在北京校注《大唐西域記》期間，曾登門拜訪錢鍾書先生。錢先生以默存自處，素不喜與外人交往，加上對楊先生不熟，起初自然不會有好眼色。剛開始交談，錢先生就對楊先生正顏厲色地說：「我跟你不一樣，你是文人，我是學者。」對此，修養極好的楊先生絲毫不以為怪。他專門「班門弄斧」地與錢先生談起了宋詩，並指出了錢

先生的《宋詩選注》裏的幾處訛誤。至此，錢先生才感覺到自己面前的來客，不是一個他內心極為排斥的文人，而是學問精深的學者，通過交談還知道楊曾經是自己父親錢基博先生在無錫國專的高足。從見面之初的相斥到知情後的相投，這則學林逸事的意思，大概是說錢先生推重學人而排斥文人。根據錢先生的諸多傳記之類，知道他的言行也有些老派學人的處世習慣，但我很懷疑這則隨筆所言錢先生自稱是「學者」的真實性。青年學人李洪岩先生在《錢鍾書與近人學人》一書裏以為：「在錢鍾書那裏，『學人』的聲望並不妙。……錢鍾書是一位作家，其次才是學者。為了表明這一點，他甚至只承認自己是作家，而從來不說自己是學者──貌似自謙，實則自負。」錢學專家鄭朝宗先生在《研究古代文藝批評方法論上的一種範例──讀〈管錐編〉與〈舊文四篇〉》一文中指出，《管錐編》樹立了不少新義，第一條就是「學士不如文人」。學士包括經生、學究、注家等；文人包括詩人、詞人、秀才、小說家、戲劇家等。「學士不如文人」，錢先生的感覺是「文人慧悟逾於學士窮研」、「詞人體察之精，蓋先於學士多多許」、「詩人心印勝於注家皮相」、「秀才讀詩，每勝學究」、「詞人一聯足抵論士百數十言」。經生不通藝事；經生之不曉事、不近人情幾如不通文理；學者如醉人，不東倒則西欹。有不少研究著作憑著俗世常情「抬舉」錢先生，冒充「知音真賞」，將他的《圍城》稱為「學人小說」。以錢先生在《談藝錄》中論錢載的詩作時痛罵「學人之詩」的態度來看，他對「學人小說」一說大半是不會認可的，甚至會覺得是佛頭著糞──在敏感而高傲的錢先生的內心，他厭惡將《圍城》視做學問的展覽與無聊的獺祭，而自期是「博覽群書而匠心獨運，融化百花以自成一味」的真正的藝術作品。他在手札中寫過：「苟拙著為『學人小說』，則薩克萊、喬治、愛略脫、弗羅拜、馬賽爾、普羅斯脫所著以及《西遊記》、《紅樓夢》、《儒林外史》等皆得稱此名矣。此如見人家稍有像樣傢俱陳設，即劃屬『資產階級』，或架上有幾本線裝書及原版洋書，即斷定主人『學貫中西』

也。」在「學士不如文人」這種價值判斷中，很難設想錢先生會對楊廷福先生說：「我跟你不一樣，你是文人，我是學者。」

人們將《圍城》稱作「學人小說」，或者津津樂道於錢先生自稱「我是學者」之類的逸事，彷彿不如此就不能見出錢先生之超軼流俗，這種判斷標準多少反映了「學人高於文人」的心理，也可見出傳統價值觀的慣性。在日漸開闊通達的當代社會，雖然再也不大會發生以月旦時評之論寸鐵殺人的事情，但面對儒林文壇看似無形卻無處不在的品藻評鑒，知識份子對學人／文人之別似乎都還是有所顧忌、有所講究的。至於「一號為文人，無足觀矣」一句，在某種意義上則猶如一種道德誡律或是無形的緊箍咒，動輒成為學界中人對文人圈譏評討伐的口頭禪。其實平情而論，這種近於清流的毀譽，可以說是當下知識界一種極不正常的心態罷了。就好像「唯成分論」的不合理一樣，在今天這種欲說還休的時代語境中，學人／文人的區分實在不好一概而論。一方面，我們看到有王蒙等大作家極力提倡並以絲毫不遜色於學院派的學術著述在踐行著「作家學者化」的潮流。近來又陸續有王安憶、格非、馬原等作家走（逃？）入大學象牙塔教書育人，擔任碩導、博導之類，似乎也有點「文人學者化」的意思，為此還發生了一場作家上大學講臺利耶弊耶的爭論。學者王彬彬先生曾在中央電視臺「實話實說」：擔任西北大學碩導的賈平凹學術分量不夠。但作家文人多讀書，多長學問，總是一樁好事情。另一方面，我們見到學人群體也有正在大面積文人化的傾向，比如學術問題常常被紛紛擾擾地事件化，或在表面眾聲喧嘩而真知灼見缺席的氣氛中被話題化；學者逐漸走出書齋而追求在電視等大眾傳媒中「混個臉熟」，社會也逐漸習慣於按世俗的聲名來評估一個學人的學力與貢獻；雖然有書生學者在靜心問學修行，但亦多見有人在奔走競逐，就像唐宋流行的投刺求見、拜師入夥，或是晚明的結社會講，聳動風習；學界本身呢，大多令人難以理喻地按照工業管理的量化指標來論定個人的學術成就，以致有學人的學術著作比一般文人的作品要多得多，浮在學界面上的只是一堆迷亂的泡沫，底下有多少貨真價實的東西實在

不好説。顧炎武在晚年的《與人書十八》中自況：「《宋史》言劉忠肅每戒弟子曰：『士當以器識為先，一命為文人，無足觀矣。』仆自一讀此言，便絕應酬文字，所以養其器識而不墮於文人也。」換了是當下活絡的學人，他聽了劉忠肅（摯）的話恐怕會説這是守節般的舊教條，早該過時了。我們目睹學界常常是非不斷風生水起，有時甚至比文壇還熱鬧。而且根據讀史書得來的一點感覺，就是知識份子苛嚴於學人／文人之別的時候，往往是學界的現實有所不正常而易惹人非議的時候。所以説，學人抑或文人，都無法一言以蔽之，而是其中各有其不同。兩者都不好絕對地説何者有道德優勢何者處道德下風，而都要具體而論才是。如果「必也正名」，則文人未必低於學人，學人亦未必優於文人。記得哲學家維特根斯坦説過：「最好的事物即，A即是A。」這話聽起來哲學味太重了些，但我想意思我們大體都能夠明白。中國古代也有著源遠流長的「正名」傳統。事情就是這樣：學人也好，文人也好，名稱為何都不重要，重要的是沒有浪得虛名，才能無畏於時論之毀譽。

文憑與學位的今昔之嘆

拿以前的讀書人和今天的讀書人作比較，許多東西還真不太好說。比如對待文憑與學位的態度這樣一個方面，就很可以讓我們在今昔對比中深思感嘆一番。

就像官員需要官銜來確定自己的身份一樣，讀書人需要一紙文憑來衡量和估價自己，這本是無可厚非的事情。尤其是自近代以來，中國傳統的科舉取士制度被時代無情淘汰，傳統教育在中西文化交融的大潮中走上現代化的新軌，西方學制中的文憑與學位制度也逐漸為中國教育所採納。按照這種制度的初衷，對於真正的讀書人來講，文憑與學位只是他讀書生涯所得的一種「副產品」──應該說是有也無妨，無也不強求的東西──最起碼，也不應該把混到一紙文憑或一個學位看作是求學的根本性追求。文憑與學位背後的真學問才是最要緊的。在今天這樣一個教育界外部講究文憑至上、功利主義盛行，而教育界內部則應試教育等異化性傾向嚴重的年頭，說出這樣的話難免有被人譏為說大話的可能，或者被視為迂腐之至的書生之見。但如果有興趣回頭看看近現代學術史上一些真正的讀書種子的舊事，我們就會感嘆其實我們還是應該從以前的舊學人身上學習一些東西的。

常常聽到教育界人士說，考試只是手段而不是目的，考試實在是「沒有辦法的辦法」。至於取消各類考試制度的呼籲，這些年也常常在社會上此起彼伏。其實這種聲音早在遠年的近代就有過，而且人們對它的理解，實際上也比現在要深刻得多。五四運動過後的《北大學生週

刊》曾經出過一期「教育革命專號」，其中一些學生的文章說，求學既然是為了學術，則不必考試，「考試是一種最壞的制度，等於摧花的風、蠹果的蟲」，主張「把考試的『筆』拋去」。當時的校長蔡元培先生就答覆說，考試的確有很多壞處，但合理的考試還是必要的。他並且提出解決矛盾的辦法：考試廢除與否，「以要不要證書為准，不要證書者則廢止試驗，要證書者仍需試驗」。校長的答覆一出，當時馬上就有朱謙之、繆金源等十七位學生接受這個辦法，只聽課而不要文憑。同時《北大日刊》還公佈了他們的名單，一些同學把這十七人戲稱為「自絕生」。讓今天的人們感慨的是，學校對這些學生不要文憑的做法絲毫不以為忤，蔣夢麟代校長簽署這份公文時還禮貌地寫上「謙之先生」，當時的教師梁漱溟先生見了就說「這位校長未免太客氣了吧！」無可否認這些學生們的偏激行為多少是受到當時盛行的無政府主義影響的結果，但更無可否認的是，這種行為並不是嘩眾取寵沽名釣譽的不理智行為，要做出這番舉動還是需要有堅定的內心信念才行——其實他們是真要學問而不在乎文憑與學位之人：朱謙之在日後成了學問大家，擔任過北大教授，《歷史哲學大綱》和他所精擅的關於日本哲學的許多著作一直為人稱道。至於繆金源，連當時的文學院長胡適都認為他學問不錯，特意留他在北大中文系任講師。而當時對這種做法頗有微詞的梁漱溟先生，恐怕忘了他自己其實也是沒有文憑與學位之人。二十四歲的梁先生一無大學文憑，二沒有去放洋鍍金，蔡元培先生只欣賞他的一篇佛學長文《究元決疑論》，就破格把他延請到北大做講師。當時的他比講臺下的許多學生都小幾歲。在當時的環境中，內在的學問比表面的文憑與學位重要得多，是很自然而然的事情。

國學大師陳寅恪，這些年成了學界的熱鬧人物。說起來從十三歲東渡日本求學開始，一直到三十七歲回國到清華大學就任國學研究院導師，其間他共有十八年時間先後在日本弘文書院、德國柏林大學、瑞士蘇黎世大學、法國巴黎大學、美國哈佛大學等名校出入，但他最終仍未懷揣一張洋文憑回來以資炫耀。他一直是為學問而讀書，常常一旦知

曉名師所在，輒不惜拋棄即將到手之文憑，而前往新學校拜師求學，學成則又他往。學者蕭公權先生就曾以此為例說過：「我知道若干中國學者在歐美大學研讀多年，只求學問，不受學位。史學名家陳寅恪先生就是其中最特出的一位。真有學問的人絕不需要碩士、博士頭銜去裝點門面。不幸是有些留學生過於重視學位而意圖取巧。他們選擇學校、院系、課程，以至論文題目，多務在避難就易。他們得了學位，但所得的學問卻打了折扣。更不幸的是有一些人在國外混了幾年，回國後自稱某大學曾授予某學位。他們憑著假學位做幌子，居然在國內教育界或其他事業中混跡。」所以當梁啟超先生推薦陳先生入清華園時，清華校長曹雲祥問：「他是哪一國博士？」梁先生回答說：「他不是學士，也不是博士。」又問：「他有沒有著作？」梁先生說：「也沒有著作。」曹雲祥說：「既不是博士，也沒有著作，這就難了。」梁先生氣憤地說：「我梁某也沒有博士學位，著作總算等身了，但總共還不如陳先生數百字有價值。」梁先生敢於這樣理直氣壯地大聲說話，一來是由於他當時的地位名聲，還有更重要的一點恐怕是當年學界視學問重於文憑與學位的時風，使梁先生覺得真理在手底氣十足。當時的清華國學院認為學位是衡量知識水平的一個依據，但不是絕對尺規。在其聘請的陳寅恪、王國維、趙元任、梁啟超四大導師中，只有趙一人獲過哈佛大學的博士文憑，其他三位學貫中西，但都無博士、碩士文憑，甚至連學士也不是——梁的文學博士學位是後來由耶魯大學給他的。

　　曾經擔任過北大代校長、臺灣大學校長的學者、教育家傅斯年先生對文憑至上的做法深有看法。他的學生鍾貢勳回憶說，在傅先生主持中央研究院歷史語言所的時候，他派人往國外進修，常勸人不要念博士，而應以求得真知實學為首要。若有專以攻讀博士為目的者，他必極力反對無疑。在上課作自我介紹時，他就說，自己在英德留學七八年，進過三所大學，研究過幾門學科，但也並沒有讀過博士。傅斯年先生並不是隨意說說而已。這位先後用心研究過中國文學、實驗心理學、物理、化學、歷史語言學的學人一生出入教育界，他以代校長身份為抗戰後的

北大救衰起弊、主持臺灣大學校政以及主持中國學術史上成績斐然的中央研究院歷史語言所等一系列功業，都足以表明他是中國近現代教育史上屈指可數的教育家之一。對中國教育的憂思，是他匆忙的一生中認真思索的主要問題之一。在他重要的論文之一《一個問題——中國的學校制度》這一論文中，他對學界重文憑的弊病提出了沉痛的批評，他所主張的五項教育改革原則之一就是：「現在是資格教育，應當改為求學教育。」這表達了他的清醒認識。

小説《圍城》如今可以説是廣為人知了。錢鍾書先生在其中對主人公方鴻漸騙得「克萊登大學」一紙假文憑的做法進行了嬉笑怒罵式的描述與刻畫。許多有考據癖的好事者「索隱」説方鴻漸的所作所為就是錢先生的自況。説法有點無聊，但錢先生一生遊學域外多年，沒有混得一張與他學識相配的輝煌的文憑倒是不假。一九三七年他在牛津大學以《十七、十八世紀英國文學中的中國》的論文獲得了一種叫「B. Litt」的學位，據説這種學位當時很少頒發給一個以中文為母語的人。直到今天仍有許多學者對「B. Litt」到底相當於文學士還是碩士或者副博士爭議不休。其實這對錢先生而言毫無意義。在錢先生的心中，文憑只對那些徒騖虛名之人才有用處，「這一張文憑，彷彿有亞當、夏娃下身那片樹葉的功用可以遮羞包醜；小小一方紙能把一個人的空疏、寡陋、愚笨都掩蓋起來。自己沒有文憑，好像精神上赤條條的，沒有包裹」。（《圍城》）早在錢先生從清華外文系畢業時，當時的教授陳福田曾希望他到清華國學研究院讀研究生深造，但為他所拒絕了。其時許多人認為錢先生年少輕狂，而厚道且寬容的國學院主任吳宓先生對此並無不高興的意思。他只是在有點惋惜的心情中説，學問和學位的修取是兩回事，以錢鍾書的才質，他根本不需要碩士學位。這無異於是在為錢先生的行止辯護了。曾激賞説錢鍾書是「人中之龍」的吳宓先生在對待文憑的態度上真是深知錢先生之心。常説解人難索，但在對待學位、文憑之類的事情上，吳、錢兩先生可謂異口同調。

說了這麼多舊事再回頭來看看眼下的情景。手頭正翻閱學者丁東先生的一冊《尊嚴無價》，在書中丁先生說起自己有一個身為碩士生導師的朋友，帶的兩個在職研究生是一對初高中畢業的夫婦：偏偏男的是市建委主任，管著學校的基本建設，不管論文如何就是要拿學位的。這很是讓朋友進退為難。社會學者黃平先生在他的《未完成的敘說》一書中記載，春節前他去某地做農村調查，出面接待的縣政府辦秘書正同時為幾位在攻讀「在職碩士研究生」的縣領導寫「碩士論文」。敏感的黃先生為此有點憤怒地寫下了《教育和知識也可以買賣？》一文，文章結尾的質問極其沉痛：「這樣教育出來的人力資源還有什麼競爭力呢？賣完文憑，下一步又該賣什麼呢？」我不是一個教育界中人，但也常常遭遇到諸如此類的事情。有一天一位碩士研究生畢業的朋友跟我發牢騷說，真是想不通，如今他單位上的小車司機都在讀歷史系的在職研究生了，想想與這種人為伍，真是自貶身價，為自己寒窗多年熬來的學位悲哀。聽到這番話我這個碩士還真不知道怎樣去接過朋友的話題。平日碰見大學母校裏的一些先生，開口就感慨說忙，忙著辦在職研究生班。還說沒辦法啊，為了創收，現在都這樣。記得我讀大學時，紅牆綠樹間的先生們也帶著研究生，也很忙，但研究生都是經過嚴格挑選過的讀書種子，先生們培養起來也是格外地用心，在那種匆忙中分明有著一份沉潛、從容與實在。時代真是在「進步」之中了。今天，許多學校為了「創收」，大搞在職研究生班之類的經營——之所以說它是「經營」，是因為我無法不懷疑它在文化教育上的真正作用。

記得教育家蔡元培先生說過一句貌似平常實則十分深刻的話：「教育是農業，而不是工業。」要特別聲明的是：在今天，以高校日益大面積擴招為表現的中國高等教育大眾化已經成了大勢所趨。我不是一個精英教育的堅持者，因為說到底，我清醒地認識到自己和我的同時代人就是高等教育大發展的受益者。但我更清醒地認識到：今天的大學以工業化流水線般的方式「生產」著碩士、博士，那麼多的人一哄而上地憑著學問之外的本事去拿到一紙碩士、博士文憑與學位，然後又拿著文憑與

學位到社會上去謀取學問之外的東西，這實在是讓人感覺欲說還休不是滋味。想想也是，鈔票印得多了就不值錢，文憑也是一樣的。這種欲說還休的事情其實說亦難休──何妨不說即休！

如今哪裡還有可以住讀的圖書館？

——讀《劬堂學記》隨札

治學術史與思想史的學人，對兼記學者生平、學術與思想的學記體著述大多都有著一份偏愛與喜歡。在這方面，北京三聯書店貢獻最多。《馮友蘭學記》、《顧頡剛學記》、《蒿廬問學記：呂思勉的生平與學術》、《量守廬學記：黃侃的生平與學術》、《一溪集：杜亞泉的生平與思想》等書，自出版以來一直廣受士林學界的讚譽。「望形表而影附，聆嘉聲而響和」，不久前上海書店出版推出的《劬堂學記》（柳曾符、柳佳編，二〇〇二），也是一冊值得藏讀的學記體著述。這是

黃裳為柳詒徵攝於南京龍蟠里

繼一九八六年江蘇鎮江編印《柳翼謀先生紀念文集》之後，全面展示現代學者柳詒徵先生其人其學其行的又一部紀念性文集，對幫助讀者深入了解這位史學家有著重要的參考價值。

柳詒徵在學術上以治文化史及目錄學名世，在踐行用世方面除了在南京高師、中央大學等高校執教授學培植人才，另一可堪記頌者則是他在圖書館事業上的卓越貢獻。自一九二七年北伐戰爭結束後，柳先生出任位於南京龍蟠里的江蘇省立國學圖書館館長，擔當時艱，主其事長達二十餘年，直到一九四九年初才以名譽館長的身份榮休。這種堅持，比梁啟超、蔡元培、陳垣諸先生擔任大圖書館館長的年限都要長得多。在此期間，他主持編寫了中國有圖書館以來的第一部全部藏書總目《江蘇省立國學圖書館圖書總目》。在圖書館建設上柳詒徵先生力倡並付諸實施、影響深遠的另一項措施，就是圖書館為讀者提供食宿的創舉。讀者只要繳納適當的費用，即可長期住館從事研究。後來當過復旦大學副校長的思想史學者蔡尚思先生，就是這項創舉的受惠者之一。一九三四年他辭職入住國學圖書館，除了「在全國大圖書館中也只有此圖書館出版了全館普通本善本編在一起的《圖書總目》，使讀者不必查卡片的麻煩了」之外，一個主要的原因，就是因為他「不僅沒有許多錢可以買書與許多書有錢買不到，而且書太多了也沒有空房可以陳列出來。所以就與大圖書館結下了不解緣了。但我遍查國中的大圖書館都只能走讀而不能住讀。後來才得悉只有在南京龍蟠里的國學圖書館可以住讀，於是我狂喜，就把此圖書館當做自己的藏書和書房了」（蔡尚思《柳詒徵先生學述》，《劬堂學記》代序）。在這裏，蔡先生抱著打破紀錄、竭澤而漁的雄心，遍讀館藏歷代文集。柳詒徵對年輕而好學的蔡尚思給予了特別的禮遇，既允許他入住圖書館中，不收房租和其他費用。他還特別叮囑閱覽室管理員：「蔡先生為了著大部頭的《中國思想史》一書，特來我館從歷代文集中搜集他人所少搜集的寶貴資料。我們必須盡力支持他。他的貢獻也等於我圖書館的貢獻。別人借閱圖書是有限的，不還不再出借；對蔡先生借閱圖書是無限的，即使一天要閱十部、二十部或者更多

的數量，你們都要到後面藏書樓把書搬來供他使用。搬上搬下，雖很費力氣，卻不要表示不耐煩，這是我們應盡的義務。」蔡先生離開圖書館時，向柳先生辭行，柳先生對這位遍讀館藏文集的學者大加稱許：「你不僅打破了在我館讀書的學者的紀錄，而且打破了古來在圖書館讀書的學者的紀錄。……我館首先出版一部《圖書總目》，你是首先按《圖書總目》集部先後次序遍讀下來的，我很希望將來有第二個學者來館住讀。我館有了你這位讀者，這部《圖書總目》總算不白出版了。」他還贈蔡尚思先生「開拓萬古心胸，推倒一進豪傑」的條幅以示勖勵。六十餘年過去了，蔡先生仍抑止不住內心的感激說：「我深刻地體會到，這個大圖書館是我的太上研究院，是我做學問的母親。在此之前無此好機會，在此之後更無此好機會，一生只有一次，怎樣忘得了呢？」據《學記》所收、許廷長所撰《柳詒徵振興國學圖書館》一文記載，像蔡尚思先生一樣，在這個圖書館中住讀過的學人，還有吳天石、柳慈明、趙厚生、王誠齋、張叔亮等人。他們白天讀書，晚間則常向柳詒徵問學請益。這種住讀服務方式在全國圖書館界是稀見之舉，影響久遠。五十年後有讀者寫信問蔡尚思先生，當代有無如此圖書館。蔡向上海圖書館館長顧廷龍先生詢問，顧回答說尚無所聞。一生於圖書館情有獨鍾的顧廷龍先生在《柳詒徵先生與國學圖書館》一文中提及此事時說：「遠方好學之士，可以長期下榻，兼備飲膳，取費與館友相同，不事營利。斯誠我國圖書館事業中之創舉。」

　　國學圖書館的前身，是以晚清錢塘八千卷樓藏書為家底、由版本學家繆荃孫等於一九〇八年創辦的江南圖書館，這是中國最早創立的少數幾個公共圖書館之一。但由於時代局限，處於過渡形態中的江南圖書館不可避免地帶有傳統藏書樓的封閉性。直到柳詒徵任館長，才真正成為面向社會開放式的現代圖書館。允許讀者住讀，就是其開放式服務的重要體現之一。這種竭誠服務讀者的做法，不僅在那個由傳統藏書樓向現代圖書館過渡的時代顯得特別突出，在今天看來也是一種可堪追憶與值得承續並倡揚的做法。近百年後的中國學界，常常有人慨嘆這是一個

缺乏大師的時代。大師無疑是一個時代文化大發展的集中體現與表徵，它的產生固然有個體性的原因，但歸根到底還是有賴於他生存所需的土壤。對於一個學人而言，「土壤」之中，最重要者無過於塑造自己的學習環境，舉凡如學校教育、發表出版制度、交流、師承等。在諸多學界長者的深情文字中，我們見過可以「恣無忌憚」地偷聽名教授上課的北大學堂。如任繼愈先生在《松公府舊館雜憶》（載鄧九平主編《文化名人憶學生時代》，同心出版社，二○○二）中曾以無比懷念的情感寫道：「當時北大校門任人出入，教室任人聽課，圖書館閱覽室也任人閱讀。不管是不是北大的成員，都可以走進來，坐下就看書，無人干涉。寫北大校史的人，都提到北大沙灘有不少在北大的旁聽生（辦過旁聽手續的）和偷聽生（未辦旁聽手續的），如丁玲就是偷聽生中的一位，後傳為佳話。其實當年舊北大的圖書館還有『旁閱生』和『偷閱生』……這一條渠道也曾給一部分社會自學青年提供了讀書的方便。這些自由出入圖書館的讀者，除了不能從書庫借書外，實際享有查閱中西文開架書刊文獻的一切方便，與北大正式生沒有兩樣。說來也奇怪，在這種極端開放，幾乎無人干預的情況下，沒有聽說圖書丟失事件……」在茅盾、胡愈之、胡道靜等文化人的筆下，我們見過可以通過隨意讀書將出版實習生鍛煉培養成大學者和出版家的商務編譯所和東方圖書館。商務所出九十年、九十五年、百年紀念文集收錄的諸多文章，都提及了這一令人懷念的文化細節。于光遠先生在《憶商務：特別是它的東方圖書館》（載《科學時報》二○○二年八月三十日）一文中說：「我特別重視上圖書館，把上圖書館看作我的一個方面的學歷。……商務建東方圖書館和涵芬樓是高明的見地，它既能為商務的作者的工作創造條件，又向社會公開。我認為沒有這兩個圖書館，商務的一些工作可能搞不成」……正是這些像文化搖籃一樣的機構與場所，以其寬容而溫暖的文化關懷接納了那些因生活流離而可能流失的讀書種子，積久成厚，因木成林，才造就了那些大師級的學者和那個大師輩出的時代。

在今天，學人的生存環境有了全新的變化，一個更為體制化、科層化的現代性空間給予了學者們更為安穩、優渥的生活保證和硬體方面更為便利的問學條件。但在獲得了這種新的「現代性」的同時，我們很難說沒有將一些有益的「舊精神」丟棄了。當大量的年青一代開始在日趨鬆動的社會結構中由單位人走向社會人時，其中自然也有不少好學的讀書種子。如果其中有人向社會發問：「如今哪裡有可以住讀的圖書館？」不知道他們是否有年輕的蔡尚思先生那樣的幸運?!「『大道之行，天下為公。』公天下奚自乎？曰自學，曰自圖書館。」不知今天的圖書館等文化機構的主事者，是否有柳詒徵前輩那樣「天下為公」、服務於社會廣大自學者的深遠關懷、無私公心?!

民國日本在華留學生讀書與購書生活剪影

——讀《倉石武四郎中國留學記》及其他

○

　　對近代史覃思精研的史學家桑兵先生，在《國學與漢學——近代中外學界交往錄》（浙江人民出版社，一九九九）的「近代日本留華學生」一章開頭指出：「近代中日關係的政治格局雖然乾坤顛倒，文化卻保持著一定慣性，因而古代中國罕有赴日求學之人，近代日本卻不乏來華問學之人。尤其是庚子以後，日本留華學生人數漸有增加之勢。他們身份複雜，流品不一，在近代中日關係史上扮演多重角色，作用難以定位。但在兩國文化交流方面，仍有延續古代的多重意義。惜有關史實極少為研究者論及。在相關領域中，研究中國留日學生的著述最為豐富，近年來關於日本來華顧問教習及中國赴日遊歷官紳的研究也陸續展開，取得了引人矚目的成果，而對日本留華學生卻仍無著述。追究此一歷史現象的來龍去脈，不僅可以豐富近代中日文化交流史，也有助於理解近代中日關係的重要變數。」隨著學術視野的展開與研究力度的深入，桑先生的遺憾正在逐漸的改變之中。由榮新江、朱玉麒輯注的《倉石武四郎中

《倉石武四郎中國留學記》

國留學記》（中華書局，二〇〇二）一書，上編是倉石武四郎在華留學最
後八個月——即從一九三〇年一月一日至八月六日留下的中文日記《述
學齋日記》；下編「留學回憶錄」則附有作者此後陸續撰寫的回憶文章
如《關於延英舍》、《追念魯迅》、《在北京學漢語》、《錢玄同與黎
錦熙》等，生動可讀。《留學記》上、下篇互為補充映襯，潛蘊著豐富
的學術史資訊，稱得上是一份記錄民國年間日本在華留學生以讀書與購
書為主的生活經歷與學術活動的全息切片，也是深入研究近現代中日文
化交流史重要的基礎性材料。

　　倉石武四郎（一八九七—一九七五），戰後日本首屈一指的中國學
家，在多個領域取得了令人嘆服的成就，尤其以對漢語研究、漢語教
育、辭典編纂及中國新文學譯介的功績而成為現代日本漢語研究的泰
斗。他創辦了中國語學會以及日本戰後第一所民間漢語專門學校——日
中學院，畢生致力於日本漢語教育的改革，成為中日文化交流的友好使
者；在日本最著名的兩所大學——京都大學和東京大學，他一直是重要
的漢學教授，對日本的中國學研究產生著深遠的影響。二〇〇〇年初，
當新千年來臨之際，《華聲報》電子版評選出二十世紀「在傳播西方文
明的同時，也向西方公眾和全世界介紹了中國，拉近了中國與世界的距
離」的一百名外國人，倉石即在其中。

　　桑兵説近代日本留華學生「身份複雜，流品不一，在近代中日關係史上扮演多重角色，作用難以定位」，這是地理毗鄰而又關係複雜的中日之間在人員往來交流時所必然出現的現象。其中有以刺探政治與軍事情報為目的而到處遊歷的浪人、間諜，有以學習漢語專業知識以求謀職就業之便者，自然也不絕如縷地有著一向對中國文化經史抱有極高熱情的、真誠求學的「學問的留學生」（吉川幸次郎語）。後者多為服務於大學或研究機構的教師、研究人員，倉石就是這一群體中的代表性人物。倉石於一九二二年進入當時日本中國學的中心──京都大學大學院，在狩野直喜、內藤湖南等知名中國學者的指導下從事研究，一九二七年升任助教授。一九二八年三月二十三日，倉石以在外研究人員的身份由日本文部省派來北京留學，直到一九三〇年八月五日歸國。這種學人身份與相對純粹的求學目的，使他的日記名副其實地稱得上是以「述學」為中心內容的日記。

一

　　「述學」中重要的活動，主要是聽課受學。按照與他幾乎同期來京的另一學者吉川幸次郎在《我的留學記》（錢婉約譯，光明日報出版社，一九九九）的説法，日本文部省資助研究人員來京留學，主要體現了對戰後日本學界西方學術思潮盛行的一種反思與反撥。倉石等在華留學生用自己獨特的眼睛與心靈感受著近代時空裏的中國學術與社會，因為帶著「他者」新鮮的眼光，因而更為敏鋭客觀地記錄下了歷史的一個側面，從而鮮明地折射出了民國年間中國學界在學術交往、中外文化交流等方面的學術風貌和深沉消息，可讀可道者頗多。

　　比如民國年間大學裏流行一時的旁聽制度。多數日本留學生在留學之初並不進入具體的學校，而只是帶著問題進行實地考察、收集材料，或向相關學者直接上門請益。直到二十年代後期才有留學生進入北大等高校旁聽。開始四個月，倉石請旗人講解《紅樓夢》，通過精讀這

部名著以掌握北京話，也由此熟悉北京的風俗生活。在與中國學者的交往中，他了解到北大和中國大學的旁聽制度，於是辦理了手續去聽課。倉石在《在北京學漢語》一文中說自己是「不知不覺地學會了去大學聽講這種講點竅門的事」。當時的北大與中國大學有明確的旁聽制度。旁聽生申請聽課，按時收費，並無什麼問題。但是，倉石最想去北師大旁聽，因為他想聽語言文字學家錢玄同在那裏開設的「國音沿革」和「說文研究」。在倉石看來，在北大、中國大學等學校聽課，自己只是在聽語言，感受一些學者的鄉音而已，而到北師大才是真正地聽講課內容，更何況，清代小學、經學等考據性學問是他的興趣所在。倉石通過學者馬廉向時任師大國文系主任教授的錢玄同提出請求，錢託馬向倉石轉告說：師大沒有旁聽制度，但「我在北京大學也有同樣的課，況且北大有旁聽制度，去那裏如何？倘若一定要在師範大學，那裏沒有旁聽制度，我自然無法答應，不過，也許可以偷聽……」（《錢玄同與黎錦熙》）——「也許可以偷聽」，這差不多就等於是一種暗示與慫恿了。受此啟發的倉石從一九二九年秋季就開始了在師大的「偷聽」生涯。想想那個時代的學者們為異國好學者網開一面的通達做法，真是令人為這種有趣的歷史細節感動。「偷聽」自然有時會遇到麻煩。倉石回憶說，一九三〇年三月七日上錢先生的音韻課，辦公室的人一邊念花名冊一邊發講課資料。「這樣一來，像我這樣偷聽的不僅拿不到資料，還會被人發現。當時，我急得像熱鍋上的螞蟻，而辦公室的人來到我身邊並停下來。其他學生也大致了解我的情況，目光齊刷刷地射向了我；老師也最終停止授課，由上往下看。幸好我旁邊坐著研究生院的學生，就是後來很有名的孫楷第先生，我早先就認識他，所以他熱心地為我辯解。老師也從講臺上對辦公室的人說道：『快點兒往前發！』最後，辦公室的人也就不再追究了」（《在北京學漢語》）。儘管是「偷聽」，但「這次確實是去聽內容」，「錢先生的講課，的確對我幫助很大」。倉石極認真地聽課、做筆記，考試之前連中國學生都借他的筆記作參考，而歸國到日本後，倉石還以此作為自己講課的藍本。眾所周知，錢玄同是當時方興未

艾的國語運動的主將，中國最早的漢語音韻學教材《音韻學講義》和由教育部公佈的《國音常用字彙》、《國語羅馬字拼音方式》，都是錢玄同在國語運動中貢獻出的重大成就。倉石後來在日本進行長期的漢語教學改革，將他在師大講堂「偷聽」來的知識，進行廣泛的傳授。文化的流通與學術的影響經由這種別開生面的「偷聽」渠道，這未始不是一種割不斷的因緣。至於學術與文化交流方面的意義，正如榮新江在前言中所說：「而錢玄同的音韻學課程無疑直接影響了作者回國後的漢語教學改革——在某種程度上，五四新文化以來的『國語運動』在海外取得的巨大成果，正是通過錢玄同、倉石武四郎的交流而產生，這是新文化研究尚未關注的內容。」

再如遊訪的求學方式。民國年間的日本在華留學生，一向有著遊訪求學的傳統。十九、二十世紀之交，倉石的老師輩學者、原為記者的內藤湖南與留學生狩野直喜，就與中國大江南北的學者交遊甚廣。當時東方文化事業總委員會及其北京人文研究所的實際負責人橋川時雄，「與中國學者交遊之廣，堪稱現代第一人」。他根據親身接觸與資料編成《中國文化界人物總鑒》，收錄有名於時者達四千六百多人，且「頗多親接」。主持三井會社中國研究室的今關壽麿，整個二十年代都在京居留，且每年都在大江南北巡遊，與中國大批新舊學者過從甚密。從《張元濟日記》、楊樹達《積微翁回憶錄》、董康《書舶庸談》、吉川幸次郎《我的留學記》、黃侃《寄勤閒室日記》、《魯迅日記》、《陳垣來往書信集》、《陳寅恪先生編年事輯》等文獻可以看出，當時的日本學人及文化機構的負責人與中國學者有著廣泛的接觸與交流。剛到中國的日本留學生往往在他們穿針引線的介紹下訪求名師，進入中國學界圈子。與在華機構中人稍有不同的是，多集中在北京的日本在華留學生，常常是有意識地為自己安排設計好南下滬寧等人文淵藪之地遊學訪問，也許意在開闊眼界，感受體驗南北學風文化的不同。一九三〇年六月十四日，即在倉石留學中國的最後兩個月，他經天津、青島南下至上海、南京，最後從滬歸國，在此行程中得以拜訪了居留南方的大學者張

元濟、董康、丁福保、章太炎、汪東、黃侃等人，還有幾乎與他同時南下得以在天津同車而後又在滬上見面的胡適之。有此行程中倉石記下了一些有意味的細節。七月三日訪章太炎，章說：「治漢學者不可有好奇之心。」倉石認為此「寥寥短句，足箴舉世。其論《左傳》，亦揠擊公羊家神怪之說」。七月七日訪章之學生黃侃，倉石聽黃說：「余所學不出嘉道間人，先學注疏，而後清人正義可見也；先熟《段注說文》，而後諸家《說文》可參也……讀書不必自出新義，能解古人之意，於余足矣。」這種因印象深刻而特意記下的筆墨，多少可以見出以清代考據學為主要興趣的倉石對古文經學者所奉的信條是「心有戚戚焉」。民初以來，日本的中國學研究受歐美科學主義、巴黎學派的影響，對專精的考據極為重視，而力戒空洞無邊的賅綜，整個學術風向上鄙夷宋學而崇尚漢學。聯想起在北京授倉石學問的錢玄同、馬裕藻、朱希祖等人早年都曾是「太炎門生」，但後來大多由古文之學轉向了今文之學。而章太炎一生標準「學在求是，不以致用」，對北都學界似乎一直若即若離，與和他「論及學派，輒如冰炭」的南人康有為終生都以入圍北都為目標的人生追求實在是太異其趣；黃侃在北大講學五年，卻最終在表面上因人事問題離開學術中心南歸。這種地理意義上的聚合與疏離，何嘗沒有體現出一種學術取向上的分野?!

再如新舊學術之間的變遷更替。倉石主要研究傳統學問，他所旁聽的課程有錢玄同的「國音沿革」與「說文研究」、楊鍾曦的「大清會典並事例」、孫人和的「詞學」、吳承仕的「三禮名物」、沈兼士的「文字形義學」、倫明的「版本源流」等，說起來大多是舊學領域。但我們知道，新世紀裏無可阻遏的新文化浪潮，正在影響著中國學界，也影響著在華日本留學生的學習與生活環境、學術取向。倉石交往的人多系舊學中人，甚至有前清遺老如楊鍾曦、柯劭忞等，但也不乏新文化的參與者，如年輕的俞平伯、范文瀾、趙萬里等人，他的課程中亦有俞的「翻譯」、范的「古曆法」、趙的「詞史」等。尤其是從倉石對魯迅的推重一事，更可看出他對新文化的熱情。一九二九年五月二十九日，倉石在

吉川幸次郎

北大三院有幸聽了北上省親的魯迅的演講，感受到他「在文學革命中的地位」；又在三十一日登門到魯迅家中看拓片。之後，他就立即到北新書局將魯迅著述全數購下。一九三〇年元旦第一則日記記他夜間「擁爐閱魯迅《而已集》，談內閣大庫書，頗足備掌故」；同月十二日日記又記讀《彷徨》事。倉石歸國後，當日本的大學仍在以唐本《古文辭類纂》之類為教材時，倉石卻第一個在日本用魯迅《吶喊》作教材，開了風氣之先，這充分體現出了新文化運動的力量對倉石的影響，也反映出了日本新一代中國學家的開放意識。

近代以來，中日學界之間由於國家政治的關係，一向很少有平和友好地研究學問的空間。令人欣慰的是，儘管已經是「山雨欲來風滿樓」，但一九三〇年前後短短的時間，畢竟是中日關係較為平靜無事之期（吉川曾多次說一九三〇年前後是「留中外史上的興盛期」，是他個人「一生中最幸福的時期」）——此前有「濟南事件」，此後則很快就有迭連而至的「九·一八」與「一·二八」等事件。倉石在華期間，中國學者對他的關懷與友情，給他留下了深刻的印象。「談深新語渾如舊，住久他鄉已似家。」在京時寄居音韻學家孫人和先生家中，與京城學者其樂融融的交往自不必説了，即使南下遊學時的一面之緣，也給他留下了美好的記憶。章太炎一向對日本中國學沒有好評價，但他卻友好地會見了倉石，還特意要他去見自己的學生黃侃。黃的《寄勤閒室日記》七月七日說倉石「華語尚閒」。一九二九年七月六日，倉石去拜訪楊樹達，楊在

《回憶錄》中稱讚説「此君頭腦明晰，又極好學，可畏也」。與倉石同時留學的吉川，也曾南下在元旦之日拜訪了黃侃。吉川在由胡小石先生介紹去見黃之前，還有點擔心，想要胡帶他去。胡先生對他説：「雖説人們都説黃侃此人非常狷介偏狹，但我覺得不是，你去見他，他一定肯高興見你的。」吉川只拿著胡先生寫了幾個字的名片，「冒昧自己前去拜訪了」。黃侃「果然十分愉快地接見了我」。兩國政治的前廳已經交惡在即，而學界與文化的後花園卻有倖存留著幾分別樣的人性溫暖與文化情誼。倉石的老師獰野因親身體驗而生出對中國無限的熱愛之情，以致恨不得自己生在中國。倉石歸國後著中裝，講漢語，終生以「學好中國語，為日中友好架橋樑」為崇願，這其中肯定有留學時中國人給他的友好態度在起著一定的作用。及至一九三〇年倉石歸國剛踏入神戶海關，就因被誤認為是中國人而遭遇關吏「言語無狀」的對待時，他不禁由衷感嘆：「待遇中國如此無禮，可想而知，神戶國門有此失態，國恥莫之甚矣。」這是倉石日記有文字的最後一日（一九三〇年八月五日）。一段給了青年倉石美好記憶的歲月，卻以這樣的不快作結，這個意味深長的衝突性細節，似乎也隱寓著中日學人之間的友好交往正隨著戰爭來臨無可奈何地終結，中日人民也被軍國主義支配下的可惡戰爭拖入相互的敵視與仇恨之中。

倉石武四郎

二

倉石留學的另一主要活動，就是幾乎無日不有的購藏古籍。出版業、古書業與民國學術的變遷之間，有著極深的關係。倉石之所以選擇至北師大聽錢玄同講的課，除了是想聽「內容」，另一重要原因就是「因為師範大學就在我每天必經的琉璃廠書市的旁邊」。自乾隆修《四庫全書》以來，那裏便成為全國有名的古書集散地。對於有藏書嗜好的倉石來説，到此地無異於如入寶山，有著一種為他人所難以理解的興奮與沉迷。每次到師大，他都會在琉璃廠流連忘返，淘金覓寶。這個時期購藏的大量書籍，後來成為東京大學東洋文化研究所「倉石文庫」的重要組成部分。從細緻的記錄來看，倉石日記反映出了民國年間北京古書業界的方方面面，如學者頻繁地請人抄書而後自己勤加校勘的讀書方法，書賈送「頭書」上門的舊式交易方式，勤於與同行友人交流購訪古書經驗的做法，讓好書者奔相走告的廠甸廟會書市，類似於今日的投標賣貨的封書儀式，舊書業中通行的一年三節（端午、中秋、過年）的結帳方式（一月二十四日記：「整理書債，頗費拮据。書友來者，項背相望，歲晚一景象也」；一月二十三日至二十九日日記表明作者一直在還年底書債，以至二十七日記自己「還債如昨，兩日之間凡廿五家」），等等，彷彿是在勾勒著一幅幅民國舊書界栩栩如生的風情畫。

倉石對自己購藏古籍活動的記載，從另一側面則折射出了中國古籍在民國年間難言的悲劇性命運。民國年間，西學東漸，而中國藏書界仍不可救藥地沉迷於佞宋之風，倒是日本漢學界的學者，憑其受到的西方科學理論訓練，先行一步地深刻地認識到了晚近圖書的重要性（倉石在日記引首一葉所題七絕即反映出了他青年時的治學與購書旨趣：「詞章家每爭朱義，藏弆家偏競宋刊。我是兩家門外漢，但沾古澤一心歡」），開始將其大量泊載東去，形成了歷史上繼日本的奈良（相當於中國隋唐）、平安（相當於中國明末）時代之後的第三次漢籍東流的熱潮。倉石日記中

涉及的圖書名單，從日記輯注本後所附索引看有八百餘種之多，其中以清代古籍為主——倉石對清人著述格外關注（吉川曾在《清現代篇自跋》中說：「在前後三年的留學期間，有兩年半的時間，是與倉石先生共同的，當時兩人對清儒的『考據學』有著相同的熱心，因此相互競爭著奔波在二大古書街：城內的隆福寺和城外的琉璃廠，購買考據學方面的書籍。」——轉引自《中國留學記》前言）。對於這份名單，連寓目經眼遠軼普通學者的榮新江先生在《前言：倉石武四郎與〈述學齋日記〉》中也嘆為觀止：「其中很多書籍，即使在今天我們為之作簡單的敍錄時，也不能在相關的版本目錄學中找到線索⋯⋯對於研究清人著述、版本藏本等課題的學者來說，『倉石文庫』圖書與《述學齋日記》，都是不可放棄的對象。」民國時中國學者仍偏重於上古史研究，而日本學界卻留意清代學術，留學生也主要是收購與清代學術相關的圖籍。由佞宋之風向重視近代典籍轉變，是近代藏書風尚轉移的一種潮流性表徵。其中也透露出了學術風尚的一個側面。從藏書文化的角度剖析外國收購舊書的力量（包括個人及依憑外資購書的中國本土文化機構，如燕京大學一類）在這種風尚轉變中的刺激與推動作用，是一個有待於深入的課題。

　　能夠在以琉璃廠為中心的舊書業寶庫中滿載而歸而不至於入寶山空手而回，一個重要因素就是日本在華留學生有著優渥的經濟條件。周一良先生在序言說自己從吉川幸次郎的《留學時代》一書中弄明白了為什麼日本留學生有那麼多的錢買書。吉川在《我的留學記·留學期間·種種幸運》一節中說：「第一有幸的是：頭一年之後第二年正趕上中國銀價有史以來的暴跌。銀價便宜，金價就相對高漲。我每月的獎學金是日本錢二百日元，比文部省派遣的留學生的費用要少。但在最好的時期可相當於中國錢的二倍半，即日本錢二百日元相當於中國錢五百元。⋯⋯這五百元中，生活費還不到一百元。⋯⋯我住在中國人家裏，房費、飯費、交通費⋯⋯把人力車費也加在內，生活費總共不到一百元。⋯⋯其餘四百元，全部用作買書。」倉石作為文部省派遣的留學生，獎學金比吉川還要多，自然更是「財大氣粗」了。同時，倉石與吉川在留學期間均接受

日本東方文化學院京都研究院與京都大學文學部等文化機構的委託，代購中國古籍。這種留學生群體憑藉經濟優勢而大購中國舊籍的做法，正是當時的日本等他國憑藉經濟優勢而大肆搶購中國舊籍的一種縮影。

近代以來，尤其是民國年間，內憂外患，戰亂頻仍，中國的私家藏書大量散出，而日本得其經濟優勢、地利之便以及侵華戰爭中的軍事強權，對中國的文獻典籍劫掠最多。百年回眸，現代的中國藏書史在某種意義上可謂是一部珍籍大量東流的傷心痛史：一九〇七年六月，日本的靜嘉堂文庫挾其十萬元之重，令藏書家、出版家張元濟先生在知道與他有著不淺交誼的浙江歸安陌宋樓、守先閣、十萬卷樓全部藏書合計四萬餘冊盡行東去之後捶胸頓足；一九一六年，以收藏中國研究類圖籍弘富而知名的莫理循文庫，以三點五萬英鎊的價格被賣給日本岩崎家庭；一九二九年四月，日本外務省對支文化事業部從「庚子賠款」中撥付三萬四千兩銀子（實際上卻是分文未花），將原屬浙江青田藏書家徐則恂的東海藏書樓共四萬冊書據為己有……一樁樁接踵而至的書厄，在民國年間不可避免地激發起了中國學界本身就因近代以來不斷的政治受挫而蘊積潛藏的民族主義情緒，自古以來平等的中日文化交流也不可避免地籠罩上了一層時代陰影。對於日本人憑藉經濟優勢大量劫走中國古籍的局面，中國學人抱著一種痛心疾首而又無可奈何的心情。一九二六年十一月八日，陳垣在與胡適的書信中就說得很無奈：「北京現在窮極，嘗詢書店近日買賣如何。據云有些日本人買賣可做云云。然則北京書行買賣，現在亦靠幾個日本人支持，可哀已」（上海古籍出版社一九九〇年版《陳垣來往書信集》一七七頁）；蔣芷儕說：「外人日以重價搜羅我舊板書籍，琉璃廠書肆，常有日本人蹤跡。」（《都門識小錄》，收孫殿起《琉璃廠小志》）孫耀卿在《日本書商來京搜書情形》一文（收《琉璃廠小志》）中也說日本文求堂主人田中慶太郎等託琉璃廠書商購求古籍，「至我國商務印書館以及各圖書館，購買志書、小說、曲譜者，皆在其後」。甚至蟄居湖湘的文化名宿葉德輝也說：「東鄰西鄰乘我不虞，圖畫、古籍、古物盡徙而入於海外人之手。」（《書林清話‧吳門書坊之

《盛衰》）而由於商業利潤的刺激，北京的書界也為日本所支配，如來薰閣、文奎堂等書鋪都曾為日人提供大量珍籍。出於國際形勢壓力和自身利益需要，為了緩和「五四」以來中國益熾的反日情緒，一戰後，日本利用「庚子賠款」推行「對支文化事業」，在一九二五年成立了中日文化委員會總會（後改稱東方文化事業總委員會），組織北京人文研究所和圖書館。委員會由中日雙方組員主持，但由於不久即爆發的「濟南事件」，中方學界人士憤然退出。身處在這種時代恩怨中的倉石，他對中國珍籍樂此不疲的購藏活動自然不可能擺脫這種時代因素的影響。一方面，出於一介書生的個人興趣，借重經濟優勢，他極希望可以大量快意地收購中國古書；但另一方面將古書運出中國（尤其是利用「庚子賠款」代「購」中國珍籍），作為一個現代學者，倉石也心知畢竟是一種傷害中國文化界的事情。其間的矛盾，從倉石參與收購陶湘「涉園」藏書一事中可以看出。「涉園」藏書以明本、清初精刊本名動天下，陶湘晚年因經濟窘迫而被迫將所藏散出。一九二九年前後，倉石得知陶湘有意出賣部分藏書的消息。經過他的活動，日本東方文化研究所以時價三萬元購得其善本五百七十四種凡兩萬七千九百三十九冊。在日本侵略中國的政治背景下，這種行為不可避免地帶有帝國主義的色彩。於此深有所知並有所忌諱的倉石與他的老師狩喜自然懂得如何淡化這種刺激。運送這批古籍出境時，為了躲過當地群眾的抗議，他們煞費苦心地先以抵押為名將其運至英國租界的金城銀行，而後通過銀行轉移到與銀行直接連通的通成貨棧，最後才由日方三井洋行運至日本。這部分書，成了京都大學人文科研所的漢籍特藏。一九三〇年新年第一天的日記，倉石就得到日本友人松浦來信，「云涉園舊藏《西莊始存稿》係三十卷」，可見他對涉園藏書仍很關心。在平時，對於中國舊書業界的動態，倉石往往表現出一個愛書者本能的敏感。一九三〇年七月五日他南下遊學時經常州，特意在日記中記下「閱報知南京政府發令禁輸古書」，無疑是有點憂心忡忡，擔心自己所購藏無法運歸日本。而八月一日在滬上歸國前囑中國書店代寄書包時，「據其所說，所謂禁輸令並未實行，為之抃躍」。

一憂一喜，固然反映出了一個好書者一己之心情，但更深刻地折射出了一個學人在兩國政治衝突中的文化尷尬：任何一種個體性的文化活動，都無法避免受到政治大氣的影響與制約。說起來令人深思的是，在近現代中國，漢籍大量東流的重要推動力，往往來自於受中國文化恩惠極深的中國學家。如垂涎於「皕宋樓」藏書，而後生出「必欲致之於我邦」之心且慫恿「皕宋樓」後人陸樹藩不顧民族文化大義將其售與靜嘉堂的，是漢籍目錄學者島田翰；一九〇七年，搶先深入華北，從腐化顢頇的清廷手中劫走一些敦煌卷子，使敦煌文獻首次流入日本的，是對中國文化極有感情的內藤湖南、狩野直喜等人；而倉石與吉川等新一代的留學生，也一直在積極地代理文化機構購求漢籍。撇開文物保護方面的法律問題不談，單就道德感而論，他們不知是否有其矛盾心理？一方面他們極其熱愛中國文化；另一方面，他們又憑藉經濟強勢乘中國之疲弱而「買賣」珍籍文獻，無情地劫走中國的文化典籍與遺產——儘管這種「買賣」與三十年代日本全面侵華後憑藉軍事強權大肆劫掠中國文化典籍的蠻橫違法的行徑稍有不同，但這何嘗是一種公正平等的買賣與文化交流？!對於這種文化歷史的哀告無奈，欲求日本學者的良心反省乎？恨近代中國自身不爭乎？一段淒風苦雨的中國近代史，向後人劃下了一個大大的問號。

琉璃廠中從業者

無可否認的是，倉石們能夠憑其經濟條件購藏到大量漢籍珍本，還與他們對中國文化極高的修養有關。倉石與吉川在代日本文化機構購求漢籍時，曾以晚清以來影響深遠的張之洞著《書目答問》為門徑。從《述學齋日記》也可以看出，倉石非常善於利用書目一途來淘書：「早起閱書目數種，涵芬樓目中載……」（一月十二日）「曾閱《天津直隸圖書館書目》」（一月十六）「《彙刻書目》」（二月三日）「夜閱《書目答問》」（二月六日）「夜閱上海受古書店目錄」（二月七日）「在直隸書局購《雙鑒樓善本書目》」（二月九日）「與蜀丞先生閱李越縵所致王益吾書，蓋討論《續經解》編目也」（二月十日）「蜀丞先生編《清儒著述目錄》」（二月十二日）「閱南京狀元境萃文書局書目……借博古齋書目……金生送期刊編目。閱博古齋書目」（二月十三日）「閱富晉書社書目」（二月十七日）「閱富晉書目」（二月十八日）「閱書目」（二月十九日）「送《違礙書目》石印本」（三月九日）「編目錄」（三月十一日）「續編目錄」（三月十二日）「赴王富晉，要《測海樓書目》」（三月九日）「閱首都萃文書局目錄」（四月十日）「陳濟川來送毛邊紙，並京師、江南兩圖書館書目」（四月十六日）「獲直隸書局孫慶曾《上善堂書目》」（四月二十五日）「聚古堂送《津局官書價目》……文奎堂送《書目答問》」（四月二十七日）「獲……《北平圖書館雜誌叢書（四集）擬目》，尤快人意」（五月三日）「借閱受古書店書目」（五月十三日）「獲《湖南圖書館書目》」（五月二十三日）「接中國書店目錄」（五月二十六日）「借《書目答問》……過錄《書目答問》批語」（六月十一日）「看揚州吳氏《測海樓書目》……又過元記興借書目而回」（六月二十四日）「竟日不出，檢書目」（六月二十五日）……之所以不厭細煩臚列以上，是為了見出倉石無時不在關注書目，懂得按圖索驥，以此為研索中國古籍的重要門徑。

　　倉石算是個性情中人，購書時的喜憂常形於顏色。如「清理書單，桂節過後，不覺逾千」（一月二日），他就感嘆：「書囊無底，此之謂也。」而在南遊上海時仍冒雨淘書，購得諸多好書，輒又說「有此等

書，罄囊亦所不辭」（六月二十日）。讀過此種語言，一個負手冷攤、尋尋覓覓的形象躍然紙上。要是沒有中日之間近代特殊的政治風雲，我們很可以把這看做是一幅充滿著文化關懷與舊年情趣的美好的淘書圖。

倉石來北京不久就與吉川共同住進了四合院，並穿上了中國服裝，像中國人那樣開始了他們的北京生活。與士大夫交往，倉石也一切依照中國古禮，逢年過節行饋歲、辭歲、拜年之例。而且，在倉石的內心深處，甚至常常寄寓著明顯的中國士大夫氣質。一月三日「偶翻李越縵日記，頗動效顰之興」。倉石一向並無記日記的習慣，《述學齋日記》顯然受到《越縵堂日記》的啟發與影響。一月十一日閱《雪橋詩話》畢，其中有「巢痕已埽，宗稷都非，清露朝衣，悉成華胥之夢矣」句，作者由衷傷懷：「時夜已深，爐火將盡，而身如歷劫，悵然不已。」民國時無休的戰亂，常常驚擾千年古都裏書生文人之清夢，連一個異國留學生都不由自主地發出亂世無常的悲嘆。四月五日清明節，「南北戰事將有不測之勢，『聽風聽雨過清明』者，此之謂乎？」一句宋詞，將一九三〇年普通中國人的生存狀態精當形容，用得極是地道。

記了二百一十八天，計二十八萬字的倉石日記，在很大程度上可謂是一份十足的「民國學人譜」。其先後接觸的知名的學者、藏書家、出版家，舉凡有冼玉清、孫人和、吳三立、趙萬里、楊鍾曦、謝國楨、倫明、吳承仕、錢玄同、俞平伯、尹炎武、朱希祖、楊樹達、余嘉錫、張鳳舉、范文瀾、馬廉、馬幼漁、駱紹賓、陸宗達、高步瀛、劉盼遂、傅增湘、徐森玉、江瀚、胡玉縉、陳百年、馬衡、陳垣、袁同禮、徐祖正、陳寅恪、錢稻孫、徐乃昌、葉恭綽、劉承幹、吳士鑑、吳其昌、胡適、董康、瞿鳳起、張元濟、馮沅君、陸侃如、陳乃乾、高燮、丁福保、顧燮光、章太炎、汪東、黃侃、繆鳳林等。而涉及的書齋、高校、出版社等文化機構，則有寶華堂、寶文堂、通學齋、寶銘堂、博古齋、純華閣、萃文書局、德友堂、讀有用書齋、富晉書社、翰文齋、受古書店、文祿堂、彙文堂、文奎堂、文琳堂、會文齋、聚古堂、九經堂、聚珍堂、北大、北師大、中國大學、北京女子師大、中央大學、北圖、京

師圖書館、國學圖書館、東方文化圖書館、東方文化事業總會、涵芬樓、江南圖書館、金陵大學、清華研究院、商務印書館、同文書院、雪橋講舍、中國書店等。熟悉民國學術史者可以由此看出，倉石在中國短短的兩年間所建立起的「學術網路」，是一種極其深入的參與。拿這份日記與一些民國高校史、出版社史、甚至是《琉璃廠小志》一類史籍對讀，當可看出民國年間中國學界的典型風貌，以及各文化機構之間千絲萬縷的互動關係。

三

作為北大中國古代史研究中心基地項目「中外關係史：新史料的整理與研究」研究成果的組成部分，本書由知名學者周一良、史樹青及倉石之婿池田溫三人作序說明，啟功題簽，榮新江與朱玉麟輯注，柴劍虹任責任編輯，可謂是今天的學術界與出版界的一時之選。輯注者對日記中所涉及的大量人名、機構名稱、著錄書名、習俗風氣、遊歷地名、典故、相關事件等進行了詳贍的考釋注解。上編日記與下編回憶錄互為補充，成了一個完整的留學記。文後除翔實的《學問的回憶：倉石武四郎博士座談會》外，還附有參考文獻及交往人名、著錄書名、地名與機構名索引，便於讀者查閱。書中的大量圖片，是極為珍貴的鏡頭，增加了留學日記的可讀性和資料性。

但全書的輯注工作，似亦不乏可議處。除了書中多有將右上角六號圈碼標注誤為五號正文圈碼等明顯的手民誤植外，另外有不少涉及文字方面的。如第一則元旦日記，「客中政歲第二次矣」，「政歲」不知何指，「政」字疑為「改」字之形近而誤；同日日記注魯迅條，說魯迅於一九二九年四月十三日因母病北上省親，應是五月十三日之誤，《魯迅日記》可證。且四月無三十一日，而注文末說倉石於三十一日午後訪魯迅，於常識應知此日期有誤。五月六日記「而先師推挽出此，豈不可書諸紳哉」一句，上標注釋符號⑤，但其下所附注文僅四條，當有漏排，

大概是注「書諸紳」，即《論語》記子張「退而書諸紳」之意。七月七日記「遂回，疲乏亦甚，鼓勇遊夫子廟」，「鼓勇」當為「賈勇」，由「餘勇可鼓」而來，依注本「校注凡例」第五條「原文筆誤均於行文中改正」的要求，輯注者當作説明。更重要的是，注文中有不少凡簡失當之處。如注陰曆端午（六月一日）、孫中山（三月十二日）等常見語，不憚費辭，但對不少讀者不易明瞭處，則失注，如五月二十日「言之可復，此之謂也」，不易明其所指；六月二十五日記「到書院注射，豫防虎病也」一句，僅注「豫防即預防」，而對讀者更陌生之「虎病」則略而不注；七月五日記「閱報知南京政府發令禁輸古書」，對禁輸古書令這一關係到民國舊書業界狀況的政府行為，似應詳注出以明時代背景……如此之類，可謂是瑜中瑕疵，作為一個從中獲益匪淺的讀者，不可不辨並指出，當不會被譏為吹毛求疵。幸好這等好書，定有機會重版修訂，可以有後出轉精的善本以慰讀者。

花落春仍在?!

——代跋

蕭軼

曾經在一次聊天中，和江西省社科院的老師談起我大學的生活，我對該老師說，我很想寫篇文章說說我和張國功的那些事兒，名字叫做《兄門四年記》。一目了然，這是借用了羅爾綱先生的《師門五年記》。

在《師門五年記》一書中，羅爾綱不過一抄寫員而已，地位低微。加之羅爾綱乃一既敏感之人，胡適之先生門庭往往名流滿座，不免讓羅爾綱起卑微之感。有幸的是，胡適之先生對羅爾綱有著無微不至的關懷，每每於名流人士前，不忘引介羅爾綱，「使客人不致太忽略這個無名無位的青年人」，使他不至於「太自慚渺小」。羅爾綱在書中如此寫道：「我還不曾見過如此的一個厚德君子之風，抱熱誠以鼓舞人，懷謙虛以禮下人，存慈愛以體恤人；使我置身其中，感覺到一種奮發的、淳厚的有如融融的春日般的安慰。」這樣一位「新文化中舊道德的楷模，舊倫理中新思想的師表」指導著羅爾綱的學習，關懷著羅爾綱的生活，想必誰讀來都羨慕至極。

幸運的是，在我大學初始，因在南昌讀書的緣故，我與張國功同一城市，故而獲益頗多。無論是生活上，還是學習上，都獲得親身請益

的機會，獲得過胡適之待羅爾綱那般的待遇。他的書房，是我最喜歡待的地方。至今想起來，也不知為其整理書房多少次了。眾所周知，整理書房是一項龐大且複雜的事。有時因整理書房整理得煩了，還會怨恨幾句。而他總是拿羅爾綱幫胡適整理書房，整理出一個學問家的典故來化解，讓我繼續整理下去。書房整理多了，差不多他有什麼書，那本書擺放在哪個地方，我都能一一道來了。在這個過程中，我不僅接觸了很多自己未曾閱讀或未曾見過的書籍，也讓自己在潛移默化中對書籍和學問有了些許感觸，買書也不再那麼盲目了。最主要的是，讓我慢慢接觸到了各種各樣的好書。這些書籍，以人文、思想、社科類為主。當然，受其影響，自己的興趣也更傾向於民國史，包括民國知識份子心靈史、民國出版史、民國學術史等。

與市面上不同的是，張國功的藏書顯得不那麼市儈化，不同於其他人的藏書那般喧鬧與浮躁。這也對我有著「潤物細無聲」之嘅。一般說來，時下的民國史研究和解讀，有著一種不太健康的習氣，便是往往津津樂道於幾位民國範兒的逸聞趣事，而無法真正滲入他們的著作和人生去解讀。這種趣味化的閱讀，除去本身是一種誤讀之外，也在不知不覺中遮蔽了歷史的本來面目。另外，由於大陸那種壓抑的社會狀態，讓有些人在解讀民國史或民國範兒的時候，往往將民國不斷神話，將民國範兒抬上神壇，一味地將民國歷史放在自己預設的意識形態中去敘述和解讀，甚至針尖對麥芒般地以民國史研究去對抗當下的時政。波普爾說，歷史本身沒有意義。既然本身沒有意義，那麼讓它別的極具意義的方式便是解讀者對歷史的一種偏見。這種偏見，往往在無意識之間便滲入了歷史的解讀之中。相信誰也不能否認，只是程度的大小而已。

而如同平日張國功指導我看書一樣，對於趣味性的讀物，他一再讓我別過度沉迷。他自己的文字，總是做到有理有據，正如胡適之先生說的：「有幾分證據，說幾分話，有七分證據，不能說八分話。」張摸爬文章中提及的人物的日記、書信和年譜等，至少從這點看來就顯得比趣

味性文章要謹慎得多了，不至於因為一則傳聞而下結論，或在下結論之前有一種清醒的認識。

謝泳先生在《逝去的年代——中國自由知識份子的命運》中如此寫道：「說到過去的教授，我們年輕一輩真有說不出的感慨，今人不見古時月，今月曾經照古人。都是教授，前後卻不大相同。」謝泳先生這裡說的是過去的教授，其實何止是教授！套用一下謝泳先生那段話：說到過去的知識份子，我們年輕一輩真有說不出的感慨，今人不見古時月，今月曾經照古人。憶昔午橋橋上飲，坐中多少豪英！無論是中研院那些時代鉅子，還是出版報業界的民國範兒們，在載浮載沉、潮漲潮落的時代渦流中，他們一面在連綿戰禍的內憂外患中承受著長期陣痛，一面在崖岸壁立的駭浪怒濤中奮發勇為，擔當起一份作為國民的時代責任和歷史使命。同時，隨著歷史的鼎革，經歷過風雨蒼黃的知識份子，在風陵渡口的驚濤拍岸聲中，逐漸湮滅在歷史的塵煙裏。

歷史早已隨風而散，可為何世世代代都有必要重新去發現歷史、閱讀歷史、觀察歷史和審視歷史呢？曾鞏在《南齊書·序言》中說：「將以是非得失興壞理亂之故而為法戒，則必得其所托，而後能傳於久，此史之所以作也。」如果說書寫歷史是勝利者的特權，那麼，成功地重新書寫歷史也是勝利者的特權。故而，曾鞏又曰：「然而所托不得其人，則或失其意，或亂其實，或析理之不通，或設辭之不善，故雖有殊功偉德非常之績，將暗而不章，鬱而不發。而檮杌嵬瑣奸回凶慝之形，可幸而掩之。」所以，光靠勝利者的歷史，顯然是非理性之行為。故而，我們每個人都要有甄別歷史的能力，都要對歷史有著良好的觀察和審視心態。一位好的歷史觀察者或審視者，也正如曾鞏所言：「古之所論良史者，其明必足以周萬事之理，其道必足以適天下之用，其智必足以通難知之意，其文必發難顯之情。然後其任可得而稱也。」

傅國湧先生一直致力於在塵封的中國近現代史料中勤奮爬梳，用筆底波瀾的文字鉤沉歷史的塵煙，追尋失去的傳統。他認為，「對中國人來說，歷史就是我們的宗教。中國人缺乏宗教，缺少外在超越的信仰，

可是，中國人不缺乏道德的堅守，不缺少人生意義的尋求，在其他國度或其他民族，用宗教提供的一切，在我們這裡是由歷史提供的。換言之，當人家求助於宗教的時候，我們只有歷史」。確實如此，原中宣部新聞局局長、《東方》雜誌總編輯鐘沛章先生就說過：「我們常常被告知中國沒有這樣那樣的傳統，何謂傳統？傳統總是從一個人、一些人、從某個時間開始的，不是天上掉下來的。張元濟、陸費逵、王雲五這些人出現了，我們的出版業就有了傳統；蔡元培、張伯苓、竺可楨、梅貽琦出現了，我們的大學就有了傳統；黃遠生、邵飄萍、張季鸞出現了，報業就有了傳統；蔣抑厄、陳光甫出現了，金融業就有了傳統。」中華傳統的精神版圖中，和其他國度一樣，沒有末日審判，而有歷史審視。今天，要重建一個社會的價值觀、人生觀和世界觀，我們完全可以試著從歷史的教訓中去獲取殷鑑。觀史之興衰榮辱，可省今世之策。當我們站在歷史的審視中，我們可以更好地取捨進退，可以更好地善己強國，可以更好地在當下這個轉型社會擎起時代的火炬，去讓我們這個國度變得比我們出生時更加美好。哪怕只有一點一滴的前進，也是對一個時代的貢獻。至少，在時代的步伐裏，我們沒有阻礙社會的潮流，沒有給時代的發展拖後腿。

張國功先生曾被傅國湧先生稱之為「神交」，這必然有其內在的學識在的。如此書中，裏面的很多篇幅都在大陸的學界得到很高的讚賞。《國難時期的「李莊精神」》以首篇的地位入選為2005年年度隨筆，且被某中學校長列為愛國主義教育篇目；《長溝流月去無聲——舊年《大公報》人的命運感懷》一文，在谷林先生的《書簡三疊》中重點推薦；《思想的關聯：在一家民間報館與一所教會大學之間》被收錄於《逝去的大學》一書……

今追昔，長溝流月去無聲。此書如何，我也不敢多言。是好是壞，讀者自有定斷。只是，讀畢書中的所有篇目，我不禁掩卷沉思：花落春仍在?!

世紀映像叢書

世紀映像叢書

世紀映像叢書

世紀映像叢書

世紀映像叢書

史地傳記類　PC0150　世紀映像叢書63

長溝流月去無聲
——重溫民國人和事

作　　者／張國功
主　　編／蔡登山
責任編輯／蔡曉雯
圖文排版／陳湘陵
封面設計／陳佩蓉

發 行 人／宋政坤
法律顧問／毛國樑　律師
印製出版／秀威資訊科技股份有限公司
　　　　　114台北市內湖區瑞光路76巷65號1樓
　　　　　電話：+886-2-2796-3638　傳真：+886-2-2796-1377
　　　　　http://www.showwe.com.tw
劃撥帳號／19563868　戶名：秀威資訊科技股份有限公司
　　　　　讀者服務信箱：service@showwe.com.tw
展售門市／國家書店（松江門市）
　　　　　104台北市中山區松江路209號1樓
　　　　　電話：+886-2-2518-0207　傳真：+886-2-2518-0778
網路訂購／秀威網路書店：http://www.bodbooks.com.tw
　　　　　國家網路書店：http://www.govbooks.com.tw
圖書經銷／紅螞蟻圖書有限公司
　　　　　114台北市內湖區舊宗路二段121巷28、32號4樓
　　　　　電話：+886-2-2795-3656　傳真：+886-2-2795-4100

2011年6月BOD一版
定價：320元
版權所有　翻印必究
本書如有缺頁、破損或裝訂錯誤，請寄回更換

國家圖書館出版品預行編目

長溝流月去無聲：重溫民國人和事 / 張國功著. -- 一版. -
- 臺北市：秀威資訊科技, 2011.06
　　面；　公分. -- (史地傳記類；PC0150) (世紀映像；63)
BOD版
ISBN 978-986-221-738-2(平裝)

855   100005912

讀者回函卡

感謝您購買本書，為提升服務品質，請填妥以下資料，將讀者回函卡直接寄回或傳真本公司，收到您的寶貴意見後，我們會收藏記錄及檢討，謝謝！如您需要了解本公司最新出版書目、購書優惠或企劃活動，歡迎您上網查詢或下載相關資料：http:// www.showwe.com.tw

您購買的書名：＿＿＿＿＿＿＿＿＿＿＿＿＿＿＿＿＿＿＿＿＿＿＿＿

出生日期：＿＿＿＿＿年＿＿＿＿＿月＿＿＿＿日

學歷：□高中 (含) 以下　　□大專　　□研究所 (含) 以上

職業：□製造業　□金融業　□資訊業　□軍警　□傳播業　□自由業
　　　□服務業　□公務員　□教職　　□學生　□家管　　□其它＿＿＿

購書地點：□網路書店　□實體書店　□書展　□郵購　□贈閱　□其他

您從何得知本書的消息？

　　□網路書店　□實體書店　□網路搜尋　□電子報　□書訊　□雜誌

　　□傳播媒體　□親友推薦　□網站推薦　□部落格　□其他＿＿＿＿＿

您對本書的評價：(請填代號　1.非常滿意　2.滿意　3.尚可　4.再改進)

　　封面設計＿＿＿　版面編排＿＿＿　內容＿＿＿　文／譯筆＿＿＿　價格＿＿＿

讀完書後您覺得：

　　□很有收穫　□有收穫　□收穫不多　□沒收穫

對我們的建議：＿＿＿＿＿＿＿＿＿＿＿＿＿＿＿＿＿＿＿＿＿＿＿＿

＿＿＿＿＿＿＿＿＿＿＿＿＿＿＿＿＿＿＿＿＿＿＿＿＿＿＿＿＿＿＿＿

＿＿＿＿＿＿＿＿＿＿＿＿＿＿＿＿＿＿＿＿＿＿＿＿＿＿＿＿＿＿＿＿

＿＿＿＿＿＿＿＿＿＿＿＿＿＿＿＿＿＿＿＿＿＿＿＿＿＿＿＿＿＿＿＿

11466
台北市內湖區瑞光路 76 巷 65 號 1 樓

秀威資訊科技股份有限公司　　　收

BOD 數位出版事業部

··

（請沿線對折寄回，謝謝！）

姓　　名：＿＿＿＿＿＿＿＿　年齡：＿＿＿＿　性別：□女　□男

郵遞區號：□□□□□

地　　址：＿＿＿＿＿＿＿＿＿＿＿＿＿＿＿＿＿＿

聯絡電話：(日) ＿＿＿＿＿＿＿＿　(夜) ＿＿＿＿＿＿＿＿

E-mail：＿＿＿＿＿＿＿＿＿＿＿＿＿＿＿＿＿＿